Béla Bolten

Leahs Vermächtnis

Ein Berg und Thal Krimi

Impressum

1. Auflage 2013

In den Reben 11
D-78465 Konstanz
belabolten@email.de

ISBN-13: 978-1482081046
ISBN-10: 1482081040

Lektorat: Angela Braun, Schliersee, info@lektoratbraun.com.
Cover-Design: Sabine Herke, www.herkewerke.de

Der Autor im Internet: belabolten.wordpress.com

Inhalt

Kriminalhauptkommissar Alexander Thal trauert um seine Frau, die gefeierte Künstlerin Leah Braasch. Sie fiel einem Attentat zum Opfer, das ihm gegolten hatte. Thal zweifelt, ob er jemals in den Polizeidienst zurückkehren wird. Was hat seine Arbeit für einen Sinn, wenn er nicht einmal seine große Liebe vor einem Verbrechen bewahren konnte? Als er eines Morgens im Briefkasten einen an ihn adressierten Brief mit Fotos einer unbekannten, in entwürdigenden Situationen fotografierten Frau findet, wird ihm die Entscheidung abgenommen. Dies ist sein Fall. Es beginnt eine atemlose Jagd auf den Fotografen, dem im Trubel der Fastnacht jederzeit weitere Frauen zum Opfer fallen können. Wird es Thal diesmal gelingen, die Frauen zu schützen?

Leahs Vermächtnis ist der erste Fall für das Ermittlerduo Bettina Berg und Alexander Thal.

Über den Autor

Béla Bolten ist das Pseudonym eines deutschen Autors und Biografen. Seine zeithistorische Krimiserie um den Ermittler Axel Daut (bisher erschienen: „Codewort Rothenburg“ und „Der Aufbewarier“) spielt während des zweiten Weltkriegs in Berlin.

Leahs Vermächtnis ist der Auftakt einer neuen Krimireihe, deren Handlungen in der Gegenwart angesiedelt sind.

Mehr Informationen im Internet:

http://belabolten.wordpress.com/

Kapitel eins: Das Versprechen

Er öffnete die beiden obersten Knöpfe seines Mantels. Obwohl vom See ein kalter Wind durch die Gassen wehte und das Thermometer zu dieser frühen Morgenstunde nur drei Grad zeigte, war ihm heiß. Er fürchtete, einen glühend roten Kopf zu bekommen. Dabei hatte er sich geschworen, gelassen zu bleiben. Es gab keinen Grund, aufgeregt zu sein. Er hatte alles durchdacht, seit Monaten feilte er an seinem Werk. Bis ins kleinste Detail hatte er die Komposition geplant, nichts war mehr dem Zufall überlassen. Über jede einzelne Pose, über Mimik und Gestik hatte er intensiv nachgedacht. Jederzeit konnte er das fertige Bild vor sein geistiges Auge holen. In Sekundenschnelle stand es vor ihm in seiner unbeschreiblichen Schönheit. Das hatte die Welt noch nicht gesehen. Monumental, bedeutend, in die Zukunft weisend.

Bevor seine Gedanken sich aus der Wirklichkeit lösten, zwang er sich zur Konzentration. Er durfte jetzt nicht träumen, sich nicht am eigenen Tun berauschen. Er musste hellwach sein. Die kommenden Tage sollten die bedeutsamsten seines Lebens werden. Danach würde nichts mehr sein, wie zuvor. Heute war der letzte entspannte Tag, den er nutzen wollte, um sich mit dem Terrain vertraut zu machen.

Er bog in die Münsterstraße ein und stieß fast mit einem Fahrradfahrer zusammen, der an diesem kalten Morgen nicht mit einem Spaziergänger gerechnet hatte. Die wenigen Fußgänger gingen zielstrebig in der Mitte der Straße.

Sie waren auf dem Weg zur Arbeit, zur Schule, zu einem Arzt. Morgen würde das Geschäftsleben in der Stadt auf ein Minimum reduziert. Keiner hatte einen Blick für die Auslagen der Geschäfte, wo Luftschlangen, Konfetti und mit den typischen Kostümen der alemannischen Fastnacht bekleidete Puppen auf die kommenden Tage hinwiesen. Vor einigen Läden lagen lange Holzbretter, mit denen spätestens am Donnerstag viele Händler ihre Schaufenster verrammeln würden. Zu schnell ging im Taumel der Massen etwas zu Bruch.

Fast wie vor einer Großdemonstration in Berlin, nicht fröhlich, eher bedrohlich wirkte die Szenerie. Daran änderten auch die bunten Bänder aus Stofffetzen nichts, die im Abstand von einem Meter über die Straße gespannt waren und ihr ein Dach gaben.

Monate lang hatte er über den passenden Zeitpunkt gegrübelt, bis ihm der Einfall kam, der seinem Vorhaben die Richtung gab. Eine ganze Stadt im Taumel der Sinne, was könnte seinem Plan dienlicher sein? Bisher hatte er die Fastnacht nicht gemocht. Zu grell, zu lärmig, zu zügellos - Opium für das gemeine Volk, damit es für ein paar Tage sein Elend vergaß. Nichts für Feingeister.

Jetzt aber würden ihm die tollen Tage liefern, was er als Letztes zur Vollendung seines Werkes brauchte. In den Straßen dieser Stadt würde es ihm in den nächsten Tagen gelingen, nicht zu kopieren, sondern zu erschaffen.

Als er in die Kanzleistraße einbog, trat zwei Meter vor ihm eine Frau aus einer Drogerie. Sie war kaum zwanzig und ging mit ausladenden Schritten Richtung Marktstätte. Nur mit Mühe konnte er ihr folgen. Warum rannte er hinter ihr her? »Bleib ruhig«, murmelte er. »Es ist noch zu früh.«

Erst morgen, am Mittwoch, wenn die Fastnacht ihren Anfang nahm, würde er sein Werk beginnen. Aber war es nicht oft so gewesen, dass alle Planung unwichtig wurde, wenn ihn der kreative Blitz traf, aus dem jedes Kunstwerk sein Leben erhielt, jenen besonderen Glanz, der sich später in den Augen der Betrachter widerspiegelte?

Er griff in die rechte Manteltasche und schloss die Hand um die kleine Flasche. Er wollte sie erst nicht mitnehmen, hatte sich aber ohne darüber nachzudenken anders entschieden. War das der Wink einer höheren Macht, dem zu folgen ein Künstler früher oder später lernte? Er beschleunigte seine Schritte, um die Frau nicht zu verlieren. Ihr dichtes, leicht gewelltes schwarzes Haar wippte über den Kragen der weißen Felljacke. Er hatte sie nur eine Sekunde lang von vorne gesehen, aber sie war eindeutig schlank. Ihr fester Gang ließ darauf schließen, dass sie nicht dürr war, sondern weibliche Formen und Rundungen hatte. Ging dort sein erstes Modell? Als sie an einer Galerie in Höhe des Kaiserbrunnens stehen blieb, überholte er sie. Dabei sah er für einen Moment ihr Spiegelbild im Schaufenster. In seinem Kopf überstürzten sich die Bilder. In Sekundenbruchteilen stanzte sein Gehirn die Unbekannte in das Mosaik seines Werkes. Wer war sie? Was verkörperte sie? Das Versprechen? Die Verführung? Die Hingabe? Als sein fieberhaft arbeitender Geist sie in das letzte Feld setzte, blieb er abrupt stehen.

»Stopp«, sagte er so laut, dass er erschrak. Sofort drehte er sich um. Sie hatte es nicht gehört, sondern betrachtete weiter das Schaufenster. Wie immer funktionierte es. Wenn sein Kopf zu zerplatzen schien und die Gedanken sich verselbstständigten, konnte er sich mit diesem einen Wort zur Ruhe bringen. Dem kreativen Impuls zu folgen, war gut, doch er durfte ihn nicht ins Chaos führen. Sein Werk hatte Anfang und Ende. Die Reihenfolge stand fest. Zuerst kam das Versprechen. War sie es? Das Haar, die Kleidung, die frauliche Figur passten. Die Frau drehte sich um. Sie kam direkt auf ihn zu. Fast hatte sie ihn erreicht, ehe er einen Schritt zur Seite machte. Sie lächelte ihn an und senkte leicht den Blick. In dieser unscheinbaren Geste lag, was er suchte.

Er sah aus den Augenwinkeln, dass sie das Café »Marktstätte« betrat. Er tastete erneut nach dem Fläschchen und bereute, die Wirkung nicht vorher ausprobiert zu haben. Er musste der Beschreibung auf der Internetseite vertrauen. Demnach hatte er ausreichend Zeit für sein Vorhaben.

Er atmete tief durch und spürte, dass seine Nervosität nachließ. Tiefe Ruhe stellte sich ein – wie jedes Mal, wenn er mit einem Werk begann. In dieser Sekunde war alle Falschheit aus der Welt. Alles war an seinem Platz.

Mit festen Schritten ging er auf das Café zu und drückte die Eingangstür auf.

***

Thal erwachte, schloss die Augen aber sofort wieder. Er fürchtete, Leah ansonsten zu verlieren. Es war, als schmiege sie sich an ihn, wie sie es morgens getan hatte, wenn sie nach einer im Atelier durchgearbeiteten Nacht zu ihm ins Bett kroch. Das Gefühl war derart real, dass er den Arm nach hinten streckte, um sie enger an sich zu ziehen und seine Hand an ihrem Rücken herunterwandern zu lassen. Er war enttäuscht, nur die kalte Sitzlehne der Wohnzimmercouch zu spüren, zog den Arm zurück und konzentrierte sich auf die Wärme, die ihn vom Hals abwärts umhüllte. Er wollte die Empfindung in jeder Zelle seiner Haut speichern. Thal war ein rationaler Mensch und Skeptiker. Trotzdem hatte er insgeheim auf einen solchen Moment gewartet. Einhundertvier Tage waren seit dem Unglück vergangen, mit dem sein bisheriges Leben endete, ohne dass ein neues an seine Stelle getreten war. Einhundertvier Tage, in denen er nur auf Leah wartete, obwohl er wusste, dass sie nicht kommen würde. Sie war tot, und der Tod war das Ende. Daran zweifelte er nicht. Als seine Mutter ihm nach Leahs Beerdigung erzählte, dass sein Vater vier Wochen nach seinem Tod an ihrem Bett gestanden hätte, streichelte er ihr liebevoll über den Arm. Sie beteuerte, dass es kein Traum gewesen sei. Ihr Mann, sein Vater, habe sie fast eine Minute stumm, aber glücklich lächelnd angesehen. Thal war sich sicher: Das war nichts als eine Halluzination. Der Wunsch war der Vater dieser Erscheinung.

In den Tagen nach der Beerdigung, die er benebelt von Wein und Whiskey in der abgedunkelten Wohnung verbracht hatte, kroch die Vorstellung in sein Hirn, in den unzähligen, in allen Kulturen verbreiteten Mythen vom Leben nach dem Tod stecke möglicherweise doch ein Körnchen Wahrheit. Vielleicht wollten die Verstorbenen doch mit den Lebenden Kontakt aufnehmen. Er wehrte sich gegen diesen Gedanken, trauerte und trank. Der Alkohol betäubte ihn. Wenn er morgens mit einem Geschmack von Seetang auf der pelzigen Zunge und pochendem Schmerz im Hinterkopf erwachte, prüfte er als Erstes, ob der Schnapsvorrat für den nächsten Tag reichte. So viel er auch trank, die Sehnsucht ließ nicht nach. Nur seine Erinnerungen wurden unschärfer. Um sich Leahs Gesicht vorzustellen, musste er bald ein Foto zu Hilfe nehmen. Früher hatte er mühelos ganze Situationen wie nach Drehbuch in seinem Kopfkino abrufen und Szene für Szene anschauen können. Zehn Tage nach Leahs Beerdigung versuchte er abends – die am Nachmittag geöffnete Whiskeyflasche war mehr als zur Hälfte geleert –, sich an den heißen Sommertag vor zwanzig Jahren zu erinnern, an dem der Kriminalkommissar Alexander Thal das winzige Atelier der jungen, noch unbekannten, indes nach Meinung ihrer Professoren zu großen Hoffnungen berechtigenden Künstlerin Leah Braasch betrat, um sie als Zeugin im Mordfall des über die Grenzen der Region hinaus bekannten Bildhauers Gottlieb Großmann zu befragen. So sehr er sich auch abmühte, er konnte sich nicht erinnern, ob Leah bei diesem ersten Treffen ein Kleid oder ihre weiten »Malerhosen« getragen hatte. Sollte der Alkohol etwa seine Erinnerungen löschen wie ein Virus die Dateien einer Festplatte? Mühsam erhob er sich aus dem Sessel und goss den Whiskey in den Küchenausguss.

Seitdem hatte er keinen Tropfen angerührt. War er jetzt belohnt worden, indem er Leah noch einmal spürte? Langsam nahm die Wärme in seinem Rücken ab, als wäre sie aufgestanden und hätte das Zimmer verlassen. Thal wusste, dass es ein endgültiger Abschied war. Leah würde nicht wiederkommen, aber seltsamerweise machte ihn das nicht traurig. Mit vorsichtigen Bewegungen stand er von der Couch auf. Bisher hatte er es nicht geschafft, das Bett im Schlafzimmer zu benutzen, er hatte das Zimmer seit damals nicht einmal betreten. Thal schaute auf die Uhr. Viertel vor acht. Im Zimmer war es trotz der großen Fenster noch dämmerig. Dabei gab es weder Vorhänge noch Gardinen. »Ohne Licht keine Farben, und ohne Farben kein Leben«, hatte Leah gesagt, als ihre Mutter bei einem Besuch anregte, bunte Stoffbahnen würden mehr Stimmung in die nüchterne Wohnung bringen. Thal schaute hinaus und konnte wegen des dichten Nebels kaum das gegenüberliegende Haus erkennen. Dabei war die Schreibergasse in der Konstanzer Niederburg das, was der Name suggerierte: ein wenige Meter breites Sträßchen.

»Ho Narro!«

Thal erschrak. Unten stand, fröhlich zu ihm heraufwinkend, eine Gruppe von fünf Kindern, die sich auf dem Weg zur Schule auf den Ruf einstimmten, der in den nächsten Tagen die Stadt beherrschen würde.

Thal hatte nicht daran gedacht, dass am heutigen Mittwoch die Fastnacht begann und morgen, am »Schmotzigen Dunschtig«, ihren ersten Höhepunkt erreichte. Zwar zählte er die Tage seit Leahs Tod, ordnete sie aber nicht in den Kalender ein. Auf dem Weg zur Küche, wo er sich den ersten seiner täglichen fünf Espressi zubereiten wollte, überlegte er, wie er die kommenden Tage überstehen sollte. Das war in der Niederburg, Konstanz ältestem Stadtteil und Hochburg des fastnächtlichen Treibens, eine ernsthafte Frage. Früher hatte Leah die Entscheidung getroffen. Nach Lust und ob sie eine kreative Schaffensphase hatte oder nicht, fuhren sie entweder ins Tessin oder stürzten sich in den Trubel und zogen bis in die Morgenstunden durch die Gassen der Altstadt, obwohl er pünktlich zum Dienst erscheinen musste. Für einen Konstanzer Polizeibeamten galt an diesen Tagen des allgemeinen Ausnahmezustands Urlaubssperre, egal, ob er Uniform trug oder ein Kriminalkommissariat leitete.

Als der belebende Duft des Kaffees den Raum durchzog, stand sein Entschluss fest. Er würde vor Aschermittwoch das Haus nicht verlassen, auch wenn er kaum zur Ruhe käme. Seit Leahs Tod arbeitete er nicht mehr. Sein Arzt hatte ihm sofort Arbeitsunfähigkeit bescheinigt und dieses Attest seitdem regelmäßig erneuert. Noch beim letzten Besuch sagte Dr. Wolters: »Überfordern Sie sich nicht! In Ihrem Beruf kommt es vor allem auf die psychische Stabilität an. Nur Sie selbst können entscheiden, wann Sie so weit sind.«

Thal war sich nicht sicher, ob er jemals wieder arbeiten wollte. Er wurde in diesem Jahr sechzig, und für Leah und ihn stand lange fest, dass er an diesem Geburtstag seinen Dienstausweis zurückgeben würde. »Wenn ich dich später als Tattergreis pflegen muss, will ich so viel wie möglich von dir haben, so lange du noch voll Saft und Kraft bist«, hatte Leah an einem Abend kurz vor ihrem Tod lachend gesagt und ihn anschließend ins Schlafzimmer gezogen. Sonst waren die fünfzehn Jahre Altersunterschied ohne Bedeutung, in diesem Punkt aber stimmten sie überein. Sie konnten nicht miteinander alt werden, also wollten sie wenigstens ein paar Jahre ausschließlich für sich haben, ohne dass er ständig auf Abruf stehen musste.

Unter der Dusche überlegte Thal, was er einkaufen müsse, um die Fastnachtswoche in seiner Höhle zu überstehen. Auf jeden Fall würde er den Doktor bitten, sein am Wochenende ablaufendes Attest erneut zu verlängern. Danach fühlte er sich frischer als in den letzten Wochen. Aus Angst, seine Müdigkeit könne zurückkehren, zog er sich den langen Wintermantel an, setzte den Hut auf und verließ die Wohnung, ohne gegessen zu haben. Das Frühstück war ihm nie wichtig gewesen. In den vergangenen einhundertvier Tagen hatte er an neunzig darauf verzichtet. Im Treppenhaus roch es nach frischen Brötchen. Thal verspürte Appetit.

Im Erdgeschoss fiel sein Blick auf die Reihe der fünf Briefkästen. Nichts deutete mehr auf den Anschlag hin, alle Spuren waren sorgfältig beseitigt. Angesichts der Höhe der Miete hatten die Bewohner Anspruch darauf, dass diese traurige Erinnerung schnell getilgt wurde.

Thals Briefkasten war der Letzte in der Reihe. Als er ihn öffnete, richteten sich die Haare an seinem Unterarm auf.

Alle Sinne waren alarmiert, obwohl er wusste, dass keine Gefahr bestand. Zwar verfehlte die erste Bombe ihr Ziel, als sie Leah statt ihm die Arme abriss. Einen zweiten Versuch, ihn zu töten, würde es aber nicht geben. Andrea Simoni, der Attentäter, ein bis dahin in der Stadt gut angesehener italienischer Anwalt, saß im Gefängnis. Thals Kollegen hatten ihn wenige Stunden nach der Explosion festgenommen. Sie gingen von Anfang an davon aus, dass der Anschlag nicht Leah, sondern ihm galt. Deshalb verhörten sie alle Personen, die mit abgeschlossenen Fällen der letzten Monate zu tun hatten. Simoni stand ganz oben auf der Liste, denn er hatte Thal noch im Gerichtssaal Rache geschworen, als sein Sohn wegen Totschlags verurteilt wurde.

Im Briefkasten lag ein einzelner Brief von der Größe einer Kondolenzkarte. Ein bisschen spät, dachte er, und steckte ihn in die Manteltasche, eher er in die Kälte trat.

***

»Wenn Sie endlich zur Sache kommen, Kollegin Berg, werden wir vielleicht noch fertig, bevor hier die Narren die Herrschaft übernehmen.«

»Haben sie das nicht längst?« Bettina Berg erschrak über diese spontane Erwiderung, aber langsam reichte es ihr mit Gerth. Zum Glück bezogen alle einschließlich Gerth die Äußerung auf den neuen Präsidenten, dessen Beliebtheit sich nach seinem letzten internen Rundschreiben auf dem Tiefstand befand. So lockerte die freche Bemerkung die gereizte Stimmung eher auf. Gerth war ohnehin davon überzeugt, dass er spätestens in ein paar Monaten zum Kommissariatsleiter befördert würde. Außerdem fehlte ihm jedes Gespür für Ironie.

»Die verrückten Narren werden uns in den kommenden Tagen eh zu keiner sinnvollen Arbeit kommen lassen«, dröhnte Klaus Wagners Bass in die Runde. »Ich bin froh, wenn der Spuk vorbei ist.«

Die meisten Polizisten in Konstanz dachten ähnlich. Am stärksten traf es die uniformierten Kollegen, die in ständiger Einsatzbereitschaft sein mussten. Doch auch die Kriminalpolizei würde in dieser Woche mehr Arbeit bekommen als sonst in einem Monat. Körperverletzungen, Vergewaltigungen, Diebstahl und Raub waren die Begleiterscheinungen des nach außen fröhlichen Treibens. Deshalb fand sich im Präsidium kaum ein Hinweis auf die Fastnacht. Einzig am Empfang hatte ein Kollege ein Hanselepüppchen aufgestellt. Dieses Jahr kam noch die Einbruchsserie dazu, die sie seit Wochen unter Spannung hielt.

Bettina richtete sich in dem unbequemen Stuhl auf und blickte in die Runde. Bevor ein allgemeiner Heiterkeitsausbruch drohte, räusperte sie sich.

»Kommen wir zu unserer derzeit wichtigsten Ermittlung. Mit dem gestrigen Einbruch in der Mozartstraße sind es insgesamt fünf, alle nach dem gleichen Muster.«

Bettina hob die rechte Hand und zählte mit den Fingern die Übereinstimmungen:

»Es waren freistehende Häuser, alle standen im Musikerviertel, jedes Mal wurde die Alarmanlage ausgeschaltet, stets nahmen die Diebe vor allem Gemälde, Kleinantiquitäten und Schmuck mit.«

Bettina machte eine kurze Pause, ehe sie den fünften Finger hob.

»Es gab nie verwertbare Spuren am Tatort.«

Wie oft hatten sie diese Fakten in den vergangenen Tagen durchgekaut? Je länger sie Polizistin war, desto mehr kam Bettina zu dem Schluss, dass ihre Arbeit vor allem im ständigen Memorieren der bekannten Tatsachen bestand, bis einem irgendeine Kleinigkeit auffiel, die man zuvor übersehen hatte.

»Haben Sie nicht etwas Entscheidendes vergessen, Frau Berg?«

Wie sie Gerths schulmeisterlichen Ton hasste. Fast war sie versucht, patzig zu schweigen. Noch war Alexander der Chef, obwohl sie langsam daran zweifelte, dass er seinen Dienst wieder aufnahm. Andererseits war der Fall zu wichtig. Deshalb unterdrückte sie ihren ersten Impuls und antwortete sachlich:

»Das Beste habe ich mir bis zum Schluss aufgehoben. Unser Täter, oder besser unsere Täter, denn nach der Menge und Größe der bei den Einbrüchen gestohlenen Gegenstände müssen wir von zwei, wenn nicht drei ausgehen, hat endlich einen Fehler gemacht.«

Bettina nahm ihre Schreibmappe aus feinstem Nappaleder zur Hand, die sie vor zwei Jahren von ihrem Vater zu Weihnachten geschenkt bekommen hatte. Sie wirkte unter den sonst auf dem Tisch liegenden billigen Kunstledermappen und Notizblöcken mit Werbeaufdruck reichlich deplatziert. Während sie weitersprach, blätterte sie in ihren Notizen.

»Bei allen Einbrüchen zuvor waren die Häuser leer, die Bewohner entweder im Urlaub oder für den Abend ausgegangen. Vorgestern befand sich der siebenundachtzigjährige Vater des Eigentümers im Haus. Er überraschte die Täter, die ihn daraufhin brutal niederschlugen.«

Sie hatte gestern ausführlich mit Wagner über diese veränderte Situation gesprochen, mit dem sie seit Alexanders Rückzug am liebsten zusammenarbeitete, trotz seines brummigen Gemüts. Mit ihm kam sie allemal besser zurecht als mit Gerth. In der Tat hatte die Einbruchsserie eine neue Richtung bekommen. Der alte Mann lag schwer verletzt im Krankenhaus. Der Druck auf die Ermittler war deutlich größer geworden. Jetzt zog nicht mehr nur eine Bande von Einbrechern durch das nobelste Konstanzer Wohnviertel und räumte Villen aus. Jetzt hatten sie einen wehrlosen, alten Mann bewusstlos geschlagen, und es stand nicht fest, ob er überlebte. Der Südkurier schrieb schon von einer »neuen Qualität der Kriminalität in der größten Stadt am Bodensee«. Vor allem der Polizeipräsident Schober, der erst ein halbes Jahr im Amt war, stand unter besonderer Beobachtung. Es musste ein schneller Fahndungserfolg her, koste es, was es wolle. Deshalb die bis auf Widerruf geltende Urlaubssperre für alle Mitarbeiter des Kriminalkommissariats 1, die für viel Unmut sorgte. Normalerweise konnte man sich nach den Fastnachtstagen ein bisschen Erholung gönnen – damit wurde es diesmal nichts.

»Gibt es Neuigkeiten aus dem Krankenhaus?« Stephanie Bohlmann hatte bisher schweigend am äußersten Rand des Tisches gesessen. Sie hatte erst vor einigen Monaten die Polizeihochschule beendet und war nicht nur das Küken des Kommissariats, sondern auch seine graue Maus. Vermutlich setzte sie sich immer weit entfernt von Bettina, damit ihre Unscheinbarkeit nicht auffiel. Obwohl Bohlmann fünfzehn Jahre jünger war, konnte sie ihr sowohl vom Aussehen wie vom Auftreten und Stil nicht das Wasser reichen. Dabei hätte Bettina sie gerne unter ihre Fittiche genommen, denn sie spürte, dass in ihr viel mehr steckte, als sie nach außen zeigte.

Gerth hatte vor einer Stunde mit der Ärztin gesprochen, die den alten Mann betreute. Er war in ein künstliches Koma versetzt worden, und es bestand Hoffnung, dass er sich erholte.

»In dem Alter weiß man das nie«, brummte Wagner.

»Wenn es nichts Neues gibt, können wir wieder an die Arbeit gehen. Auf meiner Liste stehen noch acht Anwohner der Mozartstraße.«

Frank Auer hatte sich bisher zurückgehalten, was sonst nicht seine Art war. Jetzt erhob er sich, ohne auf Gerths Zustimmung zu warten, zwinkerte Bettina zu und machte Anstalten, den Raum zu verlassen.

Um seine Autorität in dieser Situation zu retten, stand auch Gerth auf und sagte: »Es ist alles besprochen. An die Arbeit.«

***

Thal fröstelte, als er die Wohnungstür aufschloss. Der Nebel hatte sich verzogen, und die Sonne erhellte die Wohnung, trotzdem war es kalt. Von der Diele aus sah er in einem Lichtstrahl, der sich quer durch das Wohnzimmer zog, tanzende Staubkörnchen. Wann war zuletzt geputzt worden? Thal hatte sich bisher keine Gedanken darüber gemacht, dass Tamara, die zwei Mal in der Woche wie der sprichwörtliche Putzteufel durch die Wohnung fegte, nach Leahs Tod nicht mehr gekommen war. Vermutlich hielt sie ausschließlich Leah für ihre Arbeitgeberin, und im Grunde hatte sie recht. Thal sah sie selten, denn er verließ das Haus, bevor sie zur Arbeit kam. Außerdem sprach die Ukrainerin kaum Deutsch, und er hatte es aufgegeben, eine Konversation zu versuchen.

Er stellte die Einkaufstasche in die Küche und ging zurück in die Diele, um seinen Mantel aufzuhängen. Er griff in die Manteltasche und holte den Brief heraus, den er vor einer Stunde aus dem Briefkasten genommen hatte. Zusammen mit dem Attest, das ihm zwei weitere Wochen Zeit zum Trauern und Nachdenken verschaffte, legte er ihn auf das schlichte Sideboard. Er überlegte, das Attest persönlich ins Präsidium zu bringen. Unmittelbar nach Leahs Tod hatte Bettina Berg zunächst fast täglich, später seltener versucht, ihn anzurufen. Er wollte mit niemandem sprechen. Mehrmals stand sie vor dem Haus, er öffnete aber nicht.

Thal wusste, dass Bettina sich um ihn sorgte. Es tat ihm leid, sie abgewiesen zu haben. Er konnte nicht anders. Er hatte das Wichtigste in seinem Leben verloren. Nein! Er hatte sein ganzes Leben verloren. Niemand konnte ihn trösten, doch alle würden es versuchen. Er ertrug das nicht.

Wenn er das Attest persönlich ins Präsidium brächte, würde er sie beruhigen – hoffte er wenigstens.

Thal ging in die Küche und packte die Tasche aus. So viel hatte er in den vergangenen drei Monaten nie eingekauft. Er verspürte oft tagelang keinen Hunger und aß fast nichts anderes als Brot und Käse. Seit er mit dem Saufen aufgehört hatte, musste er keine Flaschen mehr die Treppen hinaufschleppen, denn er trank fast ausschließlich Tee. Nur seinen wöchentlichen Besuch in der Kaffeerösterei versäumte er nicht ein einziges Mal. Als wäre diese spezielle Arabica-Mischung der dünne Faden, der ihn mit seinem früheren Leben verband. Thal bereitete sich seinen zweiten Espresso zu. Diese Sucht würde er nie überwinden - ach was, er wollte es nicht. Mit der kleinen Tasse in der Hand ging er Richtung Wohnzimmer. Unterwegs nahm er den Briefumschlag vom Sideboard. Auf der Couch lag noch sein Bettzeug, deshalb setzte er sich in den breiten Ledersessel am Fenster, nahm den ersten Schluck des Kaffees und schloss die Augen. Das Koffein würde hoffentlich die Müdigkeit vertreiben, die schon wieder in ihm aufkam. Mit einem zweiten Schluck leerte er die Tasse und stellte sie auf den niedrigen, auf gebürsteten Chromfüßen stehenden Glastisch. Alles in diesem Raum war perfekt. Jedes einzelne Möbelstück hatte Leah ausgesucht. Bei den meisten handelte es sich um Einzelstücke nach ihren eigenen Ideen oder den Entwürfen von Freunden. Zu jedem konnte sie eine Geschichte erzählen. Thal schluckte. Die Trauer traf ihn erneut wie ein Schlag. Alles in seinem Leben stand mit Leah in Verbindung. Außer seiner Arbeit. Aber das war vorbei. Er hatte nicht die geringste Ahnung, wie es weitergehen sollte.

Womöglich würde es ihm guttun, die tröstenden Worte eines mitfühlenden Menschen zu lesen, der erst jetzt von Leahs Tod erfahren hatte.

Als Thal den Briefumschlag mit dem Zeigefinger aufriss, fiel ein kleines Plastikstück zu Boden. Ansonsten war der Umschlag leer. Thal drehte ihn um. Nichts. Kein Absender. Seine Adresse war maschinell auf ein Etikett gedruckt, das penibel aufgeklebt war. Soweit das mit bloßem Auge erkennbar war, schienen die Abstände zum rechten und unteren Rand exakt gleich zu sein. Ein Pedant, dachte Thal und bückte sich nach dem winzigen Teil. Es handelte sich um einen Speicherchip, wie er in digitalen Fotokameras verwendet wurde. Merkwürdige Idee, einen Brief auf einen Chip zu speichern statt auszudrucken. Einen Trauerbrief zumal, obwohl ... Der Umschlag war schlicht und wies nicht das typische schwarze Band der meisten Beileidsbriefe auf, die sich in der Silberschale auf der Konsole neben dem Sofa stapelten. Nur Leahs Künstlerfreunde und Kollegen an der Münchener Kunstakademie waren kreativer gewesen und hatten sich zumindest für andersfarbige Trauerränder entschieden.

Thal ging zu Leahs Arbeitsplatz. Vor einem Jahr hatte sie den Computer gekauft, der nur aus einem großen, berührungsempfindlichen Bildschirm bestand. Er hatte sich nicht vorstellen können, ein technisches Gerät im Wohnzimmer zu haben. Bis dahin hatte der alte Computer in dem kleinen, vor allem als Gästezimmer genutzten Raum gestanden, von dem man über eine Klapptreppe den größten Luxus dieser Wohnung erreichte: die ihnen allein gehörende, fast sechzig Quadratmeter große Dachterrasse.

Leah hatte seine Bedenken mit einem Lachen beiseitegewischt. »Was bist du für ein altmodischer Knochen. Computer sind ein wichtiger Teil des Lebens, also gehören sie in die Mitte der Wohnung.«

Seine Bedenken waren unbegründet gewesen. Der Computer war, wie konnte es bei Leah anders sein, ein edles Designerstück. Mit seinem weißen Rahmen und der matten Oberfläche wirkte er eher wie ein Kunstwerk. Dabei war er ein technisches Meisterwerk, das intuitiv zu bedienen war. Selbst Thal kam damit ohne Schwierigkeiten zurecht.

Nach wenigen Sekunden startete der Rechner. Auf dem Bildschirm erschien ein Bild, das Thal erstarren ließ. Es sah aus, als klebte dort ein gelber Notizzettel. Darauf stand in Leahs schöner Handschrift: »Hallo Liebling! Mach Dir keine Sorgen, ich werde heute länger arbeiten. Gebhard will noch zwei Bilder für die Ausstellung. Wärmst Du mich, wenn ich ins Bett komme? Liebe! L.«

Für einen Moment glaubte Thal, Leah habe ihm wirklich eine Nachricht aus dem Jenseits geschickt. Er starrte auf den Bildschirm, unfähig, sich zu bewegen. Nur langsam wurde ihm bewusst, dass er den Computer seit damals nicht gebraucht hatte. Leah hatte an jenem Morgen das Notizprogramm des Rechners benutzt, um ihm eine Nachricht zu hinterlassen. Dazu schrieb man mit der Fingerkuppe auf das entsprechende Feld des Bildschirms. Auch Thal hatte Leah häufig auf diese Weise einen kleinen Gruß hinterlassen.

Er berührte den virtuellen Zettel mit dem Zeigefinger. So stand er zehn Sekunden, den Blick starr auf den Monitor gerichtet und den Finger auf der Nachricht. Dann verschob er sie vorsichtig, als handele es sich um eine zerbrechliche Kostbarkeit, in den Zwischenspeicher.

Am unteren rechten Rand des Bildschirmrahmens befanden sich diverse Einschübe für Speicherkarten. Der zweite war der passende. Der Chip enthielt eine einzige Datei mit dem Namen »Das Versprechen«. Darin befanden sich von eins bis sechs durchnummerierte Fotos. Was soll das für ein Scherz sein, dachte Thal und öffnete das erste Foto.

Auf seinem Bildschirm erschien die Aufnahme einer Frau, nicht viel älter als zwanzig Jahre. Sie lag ausgestreckt auf einem Steinfußboden, der Kopf war erhöht, als wäre er auf ein Kissen gebettet. Sie hatte die Augen geschlossen und die Lippen aufeinandergepresst. Der strenge Gesichtsausdruck passte nicht zu ihrem Gesicht. Wie bei einer Toten, die man zur Besichtigung durch die Trauergemeinde hergerichtet hatte.

Er erschrak bei diesem Gedanken. Schnell öffnete er das zweite Foto. Dieselbe Frau in fast der gleichen Lage. Lediglich die Hände waren nicht mehr auf dem Bauch gefaltet, sondern mit nach oben geöffneten Handflächen neben den

Körper gelegt. Die dichten, leicht gewellten, schulterlangen schwarzen Haare schienen anders angeordnet. Umschmeichelten sie auf dem ersten Bild das Gesicht, waren sie jetzt seitlich zurückgenommen. Thal klickte zurück zum ersten Foto an. Der Gesichtsausdruck schien ihm unverändert.

Als er die dritte Datei öffnete, hielt er die Luft an. Die Frau lächelte ihm direkt entgegen. Jetzt sah er, wie schön sie war mit ihren vollen, leicht geöffneten Lippen. Dahinter blitzte eine Reihe blendend weißer Zähne. Die Körperhaltung war unverändert, allerdings war die beigefarbene Felljacke geöffnet. Sie fiel zur Seite über die Arme. Der dadurch sichtbare enge Wollpullover betonte ihre Figur genauso wie die hautengen Jeans.

Aufgeregnet klickte Thal die nächste Datei an. Zuerst bemerkte er, dass die Jacke fehlte. Beim genaueren Vergleich entdeckte er noch mehr Unterschiede. So waren Beine und Arme jetzt ein paar Zentimeter weiter gespreizt. Die Mimik war gleich geblieben, die Frau lächelte. Thal hatte das Gefühl, dass es kein echtes, lebendiges Lachen war.

Das fünfte Foto beunruhigte Thal noch mehr. Der Mund lächelte zwar, die Frau starrte ihn aber aus glasigen, tot wirkenden Augen an. Aus dem linken Mundwinkel hing ein kleiner Speichelfaden. Wenn Speichel floss, lebte die Frau höchstwahrscheinlich noch. Ein paar Sekunden später war er sich da nicht mehr so sicher.

Was würde ihn auf der letzten Fotografie erwarten? Thal atmete tief durch, eher er mit dem linken Zeigefinger auf das entsprechende Symbol tippte. Er hatte mit dem Schlimmsten gerechnet und wurde überrascht. Die junge Frau lag in einer friedlichen Position, soweit man davon sprechen konnte. Augen und Mund waren geschlossen, die Hände lagen übereinander auf dem Schoß, sie trug auch wieder die Felljacke. In welcher Reihenfolge waren die Fotos entstanden? Der Fotograf wollte mit den Nummerierungen eine bestimmte Abfolge suggerieren, aber entsprach sie der Realität? Thal fiel eine Diskussion mit Leah darüber ein, wann sie das letzte Mal in Florenz gewesen waren. Sie öffnete damals die entsprechende Fotodatei auf dem Computer und rief die Informationen bei einem der Bilder ab. Thal hielt einen Finger auf die Datei mit der Bezeichnung »1«. Es öffnete sich ein kleines Fenster:

Typ: JPEG-Bild

Aufnahmedatum: 06.02. 08:52

Abmessungen: 1920 x 2560

Größe: 2.14 MB

Die Aufnahme war also gestern um acht Uhr zweiundfünfzig entstanden. Thal schaute sich die Dateiinformationen der anderen Fotos an. Sie waren nicht in der von der Nummerierung suggerierten Abfolge entstanden. Er schrieb die korrekte Sequenz auf einen Zettel:

1 – 6 – 2 – 3 – 4 - 5

Es gab eine einzige Abweichung. Das zweite Foto war zuletzt entstanden. Was konnte das bedeuten? Thal verkleinerte die Bilder und ordnete sie in der korrekten Reihenfolge. Wenn die Frau tot war, wäre es schwierig gewesen, ihr erst für Foto vier und fünf die Jacke auszuziehen, um sie für die sechste Aufnahme wieder anzukleiden. Dem Fotografen ging es um eine Botschaft, es sei denn, die Dateiinformationen wären ebenfalls manipuliert. Aber das ließe sich überprüfen. Thal kopierte die Dateien auf seinen Computer, zog den Chip heraus und stürmte in die Diele. Dort griff er seinen Mantel und verließ die Wohnung.

***

Bettina Berg lehnte sich in ihrem altersschwachen Bürostuhl zurück, der darauf laut und anhaltend stöhnte. Sie sollte sich dringend um einen neuen Stuhl bemühen, sonst würde sie bald rücklings auf den Boden fallen, aber vor Aschermittwoch wäre das sinnlos. Die Kollegin von der Beschaffung war die einzige Polizistin in Konstanz, die über Fastnacht Urlaub bekam.

Seit Höferers Pensionierung vor zwei Monaten teilte sie das Büro mit Klaus Wagner, der auf Gerths Anweisung direkt nach der Besprechung ins Krankenhaus gefahren war. Die Ärzte wollten heute Gustav Häfele, das Opfer des letzten Raubüberfalls, aus dem künstlichen Koma holen. Wahrscheinlich würde Wagner dort nur die Zeit totschlagen, denn die Ärzte erlaubten eine Befragung in der Regel frühestens nach ein paar Tagen. Aber wenn Gerth meinte ... Bettina seufzte. Auf jeden Fall war sie froh, mit Wagner das Zimmer zu teilen. Sie hatte befürchtet, dass Gerth sich zu ihr setzen würde. Wagner war zwar dreiundfünfzig Jahre und damit vierzehn Jahre älter als sie, aber sie waren beide Kriminaloberkommissare. Normalerweise achtete man darauf, dass in jedem Raum eine Dienstgradhierarchie bestand. Seitdem Alexander krankgeschrieben war, gab es nur noch einen Kriminalhauptkommissar im Kommissariat 1: Gerth. Die ganze Mannschaft rätselte, warum er es vorgezogen hatte, in ein »Dreierbüro« mit Frank Auer und Stephanie Bohlmann zu ziehen. Böse Zungen behaupteten, der notorische Schürzenjäger Gerth rechnete sich bei der schüchternen Kommissaranwärterin größere Chancen aus als bei Bettina. Womöglich spekulierte Gerth eher darauf, dass Thal nicht mehr in den Dienst zurückkehrte. Dann könnte er in ein paar Wochen in das Büro des Kommissariatsleiters umziehen. Bettina wollte sich den Tag nicht zu schwer machen und wischte diesen Gedanken beiseite. Bis dahin floss noch viel Wasser durch den Bodensee. Personalentscheidungen waren im Präsidium ohnehin unvorhersehbar.

Zeit für einen Kaffee! Sie nahm ihre Tasse vom Schreibtisch, in der sich ein abgestandener Rest vom Vortag befand. Sie wollte gerade die Klinke herunterdrücken, als die Tür geöffnet wurde.

»Alexander!« Bettina starrte ihn an.

»Hallo Bettina. Wie geht's?«

Langsam, ohne den Blick von Thal zu wenden, ging sie zu ihrem Schreibtisch zurück. Alexander war immer schlank und durchtrainiert gewesen, jetzt war er abgemagert. Sein Gesicht war verhärmt. Er zog den Mantel aus. Die modische Leinenhose hing wie ein Sack an ihm herunter. Auch früher trug er seine dunklen, dichten Haare länger, als man es von einem Mann Ende fünfzig erwartet hätte.

Bettina sah darin den Versuch, sich dem Stil der Künstlerfreunde seiner Frau anzupassen. Jetzt hingen die Haare bis auf die Schultern. Sie wirkten ungepflegt. Alexander war eindeutig nicht in einem guten Zustand. Seine Augen waren stumpf, sein Blick irrte fahrig im Raum umher. Selbst sein einnehmendes Lächeln wirkte angestrengt.

Obwohl der äußere Anschein dagegen sprach, stellte Bettina die naheliegende Frage:

»Und du, bist du gesund? Fängst du wieder an zu arbeiten?«

Thal klopfte auf sein Jackett. »Hier ist das Attest für die nächsten Wochen.«

Bettina nickte. Sie traute sich nicht, weiter zu fragen. War Alexander nur deshalb gekommen, um seinen endgültigen Abschied einzureichen, und wollte sie vor den anderen informieren?

Alexander ging zu Wagners Schreibtisch. Er zog den Stuhl neben Bettina und holte einen Plastikbeutel aus der Tasche, in dem sich ein aufgerissener Briefumschlag und ein kleines Plastikstück befanden. Er ließ beides auf die Tischplatte fallen.

»Das war heute in meiner Post. Schieb den Chip mal in den Rechner. Aber zieh Handschuhe an.«

Bettina öffnete die Schreibtischschublade, zog einen Plastikhandschuh aus der Zupfbox und fummelte den Speicherchip in den Computer. Schweigend klickte sie sich durch die Fotos. Thal rutschte unruhig auf seinem Stuhl hin und her. Als sie das letzte Bild geöffnet hatte, räusperte er sich.

»Na, was meinst du?«

Bettina zuckte die Schultern. »Irgendein Spinner, der sich daran aufgeilt, seine Frau oder Freundin in demütigenden Posen zu fotografieren.«

»Aha! Und warum schickt er ausgerechnet mir die Fotos?«

Alexander wirkte ungehalten. Das sah ihm nicht ähnlich, normalerweise war er die Ruhe selbst und geduldig wie ein Zen-Mönch.

Bettina drehte ihren Stuhl zur Seite, was dieser erneut mit einem lauten Quietschen kommentierte.

»Kennst du diese Frau?«

Thal schloss die Augen und legte den Kopf leicht in den Nacken.

»Darüber denke ich die ganze Zeit nach, aber ich erinnere mich nicht, ihr jemals über den Weg gelaufen zu sein.«

»Meinst du nicht, dass es ein dummer Fastnachtsscherz sein könnte, mit dem man den Leiter der Konstanzer Mordkommission ärgern will?«

Thal schüttelte den Kopf.

»Das glaube ich nicht. Außerdem: Wieso bist du sicher, dass die Frau noch lebt? Vielleicht haben wir hier die Bilder einer Leiche und damit Tatortfotos auf dem Bildschirm.«

»Das wäre das erste Mal, dass der Täter den Tatortermittlern die Arbeit abnimmt.«

Bettina hielt diese Idee für abwegig, bis Thal ihr von seiner Entdeckung erzählte, dass die Fotos nicht in der Reihenfolge entstanden waren, die der unbekannte Fotograf suggerieren wollte. Sie wiegte den Kopf und sagte bedächtig:

»Du meinst, wir haben es mit einer Botschaft zu tun?«

»Mit einer Botschaft und mit einer Inszenierung. Und vielleicht sogar mit Mord.«

»Wenn das stimmt, Alexander Thal, ist das der verrückteste Fall, den diese verschlafene Stadt jemals gesehen hat.«

Beide wandten sich wieder den Fotos auf dem Bildschirm zu und versuchten, mehr Informationen zu gewinnen. Ließen sich irgendwelche Schlüsse über die Frau oder den Ort ziehen, an dem die Aufnahmen entstanden waren? Viel konnte Bettina nicht in ihrer Mappe notieren. Die Kleidung der Frau war billig. Die Felljacke gab es für ein paar Zehn-Euro-Scheine beim Kleidungsdiscounter. Einzig die Jeans war ein Markenprodukt aus dem gehobenen Preissegment, allerdings schon älter. Die Frau lag auf einem schwarzweißen Mosaikfußboden. Thal meinte, das könne auf den Flur eines Hauses hinweisen, welches in den zwei Jahrzehnten nach 1900 erbaut worden wäre. Bettina staunte über so viel Architekturkenntnis, weiter brachte sie diese Erkenntnis aber nicht. Häuser aus dieser Zeit gab es in der im Krieg unzerstörten Stadt zuhauf. Auch die Frage, ob das Opfer noch lebte, ließ sich nicht klären. Es war zwar keine Verletzung zu sehen, aber der glasige Blick und der Speichelfaden im Mundwinkel verhießen nichts Gutes.

»Bei Bewusstsein war sie nicht, als die Fotos entstanden«, meinte Thal.

Bettina nickte. Sie nahm den Plastikbeutel mit dem Briefumschlag vom Schreibtisch.

»Den Umschlag und den Chip sollen sich die Techniker ansehen.«

»Das wird nicht viel bringen, der Brief ist durch zig Hände gegangen. Frage sie besser, ob man die Dateiinformationen manipulieren kann. Hoffentlich haben wir wenigstens hier etwas Verlässliches.«

Bettina kopierte die Fotos auf ihren PC und steckte den Chip zurück in den Plastikbeutel.

»Ich schicke die Bilder an den Doc. Schau'n wir mal, was er meint.«

Mehr gab es in diesem Fall – so es überhaupt einer war – nicht zu sagen, geschweige denn zu tun. Es entstand ein bedrückendes Schweigen, ehe sich Thal von seinem Stuhl erhob. Immer noch wortlos ging er zur Tür. Bettina konnte nicht glauben, dass er jetzt ohne Erklärung verschwinden wollte. Monatelang ließ er nichts von sich hören, tauchte mir nichts, dir nichts mit dieser merkwürdigen Geschichte im Gepäck auf und wollte jetzt gehen, ohne ein persönliches Wort mir ihr zu wechseln? Hatte er sich durch Leahs Tod so verändert?

Thal hatte die Türklinke in der Hand, als Bettina sich räusperte.

»Alexander!«

Er drehte sich zu ihr um. Sein Blick wirkte abwesend wie zu Beginn ihres Gesprächs.

»Alexander, heute ist Mittwoch. Wir waren lange nicht mehr bei Antonio.«

»Gut, sehen wir uns dort«, antwortete Thal und verließ den Raum.

***

Es war noch kälter geworden. Er zog die Mütze tief ins Gesicht, als er in die Unterführung vom Hafen in die Stadt trat. Im Sommer saßen hier die Bettler und Musikanten, die für ein paar Cent ihren Instrumenten oder Kehlen jämmerliche Töne entlockten. Heute war es menschenleer. Er war froh, die breite Marktstätte zu betreten. Bald begann es. Am Abend würden sie das Feuer entzünden, um darum zu tanzen in ihren urtümlichen Kostümen. Ein archaischer Akt wie vor Tausenden von Jahren. Das wärmende, Licht spendende Feuer gegen Kälte und Dunkelheit. Jetzt würde sich der Kreis schließen. Was vor Hunderten von Generationen mit dem Tanz um das gezähmte Feuer seinen Anfang nahm, würde jetzt vollendet in einem nie gesehenen Kunstwerk. Endlich würde das Darstellende mit dem Nachbildenden versöhnt. Nicht Malerei oder Bildhauerei, nicht Tanz oder Schauspiel allein reichten aus, um den Taumel der menschlichen Sinne in seinem inneren Wesen zu erfassen. Ein Reigen, getanzt vom Anbeginn der Zeit mit der gleichen Abfolge. Am Anfang stand das Versprechen, und am Ende hofften alle auf die Erlösung. Dazwischen blickten die Sterblichen in die tiefsten Abgründe des Daseins.

Ihn fröstelte. Die großen Herausforderungen an seine Fähigkeiten lagen noch vor ihm. Aber wo, wenn nicht in dieser Stadt, und wann, wenn nicht in diesen Tagen, sollte es ihm gelingen. Gestern hatte es gut funktioniert. Zugegeben, »Das Versprechen« stellte die geringsten Anforderungen an den Künstler. Es war eine Art Fingerübung für Anfänger. Das Modell war gut gewählt. Allerdings erwies es sich als schwierig, den Gesichtsausdruck zu modellieren. Anfangs sah wie ein Grinsen aus, was das unergründliche Lächeln der Mona Lisa zeigen sollte. Es brauchte viele Versuche, ehe er zufrieden war. Fast noch schwerer war es, die Augen zu öffnen. Sie fielen immer wieder zu. Sicher würde er darin von Mal zu Mal routinierter werden. Er zweifelte nicht, dass er das Vertrauen seiner großen Lehrerin rechtfertigen könnte. Vorgestern hatte er sie besucht, um sich zu bedanken. Sie half ihm auch bei diesem Werk. Deshalb musste er denjenigen bestrafen, dessen einziges Recht auf Leben darin gründete, sie zu beschützen. Nichts anderes war seine Aufgabe. Er hatte versagt.

Am Kaiserbrunnen standen fünf Hansele, die den Beginn des Spektakels nicht erwarten konnten. Sie fassten sich an den Händen und tanzten ausgelassen Ringelreihen. Er sollte aufhören zu grübeln, in irgendeiner Kneipe etwas trinken. Nein, keinen Alkohol, den brauchte er nicht. Er bog ab in die Münsterstraße und ging zielstrebig in Richtung Niederburg. Dort gab es viele Gaststätten. Er musste sich einen Moment ausruhen. Ein paar Minuten Ruhe würden ihm guttun. Er brauchte Kraft. Viel Kraft.

***

Früher wartete fast immer Bettina Berg auf Thal, der es nicht geschafft hatte, pünktlich Feierabend zu machen. Heute öffnete zuerst Thal die Tür zu der kleinen, mit Tischen vollgestopften Trattoria. Sofort kam ihm Antonio freudestrahlend entgegen. Als hätte er ihn gestern zuletzt gesehen, rief er: »Buona sera, commissario. Fraulein Berge isse noch nicht da!«

Der Wirt geleitete ihn zu dem einzigen halbwegs ruhigen, weil durch einen Mauervorsprung abgeteilten Tisch in der hinteren rechten Ecke des Restaurants. Don Antonios Trattoria war ein Stück Italien – genauer: ein Stück Kampanien - in Konstanz. Entsprechend lebhaft ging es zu. Mit schwungvoller Geste nahm Antonio das Reserviert-Schild vom Tisch, das er dort seit vier Jahren jeden Mittwoch aufstellte. Ohne Reservierung war es unmöglich, abends einen Platz zu finden. »Don Antonios« war einer der wenigen Orte, an denen sich alte und junge Konstanzer trafen. Nur Touristen verirrten sich selten in das von außen unscheinbare und in einer dunklen Gasse am Rand der Altstadt liegende Restaurant. Gott sei Dank, dachten die meisten Stammgäste. Austauschbare Touristenrestaurants mit ihrem immer gleichen Angebot gab es genug in der Stadt. Hier waren die Speisen hausgemacht, eine Mikrowelle hatte Antonios Küche, in der seine Frau Anna laut- und durchsetzungsstark regierte, noch nie gesehen. Zudem bot die Weinkarte alles, vom preiswerten »vino della casa« bis zum Super-Toskaner, für den einer der vielen hier tafelnden Studenten den halben BAföG-Satz auf den Tisch legen müsste.

Thal hatte Bettina nach dem Ende ihrer kurzen, heftigen und unglücklichen Affäre mit Tobias vorgeschlagen, sich einmal in der Woche zu einem außerdienstlichen, rein privaten Abendessen zu treffen. Also bat er Antonio, jeden Mittwoch um neunzehn Uhr jenen ruhigen Tisch freizuhalten. Sollten sie um halb acht nicht gekommen sein, könne er ihn gerne anders vergeben, was der geschäftstüchtige Patrone auch ohne diesen Hinweis getan hätte. Die Reservierung wurde auf »Berg und Thal« eingetragen, wobei Antonio den besonderen Wortwitz nicht verstand. Obwohl er dreißig Jahre in Deutschland lebte, radebrechte er noch immer.

Leah hatte Thal gewarnt, dass eine solche Sonderbehandlung einer Mitarbeiterin zu Gerede im Präsidium führe. Ihn interessierte das nicht. Bettina Berg war eine erstklassige Polizistin, intelligent, mit blitzschneller Auffassungsgabe und der Emphatiefähigkeit ausgestattet, die ein guter Ermittler brauchte. Thal hielt sie für die Beste in seinem Stab mit allen Chancen auf eine große Karriere. Er hatte nichts einzuwenden, als sich zwischen ihr und Tobias eine Beziehung anbahnte. Im Gegenteil, er freute sich für seinen Sohn, der bisher mit Frauen eher Pech gehabt hatte. Dem Altersunterschied, Bettina war damals fünfunddreißig, Tobias sechsundzwanzig Jahre, maß er keine Bedeutung bei. Schließlich lebte er selbst schon viele glückliche Jahre mit einer fünfzehn Jahre jüngeren Frau zusammen. Was genau zwischen Bettina und Tobias vorgefallen war, hatte er nie erfahren. Auf jeden Fall schob er die Schuld am abrupten Ende der erst gerade aufgeflammten Liebe seinem Sohn zu. Später erklärte ihm Bettina, ohne ins Detail zu gehen, sie hätten beide eingesehen, dass ihre Beziehung chancenlos war. Thal mischte sich prinzipiell nicht ungebeten in die Angelegenheiten seines Sohnes ein. Deshalb fragte er ihn nicht nach seiner Version der Geschichte. Zu Bettina aber entwickelte sich eine Freundschaft, die sich wie ein nährender Kokon um ihre Kollegialität legte. Sie arbeiteten weiter ausgezeichnet und mit immer besseren Ergebnissen zusammen. Bald galten sie im Präsidium als unschlagbares Team. Selbst dieser gute Ruf konnte das aufkommende Gerede über eine sexuelle Beziehung der beiden nicht ersticken. Thal machte sich Sorgen, dass die aus der Luft gegriffenen Gerüchte Bettina Bergs Karriere schadeten. Darauf angesprochen, reagierte sie wie erwartet:

»Was interessiert mich das Geschwätz der anderen. Wenn es deswegen nichts wird mit der Beförderung ...«. Zur Vollendung des Satzes schnippte sie mit den Fingern.

Die wöchentlichen Treffen bei Don Antonio wurden zu einem festen Bestandteil nicht nur ihrer Freundschaft, sondern auch ihrer Zusammenarbeit. Mancher Fall wurde hier bei Pasta, dolce und reichlich vino einer Lösung nähergebracht.

»Aperitivo, commissario?«

»Grazie, Antonio, heute nur ein Mineralwasser.«

Der Wirt lupfte leicht die Augenbraue wegen dieser ungewöhnlichen Bestellung und blickte sich gleichzeitig im Raum um, ob nicht ein anderer Gast seiner Fürsorge bedurfte. Nur eine Sekunde später eilte er zu dem langen

Tisch in der Mitte des Restaurants, an dem sich eine Gruppe Studenten auf den abendlichen Hexensprung, den traditionellen Auftakt der Fastnacht, einstimmte.

Thal blickte sich um. Der Innenarchitekt, möglicherweise auch Donna Anna, hatte eine Meisterleistung vollbracht. Besser konnte man den Raum nicht aufteilen, jede nur erdenkliche Möglichkeit, einen Tisch aufzustellen, war genutzt. Trotzdem wirkte das Lokal nicht beengt. Gleichzeitig entstand jene besondere Atmosphäre, die Thal in Italien so liebte, wo Restaurants Theaterbühnen glichen, auf denen unter der Regie des Patrone jeder Gast seine Rolle spielte. Lautstark und mit großer Geste, ohne dass sich jemand gestört fühlte. Obwohl der Geräuschpegel im Don Antonio wegen der niedrigen Bogendecke hoch war, kam kein Gast auf die Idee, sich darüber zu beschweren.

Heute war es noch lebhafter, die meisten Gäste waren in freudiger Erwartung der kommenden Fastnachtstage. Man beratschlagte, wo und mit wem man feiern wollte.

Antonio brachte eine große Flasche San Pellegrino an Thals Tisch, als Bettina Berg das Restaurant betrat. Sie winkte ihrem Kollegen zu, während sie den Mantel aufknöpfte und zur Garderobe ging. Die beiden Männer an dem kleinen Tisch gegenüber der Tür unterbrachen ihre Unterhaltung, um ihr nachzusehen. Sie ist eine Schönheit, dachte Thal. Trotz ihrer bald vierzig Jahre hatte sie ihre schlanke, sportliche Figur behalten. Das schulterlange, kastanienbraune Haar war zu einem Zopf geflochten, den sie mit einer Spange hochgesteckt hatte. Dadurch kam ihr Gesicht gut zur Geltung, das von den ausdrucksstarken braunen Augen dominiert wurde. Sie bewegte sich sicher durch die eng gestellten Tische auf ihn zu. Obwohl sie mit ihrer Größe von einem Meter siebenundsiebzig selbst die meisten ihrer männlichen Kollegen überragte, wirkten ihre Bewegungen grazil. Sie trug einen engen, wadenlangen, weißen Wollrock, dessen seitlicher Schlitz bei jedem Schritt ihre perfekten, in blickdichte, ebenfalls weiße Strümpfe gehüllten Beine bis oberhalb des Knies sehen ließ. Der cremefarbene Pullover war eng geschnitten. Um den Hals trug sie ein braunes Tuch, das zu ihrem Haar und ihren Augen passte. Von der Schulter baumelte eine lange, nicht billige Handtasche.

Thal vermutete, dass Bettina sich umgezogen und deshalb verspätet hatte. Sie wohnte im äußersten Konstanzer Vorort, mit dem Auto brauchte man in die Innenstadt mindestens fünfundzwanzig Minuten. Sie war selbstbewusst genug, um derart elegant gekleidet im Büro zu erscheinen, aber heute Morgen hatte sie etwas anderes getragen. Sie hasste die »Kriminalkommissaruniform«, wie sie es nannte. Tatsächlich trugen die meisten Polizistinnen Jeans und Schlabberpulli, als müssten sie ständig wie im Fernsehkrimi über Zäune und Mauern hinter Verdächtigen herjagen. Bettina Berg dagegen kleidete sich geschmackvoll weiblich, weil sie wusste, dass es bei Ermittlungen von Vorteil sein konnte, neben ihrem klugen Kopf ihren schönen Körper einzusetzen.

Als sie den Tisch erreichte, erhob sich Thal. Eine Sekunde standen sie sich gegenüber und blickten sich in die Augen, ehe Bettina Berg ihn umarmte. Eine lange vermisste

Wärme durchströmte ihn. Als sie sich setzten, hielt Bettina noch für einen kurzen Moment seine Hand umfasst. Dann lächelte sie ihn an, wies auf seine zu einem Zopf zusammengebundenen Haare und sagte:

»Jetzt siehst du schon zivilisierter aus als heute morgen.«

»Und du bist wie für einen festlichen Empfang gekleidet.«

Bettina richtete sich kerzengerade auf.

»Gefällt es dir? Ich dachte, es gibt etwas zu feiern. Schließlich scheinst du wieder unter den Lebenden zu weilen.«

Sie hatte den Satz kaum ausgesprochen, da senkte sie den Blick.

»Entschuldige«, murmelte sie.

»Schon gut, Bettina.«

Thal wollte auf keinen Fall, dass die fröhliche Stimmung umschlug. Das erste Mal seit Monaten fühlte er sich halbwegs wohl.

Fast gleichzeitig sagten sie: »Und, wie geht es dir?«

Beide konnten ein Lachen nicht zurückhalten. Die danach eintretende Stille beendete Thal.

»Ehrlich gesagt weiß ich nicht, wie es mir geht. Ich habe das Gefühl, aus meinem Leben gefallen zu sein. Manchmal denke ich, dass der Schmerz langsam nachlässt, aber dann sehe ich ein Bild, lese einen Satz in einem Buch oder denke an einen Ort, an dem ich mit Leah glücklich war, und es zerreißt mich schier. In anderen Momenten glaube ich tatsächlich, dass es besser wird. So wie jetzt zum Beispiel.«

Thal sah einen feuchten Glanz in Bettina Bergs Augen. Er war froh, dass Antonio an den Tisch trat und sie fröhlich anschmachtete: »Signora, que bella«! Während er die Speisekarte überreichte, spulte er in einem halsbrecherischen Deutsch die Tagesspezialitäten herunter.

Ohne einen Blick in die Karte bestellte Thal einen Salat sowie Spaghetti Marinara, während sich Bettina Berg für einen Tomatensalat und einen Scampispieß entschied.

»Unde alse vino?«, fragte der Wirt.

Bettina schaute ihren Kollegen fragend an: »Wie immer einen Liter Hauswein?«

Thal schüttelte den Kopf: »So weit bin ich noch nicht, ich bleibe beim Wasser. Aber du kannst natürlich gerne ...«

Bettina schluckte die Frage herunter, die ihr auf der Zunge lag, und bestellte einen Viertelliter »vino della casa«.

Als Antonio gegangen war, beugte sich Thal vor und goss der Kollegin Wasser ein.

»Jetzt aber zu dir, Bettina. Wie geht es dir, du siehst ein bisschen müde aus.«

»Danke für das Kompliment«, sagte sie und trank einen Schluck Wasser. »Aber du hast recht. Es war ein bisschen viel in der letzten Zeit. Du weißt, wie unterbesetzt wir sind. Die Neue ist vor allem damit beschäftigt, ihren Platz bei all den Machos zu finden, und Gerth spielt sich als Chef auf. Wenn er wüsste, dass du bald zurückkommst, würde er toben vor Wut.«

Thal legte ihr die Hand auf den Arm.

»Ich weiß noch nicht, ob ich das will.«

Wieder sah er Trauer in Bettinas Augen. Deshalb fragte er:

»Ist es so schlimm?

»Gerth ist ein teamunfähiger, egozentrischer Idiot, dem es ausschließlich um seine Karriere geht. Er kann dir nicht das Wasser reichen, also versucht er, auf andere Weise an deinen Posten zu kommen. Er schleimt sich ein und macht alle anderen schlecht. Aber lassen wir das.«

Antonio trat mit Bettinas Wein und den Salaten an den Tisch.

»Salute, Signora Berge, e bon appetito!«

Schweigend begannen die beiden zu essen. Thal merkte erst jetzt, wie hungrig er war. Er aß schnell und konzentriert. Nachdem er seinen Salatteller geleert hatte, wandte er sich Bettina zu.

»Und wie macht sich Schober?«

Berg dachte einen Moment nach, ehe sie in die Serviette prustete.

»Weißt du, was sein Spitzname im Präsidium ist? Imam! Nicht nur wegen seines komischen Namens, sondern vor allem wegen seiner Art zu sprechen. Er leiert seine Sätze so herunter.«

Thal lachte kurz auf.

»Immanuel Schober. Was Eltern ihren Kindern antun! In der Presse hat er aber passable Kritiken.«

»Noch«, antwortet Bettina Berg. Sie schob den erst halb geleerten Salatteller zur Mitte. »Wenn er in der Einbruchsserie nicht bald die Täter präsentieren kann, wird es für ihn ungemütlich werden. Sechs Einbrüche in fünf Wochen.

Alle in Häuser oder Villen angesehener Bürger. Alle im Musikerviertel. Alle ohne Spuren. Und jetzt noch dieser um ein Haar totgeschlagene alte Mann. Der Druck auf Schober wächst jeden Tag, und er macht das, was alle an seiner Stelle täten: Er gibt ihn an uns weiter.«

Erneut trat eine Pause ein, weil Antonio die Salatteller abräumte und die Hauptspeisen servierte. Als beide die ersten Bissen gegessen hatten, nahm Thal das Gespräch auf.

»Haben die Techniker sich den Chip angesehen?«

Bettina Berg schob sich ein Stück Scampi in den Mund, nickte und griff in ihre Handtasche. Nachdem sie sich die Hände an der Serviette abgeputzt hatte, öffnete sie die feine Schreibmappe.

»Man kann auf dem Chip erkennen, mit welcher Kamera die Bilder gemacht wurden.«

Sie blätterte in ihrem Block.

»Hier habe ich es: Canon Ixus 125. Wagner meinte, dass sei eine Allerweltskamera. Seine Tochter hätte die gleiche.«

»Und die Daten auf dem Chip?«

»Datum und Uhrzeit lassen sich in der Kamera frei wählen und jederzeit verändern. Der Techniker meinte, es wäre mühsam, vor jeder Aufnahme die Uhrzeit zu manipulieren. Was die Reihenfolge der Fotos angeht, könnten wir uns auf die Daten vermutlich verlassen. Auf das Datum und die Uhrzeit würde er nicht wetten.«

»Immerhin etwas«, sagte Wagner und spießte eine Venusmuschel auf. »Es bringt uns aber nicht viel weiter. Hast Du mit Restle gesprochen?«

Bettina hatte einen Scampi im Mund und nickte stumm. Erst nachdem sie den Bissen mit einem Schluck Wein heruntergespült hatte, berichtete sie von ihrem Telefonat mit dem Pathologen.

»Du kennst doch den Doc, der legt sich nie fest. Er tendierte aber dazu, dass die Frau während des Fotografierens noch lebte. Schließlich hätte sie keine sichtbaren Wunden und eine schöne, rosa Hautfarbe. Außerdem meinte er, Leichen sähen gewöhnlich nicht derart erotisch aus.«

Thal hatte angespannt zugehört, wobei ihm die aufgedrehten Spaghetti von der Gabel auf den Teller zurückrutschten. Ohne darauf zu achten, sagte er:

»Ich bin nicht so sicher. Auf jeden Fall sagt mir mein Gefühl, dass diese Fotos erst der Anfang sind.«

»Wir können aber nichts tun, Alexander. Kein Opfer, kein Fall.«

»Warten wir den morgigen Tag ab. Wenn ich weitere Fotos bekomme, melde ich mich zum Dienst zurück.«

Thal wunderte sich, wie bestimmt er das sagte. Noch vor einer Stunde war er sich nicht sicher, ob er jemals wieder als Polizist arbeiten wollte. Jetzt konnte er sich vorstellen, morgen im Büro zu sitzen. Als wollte er das vor sich und der Welt bekräftigen, holte er mit ausladender Geste das ärztliche Attest aus der Jackentasche und hielt es in die Höhe.

»Das hier habe ich heute Morgen nämlich noch nicht abgegeben.«

Den Rest des Abendessens plauderten Alexander Thal und Bettina Berg über dieses und jenes, als hätte es die letzten Monate nicht gegeben.

Nach dolci und caffè verließen sie gegen halb zehn das Lokal. Aus der Ferne hörten sie die rhythmischen Töne einer Guggemusikkappelle. Die Fastnacht hatte endgültig begonnen.

***

Wenig später betrat Thal seine Wohnung. Der Abend hatte ihn erschöpft, dabei hatte er das Treffen mit Bettina Berg genossen. Sie war eine Freundin, das hatte er in den letzten Stunden deutlich gespürt. Er schämte sich, dass er sich so lange nicht bei ihr gemeldet hatte. Er hatte nicht viele Freunde, für die sozialen Kontakte war Leah zuständig gewesen, die über eine unermessliche Zahl an nahen und fernen Bekannten und Freunden verfügte. Zu ihren zwei Mal im Jahr stattfindenden Atelierfesten kamen vierzig oder fünfzig Gäste.

»Dabei habe ich nur den engsten Kreis eingeladen«, betonte sie jedes Mal.

Wenn sie Thal fragte, welche seiner Freunde sie auf die Gästeliste schreiben sollte, zuckte er mit den Schultern. Nur ein Mal, das war jetzt fast vier Jahre her, hatte er, mehr um Leah eine Freude zu machen, Bettina Berg vorgeschlagen. Er hielt schon damals große Stücke auf sie. Er zweifelte, ob sie die Einladung annähme, hielt es aber für eine Möglichkeit, ein bisschen mehr über sie zu erfahren. Bisher hatte sie sich bei gelegentlichen, eher beiläufig gestellten Fragen nach ihrem Privatleben recht zugeknöpft gezeigt.

Es war das Ateliersommerfest vor vier Jahren, das Wetter war prächtig, und Bettina erschien in einem atemberaubenden Etuikleid. Mit Ausnahme der Schwulen scharrten sich alle Männer augenblicklich um sie und begannen mit ihren Balzritualen. Am anderen Morgen erzählte sie ihm auf der Fahrt zu einem Zeugen mit gespielter Entrüstung, dass sechs Maler sie geradezu angefleht hätten, ihnen Modell zu stehen.

Thal antwortete lachend: »Die meinten sicher keine züchtigen Historienbilder in wallenden Gewändern.«

»Du glaubst doch nicht etwa ...?«

»Und ob! Aktbilder wollen sie malen, meine Liebe. Ich kenne die Künstlerfreunde meiner Frau.«

Noch einen Tag zuvor wäre ein solch fröhliches, mit Neckereien verbundenes Gespräch unmöglich gewesen. Die besondere Atmosphäre von Leahs Atelierfest hatte alles verändert. Dabei war Alexander Thals Sohn Tobias am meisten von Bettina fasziniert. Er wich den ganzen Abend nicht von ihrer Seite. Sein Vater beobachtete das amüsiert, denn Tobias fragte Bettina ohne Scheu über ihr Privatleben aus. Bei einem Glas Sekt plauderte sie über ihren Vater Claus Berg, der bei ihrer Geburt erst achtzehn Jahre war. Er hatte ihre Mutter Ursula bei einer Griechenlandreise kennengelernt, von der sie schwanger zurückkehrte. Die beiden heirateten nach ihrer Rückkehr und wohnten in Claus' elterlicher Wohnung in Hamburg. Bettinas Mutter studierte Deutsch und Geschichte, ihr Vater machte vier Jahre später ein ausgezeichnetes Examen in Physik. Zwei Jahre danach promovierte er und folgte seinem Professor als Assistent nach Manchester. Die ersten vier Jahr ging Bettina in England zur Schule, ehe die Familie nach Köln übersiedelte, wo ihr Vater eine Honorarprofessur angeboten bekam. Sechs Jahre später folgte der Ruf auf eine ordentliche Professorenstelle in Konstanz. Die Familie kaufte sich ein schönes Eigenheim auf der Insel Reichenau, und Bettina machte Abitur. Ihre berufliche Laufbahn kannte Thal aus ihrer Personalakte: Studium an der Hochschule für Polizei in Villingen-Schwenningen, dann erste Stelle in Mannheim. Sechs Jahre später wurde sie als Kriminaloberkommissarin nach Konstanz versetzt.

Tobias Thals Wissbegierde war damit aber noch nicht gestillt, ihn interessierte, wo diese bezaubernde Kollegin seines Vaters wohnte. Zum ersten Mal stockte Bettinas Redefluss für einen kurzen Moment, ehe sie zugab, in Dettingen zu wohnen.

»Wie hältst du es in diesem Kaff aus«, entrüstete sich Tobias. Leah, die als gute Gastgeberin ständig von einem Grüppchen zum anderen wechselte und sich erst kurz zuvor auf die Lehne von Bettinas Stuhl gesetzt hatte, blies in das gleiche Horn: »Das Beste an Dettingen ist die Linie 13 – damit ist man schnell in der Stadt.«

Bettina Berg konterte lächelnd:

»Ich nehme lieber die 4. Da hat man die schönere Aussicht auf den See.«

Gleich darauf lächelte sie Leah an und sagte:

»Sie haben recht, ich bin schon lange auf der Suche nach einer Wohnung im Zentrum. Aber Sie wissen ja, wie das ist: Die Wohnungen, die mir gefallen, kann ich mir nicht leisten, und die Wohnungen, die ich mir leisten kann, gefallen mir nicht.«

Alle Zuhörer kannten die horrenden Mieten, die in Konstanz verlangt und bezahlt wurden, und pflichteten ihr bei.

Erst später erfuhr Thal, dass Bettina die Wohnung im Vorortkaff fünf Jahre zuvor mit ihrem damaligen Freund gekauft hatte, mit dem sie bereits seit ihrer Schulzeit zusammen war. Als die Beziehung mit einem gewaltigen Theater endete, wollte sie nicht noch einen finanziellen Verlust einstecken, der ihr bei einem Verkauf gedroht hätte.

Thal war so in seine Erinnerungen an jenen unbeschwerten Abend versunken, dass er nicht merkte, welcher Lärm auf der Straße herrschte. Der Hexensprung war zu Ende, fröhliche Narren zogen durch die Gasse auf dem Weg zu einer Weinstube. Er ging zum Computer, öffnete mit ein paar Fingerbewegungen den Mediaplayer und wählte ein Album von Marianne Faithfull. Nach ein paar Sekunden ertönten die ersten Takte von »Vision of Johanna«. Auch Leah hatte diese rauchige, ausdrucksstarke Stimme geliebt. Er verbot sich weitere Gedanken an seine Frau, um nicht in Schwermut zu verfallen. Stattdessen fragte er sich, wie sich sein Verhältnis zu Bettina Berg entwickelt hätte, wenn ihre Beziehung zu seinem Sohn von Dauer gewesen wäre. Vermutlich wäre Tobias eifersüchtig geworden. Thal erschrak ein bisschen, weil er merkte, dass er über die Trennung der beiden froh war. Damit er sich nicht für schäbig halten musste, redete er sich ein, dass die Beziehung einer Kriminalkommissarin mit dem Redaktionsleiter der örtlichen Tageszeitung ohnehin problematisch gewesen wäre.

Thal setzte sich auf das Sofa und schlug die Bettdecke zurück. In den nächsten Tagen würde er im Wohnzimmer, dessen Fenster auf der Straßenseite lagen, kaum Ruhe finden. Ab morgen um sechs Uhr würden ununterbrochen Guggemusiker durch die Niederburg ziehen. Aber er brauchte Schlaf. Nicht nur sein Körper, auch sein Geist schrie danach. Langsam, mit schweren Schritten ging er ins Schlafzimmer. Eine Sekunde stand er unschlüssig vor der verschlossenen Tür, eher er vorsichtig die Klinke herunterdrückte. Er hatte den Raum seit damals nicht betreten. Die stickige, abgestandene Luft nahm ihm fast den Atem. Er öffnete das Fenster und holte tief Luft. Zurück im Wohnzimmer, griff er nach den Briefen, die sich auf der Konsole stapelten. Einige wollte er noch einmal lesen. Zuerst öffnete er aber einen Brief ihres Berliner Galeristen, der vorgestern in der Post gewesen war. Nach einer kurzen, sachlichen Bekundung des Beileids kam man gleich zur Sache. Es sei zwar womöglich nicht der richtige Zeitpunkt, aber man wisse, dass es noch viele Bilder und Plastiken von Leah Braasch gäbe, die bisher noch niemandem angeboten worden wären. Nach Leahs Tod gewännen sie an Wert. Wenn Thal als Erbe sich in der Lage fühle, seien sie gerne zu einem Gespräch bereit.

Thal hatte darüber noch nicht nachgedacht. Gab es noch viele Bilder? Waren sie wertvoll? Wie stand es überhaupt um seine Finanzen? Von seinem A 12-Gehalt konnte er sich die imposant Wohnung nicht leisten.

Thal schloss die Augen und konzentrierte sich auf seinen Atem. Er musste anfangen, die Realität zu akzeptieren. Aber nicht heute. Morgen! Jetzt war er zu müde. Er raffte die Bettdecke zusammen. Als er sich umdrehte, um das Kopfkissen zu ergreifen, fiel sein Blick auf den in Brauntönen gehaltenen »Bronski« über dem Sofa. Manches sollte man sofort erledigen. Er legte die Decke auf den Boden, stellte sich auf die Sofalehne und hängte das Bild ab. Er mochte es nicht. Es hing an diesem exponierten Platz, weil Leah ihrem Freund Bronski helfen wollte, als er finanziell in der Klemme steckte. Thal lehnte das Gemälde an die Wand und ging mit schlurfenden Schritten Richtung Schlafzimmer.

Kapitel zwei: Die Verführung

Er hatte sich vorgenommen, im Schlaf Kraft zu tanken, aber er hielt es nicht lange aus im Bett. Zu sehr wühlte ihn das gestrige Erlebnis auf. Noch vor der Dämmerung stand er auf und duschte ausgiebig. Das eiskalte Wasser konnte das Adrenalin nicht aus seinem Körper vertreiben. Er musste raus, auf die Straße, sich bewegen. Seit einer halben Stunde lief er am See entlang. Am Hafen wandte er sich nach links, vorbei am luxuriösen Inselhotel über die Rheinbrücke zur Seestraße. Jetzt ging er langsamer an den Gründerzeithäusern entlang, in denen sich einige der teuersten Wohnungen der Stadt befanden. Es war ruhig, die guten Konstanzer Bürger schliefen noch. Nur in wenigen Fenstern schimmerte Licht. Frühaufsteher oder Spätheimkehrer. Über dem See hing dichter Nebel, sodass er das Schweizer Ufer nicht sehen konnte. Langsam beruhigte er sich, obwohl er immer noch sein gestriges Modell vor Augen hatte. Im Grunde genommen war die Frau zu alt für seine Zwecke. Und blond war sie zudem. Blond schloss er bei seinen Planungen immer aus. Verführung, Hingabe, Ekstase und Erfüllung verband er seit seiner Jugend mit schwarzen Haaren. So pechschwarz wie Karolas Haare sollten sie sein, die ihm erst Lust und danach Schmerz bereitet hatte. Blonde Frauen kamen als Modell nicht infrage. Er hatte zu spät gemerkt, dass sie eine Perücke trug. Die Dinger werden immer besser, sehen immer echter aus. Aber was soll's. Die Tropfen wirkten präziser als erwartet. Gestern konnte er schon besser damit umgehen, sein Timing war perfekt. Nur der

Weg war zu weit, er musste sie am Schluss fast tragen. Er sollte leichtere Frauen aussuchen. Sie entschädigte ihn aber für die Plackerei, ihre Brüste waren perfekt, genau so, wie er sie mochte.

Er erreichte den kleinen Jachthafen am Ende der Seestraße, wo der unbefestigte Seeuferweg in Richtung Hörnle begann. Für einen Moment blieb er stehen und starrte auf die leeren Pontons, ehe er sich umdrehte und zurück in Richtung Innenstadt ging.

Der Kommissar würde bald noch mehr zum Nachdenken bekommen. Bestimmt setzte er längst seinen ganzen Apparat in Gang. Aber es würde ihm nichts nützen. Ein Künstler hinterlässt keine Spuren. Keine Fingerabdrücke und schon gar keine Spermaspuren. Er lächelte in sich hinein. Hier haben Sie es nicht mit einer der üblichen primitiven Taten zu tun, Herr Kommissar! Und von wahrer Kunst verstehen Sie nichts! Gar nichts!

***

Thal schlug die Augen auf. Er brauchte einen Moment, um sich zu orientieren. Aus dem Fenster fiel ein schwacher Lichtschein auf den Spiegel gegenüber dem Bett. Das Zimmer war in milchig weißes Licht getaucht. Er spürte einen eiskalten Luftzug und zog die sonnengelbe Decke fester an sich. Leah und er schliefen bei offenem Fenster. Nach einem kurzen Blick auf den Wecker schloss er erneut die Augen. Es war fünf Minuten vor sechs, er hatte höchstens drei Stunden geschlafen. Zwar hatte er den Mut gefunden, die

Nacht im Bett statt auf der Couch zu verbringen, Ruhe fand er aber keine. Zum x-ten Mal las er die Kondolenzbriefe von Leahs Freunden und Kollegen. Einige waren in sein Gedächtnis eingebrannt, trotzdem konnte er zu vielen Absendern kein Gesicht erinnern. Aber sie kannten Leah, sie kannten sie gut. Besser, als er das gekonnt hätte, zeichneten sie ihren Charakter, beschrieben seine Frau als Künstlerin und Kollegin, vor allem aber als Freundin und wundervollen Menschen. Er fand Trost in diesen teils mehrere Seiten langen Briefen. Leah hatte Spuren hinterlassen, das beruhigte ihn, gab ihm für kurze Zeit das Gefühl, nicht einsam zu sein. Als er in einen sanften, traumlosen Schlaf zu gleiten begann, brach die Fastnacht über ihn herein wie ein plötzliches Sommergewitter. Direkt vor seinem Haus stand eine Guggemusikkapelle und spielte zum Beginn des »Schmotzigen« auf. Pünktlich um sechs Uhr begann der höchste Feiertag der Fastnacht. Den ganzen Tag und die folgende Nacht würde in der Altstadt Ausnahmezustand herrschen. In manchen Jahren versammelten sich bis zu dreißig Kapellen und kleinere Musikgruppen in den Gassen. Mit stampfendem Schlagwerk und schrillen Tönen zogen sie die Narren aus ihren Häusern. Tanzend folgten sie den Musikanten, ziellos, einzig dem Rhythmus des Tages hingegeben.

Thal wusste, dass an Schlaf nicht mehr zu denken war. Am besten wäre es, Konstanz zu verlassen und in die Berge zu fahren. Doch erst musste er die Post abwarten. Er schlich sich ins Badezimmer, vorsichtig einen Schritt vor den anderen setzend. Ein kurzer Blick in den Spiegel ließ ihn innehalten. Wann hatte er sich zuletzt angeschaut? Seine Haare standen wirr zu Berge, und seine Bartstoppeln waren deutlich älter als drei Tage. Er brauchte einen Friseur, aber den würde er heute in Konstanz nicht finden. Benutzte sein Sohn nicht einen Rasierer, um seine Haare auf Stoppelmaß zu kürzen? Thal hatte diesen Apparat in den letzten Wochen gesehen, Tobias hatte ihn wohl vergessen, als er eine Woche nach Leahs Beerdigung wieder in seine eigene Wohnung zog. Thal öffnete Schubladen und Schranktüren, bis er ihn in der Wandnische neben der Badewanne fand. Als er den Stecker in die Dose schob, kam ihm kurzfristig der Gedanke, die Einstellung der gewünschten Haarlänge zu lassen. Warum sollte er sich nicht einen Igelschnitt verpassen, wie ihn sein Sohn seit Jahren trug? Thal schüttelte heftig mit dem Kopf. Das gefiele Leah nicht. Er schob den Schalter auf die höchste Stellung.

***

Bettina Berg wachte an diesem Morgen um kurz nach sechs auf. Selbst im verschlafenen Dettingen, weit ab vom Zentrum der Fastnacht, spielte eine Kapelle zum Wecken auf. Sie folgte dem Ruf nicht und blieb liegen. Weil sie vergessen hatte, den Wecker zu stellen, stand sie erst kurz vor acht auf. Trotzdem beschloss sie, den anstrengenden Tag mit einer langen, heißen Dusche und einem opulenten Frühstück zu beginnen. Nach einem Blick in den Kühlschrank verwarf sie diesen Plan. Außer einem leicht angegammelten Päckchen Schinken und einem noch verschweißten Stück Gruyère, dessen Verfallsdatum mehr als einen Monat überschritten war, befanden sich nur noch eine Flasche Weißwein und ein halber Liter Milch im Kühlschrank. Sie packte Schinken und Käse in eine Plastiktüte, um sie in der Mülltonne vor dem Haus zu entsorgen, zog sich die weiße Daunenjacke über und verließ das Haus. Als sie den dichten Nebel sah, ging sie zur Bushaltestelle. Sie hatte Glück: Kaum dort angekommen, fuhr die Linie 4 vor.

»Ho Narro«, grüßte sie der Fahrer. Er ließ eine Reihe strahlend weißer Zähne in seinem ansonsten pechschwarzen Gesicht erscheinen.

»Passt schon«, brummte Bettina. Sie suchte sich einen Platz im hinteren Teil des am Anfang der Tour noch fast leeren Busses. Erstaunlich, wie die Fastnacht Menschen unterschiedlicher Herkunft zu faszinieren schien. Woher stammte der Fahrer? Aus Zentralafrika, vermutete Bettina. Dennoch begrüßte er an diesem Morgen jeden zusteigenden Fahrgast mit dem Ruf der Konstanzer Narren. Wahrscheinlich zog er sich nach Ende seiner Schicht ein Kostüm an und tanzte bis in die Nacht durch die Gassen der Stadt.

Von Haltestelle zu Haltestelle füllte sich der Bus mit lärmenden, bunt verkleideten Menschen. Die Stimmung war fröhlich und ausgelassen, von Aggressivität keine Spur. Noch hatten alle einen niedrigen Promillegehalt im Blut. Bettina ärgerte sich, nicht mit dem Auto gefahren zu sein. Am Abend, wenn sie nach Hause fahren würde, könnte das ganz anders sein.

Schnaufend ließ sich ein übergewichtiger Harlekin neben Bettina in den Sitz fallen, schaute sie mitleidig an und sagte:

»Na, wie schaust du denn aus. Bist wohl ein Fischkopp, was?«

Bettina schüttelte lächelnd den Kopf:

»Ein paar Menschen müssen selbst heute arbeiten.«

»Du armer Tropf!«

Sie lehnte den Kopf mit geschlossenen Augen zurück, um nicht in ein Gespräch gezogen zu werden, ließ den Bus den Zähringer Platz passieren, von wo aus sie den kürzesten Weg zum Präsidium gehabt hätte, und stieg erst an der Marktstätte aus. Ein Spaziergang durch die Kälte tat ihr gut.

Auf den Straßen waren bereits viele Menschen unterwegs, um diese Zeit vor allem Schüler. Manche hatten schon jetzt mehr Alkohol getrunken, als ihnen guttat. Bettina Berg betrat eine Bäckerei und kaufte zwei Butterbrezeln und eine Tüte mit Fastnachtsküchlein. Als sie den Laden verließ, sah sie in einem Hauseingang einen höchstens Zwölfjährigen. Er trug ein weißes Nachthemd mit rotem Halstuch - das typische Hemdglonkergewand des Schmotzigen – und kotzte sich die Seele aus dem Leib. Seine als Pippi Langstrumpf verkleidete Freundin saß auf der Straße. Sie lehnte sich an die Hauswand und trank aus einer Mineralwasserflasche, die eine leuchtend rote Flüssigkeit enthielt. Bettina war sicher, dass es sich nicht um Limonade handelte. Sie überlegte, ob sie das Mädchen ansprechen sollte, unterließ es aber.

Auf ihrem Weg durch die Niederburg kam sie an Thals Haus vorbei. Es brannte kein Licht. Schlief ihr Chef noch trotz des Lärms, der in der engen Gasse herrschte? Gestern Abend bei Antonio hatte er sich von Minute zu Minute mehr entspannt. Am Schluss war es fast wie früher. Sie mochte ihren Vorgesetzten. Er war einer der wenigen Männer, die trotz ihres guten Aussehens und ihrer Position keine Macht über Menschen ausüben wollten. Er vermittelte ihr das Gefühl, dass sie auf Augenhöhe miteinander sprachen. Außerdem versuchte er niemals eine sexuelle Annäherung. Dazu war er viel zu glücklich mit seiner Frau Leah. Tobias hatte ihr am Comer See, als sie nackt und eng aneinandergeschmiegt auf dem Balkon ihres Hotelzimmers in den klaren Sternenhimmel schauten, eine bezaubernde Liebeserklärung gemacht:

»Weißt du, Tina, ich möchte mit dir so leben wie mein Vater mit Leah. Eng aneinandergeschmiedet und gleichzeitig frei durch die Liebe.«

Bettina spürte einen Kloß den Hals hinaufwandern. Wie lange diese unwirklich schönen vier Tage im Tessin schon vorbei waren.

Ihren Gedanken nachhängend, ging sie auf der Fußgängerbrücke über den Seerhein und verließ damit das Zentrum der Fastnacht. Sofort war es ruhiger. Als sie gegen halb zehn das Präsidium betrat, spürte sie die angespannte Atmosphäre. Jeder wusste, dass an diesem Tag alles passieren konnte.

Auf dem kurzen Flur des Kriminalkommissariats 1 stieß sie mit Stephanie Bohlmann zusammen, die mit hochrotem und gesenktem Kopf grußlos aus dem Büro, das sie mit Auer und Gerth teilte, in die Teeküche rannte. Bettina Berg folgte ihr, sie brauchte dringend einen Kaffee.

»Guten Morgen, Stephanie.«

Die junge Kollegin nickte nur stumm mit dem Kopf und füllte den Wasserkocher. Sie trank als Einzige im KK 1 Tee.

Bettina Berg nahm ihren Kaffeebecher – im Unterschied zu allen anderen war er nicht mit einem idiotischen Witz oder einem Werbeemblem versehen, sondern schlicht weiß – und stellte ihn in die Kaffeemaschine.

»Kein guter Morgen heute?«, fragte sie ihre junge Kollegin, die sie daraufhin aufschaute.

»Irgendwann bring ich den Kerl um.«

Endlich fängt sie an, sich zu wehren, dachte Bettina und sagte:

»Egal, ob du Gerth oder Auer meinst, ich bin dabei.«

Die beiden Frauen schauten sich an und prusteten los.

Bettina nahm ihren Kaffeebecher und zwinkerte Stephanie Bohlmann zu: »Aber erst lass uns unseren Fall lösen!«

Wagner war scheinbar unterwegs, denn das Büro war leer. Auf seinem Schreibtisch lag ein angebissenes Schinkenbrötchen auf der zerrissenen Tüte. Mit der linken Hand nahm Bettina ein Fastnachtsküchlein und schaltete mit der rechten ihren Computer an. Der Rechner hatte sich noch nicht hochgefahren, als die Tür aufging und Thal hereinstürmte. Obwohl er gehetzt wirkte, sah er besser aus als am Tag zuvor. Die Haare auf Normalmaß gekürzt und rasiert. Die Besorgnis in seinem Blick war unübersehbar.

Bettina legte das fettige Ausgebackene zurück auf die Tüte, leckte sich die Finger und fragte:

»Wieder ein Brief?«

Thal nickte. Er legte die Plastiktüte mit dem Briefumschlag auf den Tisch. Dieses Mal war er besser vorbereitet. An den Briefkasten hatte er einen Zettel geklebt: »Wenn Post für Thal, bitte klingeln.« Trotzdem erschrak er, als es kurz nach neun schellte. Auf jeden Fall hinterließ er keine Fingerabdrücke auf dem Umschlag.

Bettina Berg nahm den Umschlag, drückte kurz Thals Hand und stand auf.

»Komm, wir bringen ihn am besten gleich zur Technik.«

Auf dem Flur trafen sie Kriminaldirektor Immanuel Schober, der wie immer aussah wie aus dem Ei gepellt: dunkler, perfekt geschnittener Einreiher, weißes Hemd mit dunkelblauer, dezent gestreifter Krawatte. Als er Berg und Thal sah, stutzte für einen kurzen Moment, ehe er sie in seinem typischen Singsang ansprach:

»Ah, Herr Thal. Schön, Sie zu sehen. Wie geht es Ihnen? Wieder gesund?«

»Guten Morgen, Herr Kriminaldirektor. Ja, ich bin so weit, meinen Dienst wieder aufzunehmen.«

Schober schien nicht zu bemerken, dass Bettina überrascht die Augen aufriss, sondern antwortete sachlich:

»Schön, schön, wir können jeden Mann brauchen in diesen Tagen. Am besten lassen Sie sich von der Kollegin Berg über die Einbruchsserie informieren. Das hat absolute Priorität, müssen Sie wissen.« Er drehte sich schwungvoll um und verschwand in Gerths Büro.

Bettina Berg strahlte Thal an. Er hakte sie unter und flüsterte ihr zu:

»Freu dich nicht zu früh. Noch ist nicht sicher, ob Gerth dir als Chef erspart bleibt. Aber diese Fotosache ist mein Fall.«

Im Büro der Kriminaltechnik saß nur Hartmut Grendel an seinem Schreibtisch und hämmerte auf die Tastatur seines Computers.

»Na, was bringt ihr mir denn da Schönes?«

Die beiden Kommissare schauten stumm zu, als der Techniker den Umschlag vorsichtig öffnete und mit einer Pinzette einen Speicherchip herauszog. Er beklebte ihn mit kleinen Plastikstreifen zur Sicherung von Faserspuren, ehe er das winzige Stück Plastik mit Puder bestäubte. Jeder Handgriff war routiniert und konzentriert zugleich. Tausende Mal hatte er in den vergangenen dreißig Jahren Spuren gesichert und dokumentiert. Bettina Berg und Alexander Thal setzten sich auf die zwei freien Bürostühle, Grendels Kollegen waren zu einem Einsatz außer Haus. So gespannt sie auch waren, ließen sie den Techniker doch in Ruhe arbeiten. Jede noch so winzige Spur konnte ihnen helfen, den Täter zu ergreifen.

Schließlich hob Grendel den Kopf:

»Keine Fingerabdrücke. Zu anderen Spuren kann ich erst später etwas sagen. Sollen wir schauen, was auf dem Chip gespeichert ist?«

Berg und Thal nickten. Grendel schob den Chip in den Computer. Wieder war ein Dateiordner vorhanden, dem der Absender einen Namen gegeben hatte: Die Verführung.

Wie beim ersten Mal enthielt der Ordner sechs durchnummerierte Fotodateien. Grendel öffnete die erste. Es war eine andere Frau, etwas älter als die vorige, Thal schätzte sie auf Mitte zwanzig. Sie lag auf einer Steintreppe und trug einen Minirock aus dickem, schwarzem Nappaleder und eine dichte, ebenfalls schwarze Strumpfhose. Über einen dunklen Wollpullover hatte sie eine weiße Steppweste gezogen. Die Augen waren geschlossen, das Gesicht stark geschminkt mit grellrot gefärbten Lippen, wobei der Strich nicht sorgfältig ausgeführt war. Hatte es die Frau eilig? Der Kopf war nach hinten gebogen, wodurch die Perücke von schwarzem, schulterlangem Haar verrutscht war, als habe sie jemand nicht ordentlich auf den Kopf gesetzt. In Wirklichkeit waren die kurz geschnittenen Haare blond. Die Beine waren leicht angewinkelt, die Hände lagen wie zum Gebet gefaltet auf dem Bauch.

Grendel öffnete das zweite Foto. Die Frau hielt mit beiden Händen ihren Rock über dem Bauch fest, als wollte sie dem Betrachter ihre gut geformten, langen Beine präsentieren.

Auf dem dritten Foto hatte der Fotograf einen anderen Bildausschnitt gewählt. Es war nur der Oberkörper der Frau zu sehen, ihr linker Arm befand sich angewinkelt unter dem Pullover, sodass die Hand auf der rechten Brust lag. Auf dem nächsten Bild war der Pullover bis zum Hals hochgeschoben. Der leicht gewellte Bauch der Frau lag frei, der BH war rechts über die Brust geschoben, die von der linken Hand der Frau verborgen war.

Auf dem fünften Foto fehlte der BH. Die großen, aber festen Brüste bildeten das Zentrum des Bildes. Als Grendel die letzte Bilddatei öffnete, stieß er einen kurzen, leisen Pfiff aus. Nochmals eine Ganzkörperaufnahme. Der Oberkörper war unverändert: hochgeschobener Pullover und kein BH. Der linke Arm war jetzt abgewinkelt, sodass die Hand unter dem leicht angehobenen Kopf lag. Die Augen waren aufgerissen, der Mund geöffnet. Die Beine der Frau waren noch mit der Strumpfhose bekleidet, aber weit gespreizt. Der rechte Arm hing am Körper herunter, die Hand lag auf ihrer Scham.

Die drei Kriminalbeamten schauten gebannt auf den Bildschirm. Thal fing sich als Erster:

»Eins steht jetzt fest: Hier handelt es sich nicht um irgendeinen verrückten Typen, der sich einen Spaß daraus macht, Frau oder Freundin in entwürdigenden Situationen zu fotografieren. Es ist ohne Zweifel eine andere Frau.«

Während Bettina stumm nickte, schaute Grendel fragend über den Rand seiner Brille:

»Was heißt hier andere Frau? Gibt es etwa noch mehr Bilder, von denen ich nichts weiß?«

Berg erzählte ihm in wenigen Worten vom ersten Brief, den einer von Grendels Kollegen untersucht hatte, ohne ihn zu informieren.

Der Techniker drehte sich zum Bildschirm und zog die Tastatur zu sich.

»Ich schicke die Datei an den Leichenfledderer. Vielleicht erkennt er, ob wir es mit einer lebendigen Person oder einer Leiche zu tun haben.«

Obwohl Thal ihn aufklärte, dass der Gerichtsmediziner sich gestern nicht festgelegt hatte, schickte Grendel die E-Mail mit der Bitte um sofortigen Rückruf ab.

»Kannst du die Bilder für uns ausdrucken?«, fragte Bettina.

Grendel nickte. Sekunden später begann der Hochqualitätsdrucker zu arbeiten. Währenddessen klingelte das Telefon. Grendel meldete sich.

»Hallo Herr Doktor. Moment, ich schalte den Lautsprecher an, die Ermittler sind auch im Büro.«

»Narri, Narro«, dröhnte die Stimme von Professor Dr. Gerhard Restle, dem Leiter der Freiburger Rechtsmedizin, aus dem Telefon. »Oder wie auch immer es bei euch dort unten heißt. Dass ihr noch arbeitet! Ich dachte, in Konstanz sind alle am Schmotzigen uff d'Gass.«

Thal unterbrach den fröhlichen Redeschwall:

»Guten Tag, Herr Doktor. Können Sie auf den neuen Fotos mehr erkennen? Vor allem: Lebt die Frau, oder ist sie tot?«

»Tot oder lebendig, das ist hier die Frage! Aber ehrlich, wie soll ich das aufgrund dieser Bilder sagen. Bringt mir den Körper der Frau, und ihr bekommt eine Antwort.«

Thal brummte: »Bei einer Leiche wissen wir selbst, dass sie tot ist.«

Der Pathologe lachte auf:

»Glauben Sie mir, mein lieber Herr Hauptkommissar, das erkennen nicht alle auf den ersten Blick.«

Jetzt mischte sich Bettina Berg in das Gespräch ein.

»Aber Sie haben doch sicher eine Meinung. Ohne Gewähr, versteht sich.«

»Nun gut. Natürlich kann man ausschließlich anhand der Fotos nicht sagen, ob die Frau lebt oder nicht. Aber ich glaube nicht, dass sie tot ist.«

»Wie kommen Sie darauf?«

»Nun ja«, Restle machte eine kurze Pause und sprach dann ruhig weiter, »ich habe in den letzten zwanzig Jahren mehr als fünftausend Tote gesehen. Ich glaube nicht, dass die beiden Frauen dazugehören. Wie gesagt: Ich glaube es. Es ist eine reine Vermutung, und es mag sein, dass ich mich irre, aber ...

Der Doktor beendet den Satz nicht, sondern sprach fröhlich weiter:

»Jetzt aber genug der Spekulationen über Leben und Tod. Hier liegen genug Klienten, bei denen zumindest diese Frage unstrittig ist.«

Bettina Berg und Alexander Thal verließen das Büro der Kriminaltechnik.

»Warum müssen die Gerichtsmediziner immer so aufschneiden«, regte sich Bettina Berg auf. »Fünftausend Leichen, das kann doch gar nicht stimmen.«

»Warum nicht«, antwortet Thal. »Restle hat über zwanzig Jahre Berufserfahrung, das wären zweihundertfünfzig Leichen pro Jahr, also nur fünf pro Woche.«

»Um Gottes willen.« Bettina war sichtlich betroffen. »Dann ist es kein Wunder, dass man verschroben wird.«

***

Thal schlug die Tür seines Büros wütend hinter sich zu und warf die Papierabzüge der zwölf Fotos auf den Schreibtisch. Was bildete sich dieser Schober ein? Nachdem sie Grendels Büro verlassen hatten, ging er mit Bettina direkt zum Präsidenten, um ihn über die Sachlage zu unterrichten.

»Bringen Sie mir einen Fall, und Sie können ermitteln«, antwortete Schober in seinem langweiligen Sprechgesang, bevor er sie barsch aus seinem Büro warf. Sie hätten genug Arbeit mit der Einbruchsserie, und er müsse seine Antrittsrede vor der Polizeichefvereinigung Bodensee vorbereiten. Zwei Mal im Jahr trafen sich die Leiter der neun Polizeidienststellen rund um den Bodensee, Schobers Vorgänger war jahrelang Vorsitzender der Vereinigung, und er hoffte, ihm bald nachfolgen zu können.

Die Grenzen stellten die Arbeit der Polizei in der Region vor spezielle Probleme, die oft »auf dem kleinen Dienstweg« gelöst werden mussten. Da konnte es von Vorteil sein, wenn sich die Polizeichefs über die Grenzen hinaus kannten und vertrauten. Trotzdem war Thal stinksauer, dass Schober eine Rede vor Kollegen wichtiger war als ein Fall, in den einer seiner leitenden Mitarbeiter direkt und persönlich verwickelt war.

Um sich zu beruhigen, brauchte er dringend einen Espresso. Als er den Schalter seiner sündhaft teuren Maschine betätigte, blieb die kleine Kontrollleuchte, welche die Betriebsbereitschaft signalisierte, dunkel. Er beugte sich über den glänzenden Apparat. Das Kabel baumelte am Schrank herunter, jemand hatte in seiner langen Abwesenheit den Stecker gezogen. Er steckte ihn in die Dose und befüllte den leeren Wassertank aus einer Mineralwasserflasche, von der er einen Vorrat in seinem Aktenschrank hatte. Das Konstanzer Wasser war völlig ungeeignet für einen guten »caffè«.

Während die Maschine das Wasser auf die richtige Temperatur brachte, öffnete Thal das Fenster, um die abgestandene Luft zu vertreiben. Wenigstens hatte man das Zimmer geputzt, es fand sich weder auf seinem Glasschreibtisch noch auf den anderen Möbeln - alle aus mattem, gebürstetem Edelstahl – auch nur ein Staubkorn. Er ging zurück zu seiner Kaffeebar und schüttete eine Handvoll Bohnen in die Präzisionsmühle. Sofort verbreitete sich der wundervolle Geruch frisch gemahlenen Arrabicas im Raum. Das Wasser hatte die passende Temperatur. Thal befüllte den Siebträger mit der exakt abgemessenen Menge Kaffeepulver. Eine Minute später hielt er eine Tasse besten Kaffees in der Hand, wie man sie in keinem Restaurant der Stadt bekommen konnte. Erst jetzt, den halben Löffel Zucker umrührend, der das Aroma unterstrich, traute er sich, seinen Blick auf die Wand hinter dem Schreibtisch zu richten. Leah lächelte ihn an.

Sie hatte sein Büro eingerichtet, nicht einmal das Geschirr, von dem er jetzt eine Tasse in der Hand hielt, stammte aus den Beständen des Präsidiums.

»Der Beamtenmief hindert dich am Denken!«

Sie richtete das Büro wie die Wohnung mit Designermöbeln ein, die von Freunden oder Bekannten entworfen worden waren. Das Bild an der Wand war ein Selbstporträt.

Leah trug einen leuchtend gelben Pareo, saß mit untergeschlagenen Beinen auf einer Bambusmatte und lächelte den Betrachter an. Ihr Haar war hochgesteckt, als einzigen Schmuck trug sie eine hellgelbe Frangipaniblüte hinter dem Ohr.

Vor gut zwei Jahren war Leah überraschend im Büro aufgetaucht, das zwei Meter mal ein Meter große Bild unter dem Arm.

»Wie von Gauguin gemalt«, sagte Thal, als sie das Bild gemeinsam aufhängten.

Leah legte ihm den Arm um die Schulter und antwortete lächelnd:

»Sieh an, mein Kunstbanause macht sich. So denkst du wenigstens jeden Tag an unsere Vereinbarung, dass du in drei Jahren die Tür zu diesem Büro endgültig hinter dir zumachst und wir mindestens für ein halbes Jahr in Gauguins Südseeparadies fahren.«

Obwohl jederzeit ein Kollege hereinplatzen konnte, küssten sie sich anschließend lange und innig.

Thal nahm einen Schluck Kaffee, ging um den Schreibtisch herum und setzte sich auf den Stuhl, der bequemer war, als er aussah. Er durfte sich nicht seinen Gedanken hingeben oder in Trauer versinken. Er wusste, dass er dann nicht klar denken konnte. Er nahm die Fotos zur Hand und legte sie wie eine Patience vor sich auf die Tischplatte. Ausgedruckt wirkten die beiden Szenen viel realer. Jetzt erkannte er die Inszenierung hinter den Fotos. Die Dramaturgie war aufeinander aufgebaut. In der ersten Serie war die Frau eher dezent bekleidet, Körperhaltung und Gesichtsausdruck waren zurückhaltend.

Die Frau der zweiten Serie trug aufreizende Kleidung, die Brust wurde bloßgelegt, und die Körperhaltung, vor allem die Stellung der Hände, sollte eine eindeutig erotische Anspielung sein.

Der Täter verhielt sich wie ein Modefotograf, der seine Modelle in verschiedenen Posen ablichtete.

Thal nahm eine neue Aktenmappe und einige Blatt Papier aus seiner Schreibtischschublade, drehte seinen Füllfederhalter auf und schrieb in großer Handschrift die zentralen Fragen auf.

»Wer sind die Frauen?

Leben die Frauen?

Sind sie bei Bewusstsein oder betäubt?

Wo sind die Tatorte?

Warum schickt der Täter mir die Fotos?

In welcher Beziehung steht der Täter zu mir?«

Antworten auf die ersten drei Fragen konnte er im Moment nicht finden. Dazu reichten die Bilder nicht aus. Also wäre es am sinnvollsten, sich zunächst mit der Frage zu beschäftigen, warum die Fotos an ihn adressiert wurden. So ergaben sich die zu erledigenden Aufgaben, die Thal unter die Fragen notierte:

»Welcher vom Konstanzer KK 1 verhaftete Täter wurde vor Kurzem aus der Haft entlassen?

Welche Sexualstraftäter aus der Gegend wurden in der letzten Zeit entlassen?«

Er betrachtete das Blatt. Viel war es nicht, was er tun konnte. Es gab nicht genug Anhaltspunkte. Wenn er mit seiner Vermutung recht hatte, dass der Täter mit den Bildern einer von ihm selbst entworfenen Inszenierung folgte, würde es mit Sicherheit noch mehr Fotos und damit mehr Opfer geben. Es konnte sein, dass auch diese Bilder bereits gemacht waren. Trotzdem nahm Thal erneut den Füller zur Hand und schrieb als letzten Punkt:

»Eine Warnung herausgeben!!!«

Er griff zum Telefon und drückte eine Kurzwahltaste. Schon beim zweiten Klingeln wurde geantwortet:

»Südkurier Lokalredaktion, Thal. Was kann ich für Sie tun?«

»Hallo Tobias. Ich habe wenig Zeit, aber wir müssen uns heute noch treffen. Ich habe hier einen Fall, bei dem ich deine Mithilfe brauche.«

»Hi Paps. Schön, dass du dich auch mal wieder meldest. Wie ich sehe, bist du im Büro. Geht es denn wieder?«

»Ich habe wirklich keine Zeit, Tobias, und ich weiß, dass bei euch auch der Teufel los ist. Trotzdem müssen wir uns treffen. Es ist ernst.«

Am anderen Ende der Leitung seufzte sein Sohn deutlich hörbar.

»Okay, Paps. Komm um fünf Uhr in die Redaktion, dann ist hier der schlimmste Wahnsinn vorbei.«

Als Thal den Telefonhörer auflegte, schüttelte er sachte den Kopf. Er fürchtete, dass der Wahnsinn gerade erst begonnen hatte.

***

Der Weinwinkel gehörte zu den Konstanzer Traditionslokalen, die noch nicht von Touristen okkupiert waren. Außerdem war die Weinstube in der Niederburg einer der Orte, an denen sich die Narren von den Anstrengungen der Straßenfastnacht erholen konnten. Er betrat die enge, kleine Wirtschaft aus Sentimentalität. Vor drei Jahren war er schon einmal hier gewesen, fast zur gleichen Zeit, in ihrer Begleitung. Damals ahnte er nicht, wie dieser Abend in sein Leben eingreifen würde. Sie machte ihn auf das wilde Treiben ringsherum aufmerksam:

»Sehen Sie sich das an, zur Fastnacht wird in Konstanz die Welt aus den Angeln gehoben.«

Mit der Hand beschrieb sie einen großen Bogen und legte sie anschließend wie zufällig auf seinen Arm. Er spürte, welche Energie in dieser Frau war. Sie war eine Magierin. Sein Arm brannte, als sie fortfuhr:

»In diesen Tagen taumeln die Sinne in dieser Stadt. Was glauben Sie, wie viele Beziehungen heute Nacht rauschhaft beginnen oder zerstört, wie viele Kinder gezeugt und wie viele Ehen in wenigen Stunden zertrümmert werden?«

Sie ließ ihre Hand auf seinem Arm, während sie ihn auf einzelne Menschen im Gedränge aufmerksam machte. In diesem Augenblick wusste er, dass er seine Bestimmung gefunden hatte. Andere reisten nach Indien, um einem Guru zu folgen, er hatte hier, in dieser kleinen, engen, stickigen Weinstube inmitten trunkener und taumelnder Menschen seinen Leitstern gefunden. Sie glaubte an ihn. Er würde Sie nicht enttäuschen.

Fast meinte er, erneut ihre schmale, warme Hand auf seinem Arm zu spüren, ehe er sich aus seinem Tagtraum losriss.

Was wollte diese blöde Alte von ihm, die ihn mit ihrer lila Federboa am Hals kitzelte? Sie war rundlich, über dreißig und angetrunken, obwohl es erst halb vier am Nachmittag war. Seit ein paar Minuten hing sie an ihm wie eine Klette, blies ihm ihren alkoholgeschwängerten Atem ins Gesicht und quatschte ihm die Ohren voll, dass hier doch gar keine Stimmung wäre. Jetzt zog sie ihn am Arm:

»Komm schon, du langweilst dich doch auch. Lass uns in die Niederburgstube gehen, da steppt der Bär.«

Ja, warum ging sie nicht? Stattdessen rückte sie noch näher an ihn heran, er spürte ihren Schenkel an seinem Bein. Außerdem tätschelte sie ihm permanent den Arm. Er musste sie loswerden.

Er stand abrupt auf und stieß seine aufdringliche Nachbarin fast vom Barhocker. Er brauchte geschlagene zwei Minuten, um sich von der Theke zum Eingang durchzuschlagen, so dicht standen die Menschen. Als er endlich auf die Gasse trat und die frische, klare Luft atmete, fiel ihm die Tussi von hinten um den Hals. Hatte sie es doch tatsächlich geschafft, in seinem Schlepptau zu bleiben. Allerdings war sie in ihrem Zustand nicht mehr die Schnellste. Sie schwankte beträchtlich auf ihren fetten Beinen. Er wandte sich nach rechts und schlängelte sich durch eine Gruppe wandernder Sterne. Anschließend sprang er in einen Hauseingang und beobachtete durch das kleine Spionfenster, wie die Frau sich auf der Suche nach ihm mit ausgebreiteten Armen um die eigene Achse drehte. Als sie ihre Pirouette beendet hatte, blieb sie einen Moment wie erstarrt stehen, zuckte mit den Schultern und hakte sich bei einem Piraten ein, der mit steifem Schritt auf sie zugegangen war.

Er atmete auf. Die wäre er gerade noch rechtzeitig losgeworden. Es wurde Zeit, dass er sich auf die Suche machte. In gut zwei Stunden begann der Hemdglonkerumzug, spätestens dann sollte er sein Modell ausgesucht haben.

***

»Wie stellst du dir das vor! Der morgige Lokalteil ist längst fertig, voll mit Texten und Bildern der Fastnacht. Ich warte nur noch auf ein paar Fotos vom Hemdglonkerumzug, dann gehen die Seiten in die Produktion.«

Tobias Thal griff nach seiner Kaffeetasse und nahm einen großen Schluck. Dabei betrachtete er seinen Vater, der angespannt auf der Kante des Besucherstuhls vor seinem Schreibtisch saß. Er sah müde aus, als hätte er seit Tagen nicht geschlafen. Tobias Thal hoffte nach dem Anruf aus dem Präsidium, mit seinem Vater gehe es endlich bergauf. Mehrfach hatte er erfolglos versucht, ihn zur Arbeit zu bewegen. Er hatte sich so in seine Erinnerungen vergraben, dass er keinen Weg zurück in seinen Alltag fand. Tobias war klar, dass zwischen seinem Vater und Leah Braasch eine Beziehung bestand, die sich normalen Maßstäben entzog. Er war zwar erst zehn Jahre, als die beiden sich zum ersten Mal begegneten. Trotzdem wusste er sofort, dass diese Frau in Zukunft mit ihnen leben würde. Normalerweise erzählte sein Vater kaum von seiner Arbeit, aber an diesem heißen Sommerabend vor zwanzig Jahren berichtete er ihm auf der Kante seines Bettes sitzend bis in kleine Details von seinem Besuch im Atelier einer jungen Malerin im Essener Norden. Er beschrieb ihr Aussehen, ihre Kleidung, ihre Bewegungen. Nie zuvor hatte der Junge erlebt, dass sein Vater so enthusiastisch von einem anderen Menschen sprach. Diese Leah Braasch musste etwas Besonderes sein – und bald sollte er sich davon selbst überzeugen.

Damals lebte er mit seinem Vater in einer kleinen Etagenwohnung. Vier Jahre zuvor hatten sich die Eltern getrennt, und seine Mutter Marion war zu ihrem Liebhaber nach Spanien gezogen. Des iberischen Herzensbrechers hatte sie sich kurz darauf entledigt, lebte aber heute noch in Sevilla.

Tobias wusste, dass Leahs Tod das größte Unglück war, das seinem Vater im Leben widerfahren konnte. In den ersten Wochen danach hatte er bei ihm gewohnt und gesehen, wie er litt. Er konnte ihm nicht helfen, denn so gut ihr Vater-Sohn-Verhältnis auch war, eine enge Beziehung, die den Austausch über die tiefsten menschlichen Gefühle einschloss, hatten sie nie zueinander entwickelt. Jetzt saß der selbstbewusste Alexander Thal wie ein Bittsteller vor ihm.

»Du verkennst den Ernst der Lage, Tobias. Da draußen läuft ein Wahnsinniger herum, der junge, hübsche Frauen betäubt, vielleicht sogar tötet, um sie in vorher wohl überlegten und inszenierten Posen zu fotografieren.«

Thal deutete auf die zwölf Fotos, die er auf dem Schreibtisch seines Sohnes ausgebreitet hatte.

»Ich habe keine Ahnung, warum er das tut, und weiß schon gar nicht, warum er ausgerechnet mir die Bilder schickt. Eins aber steht fest: Es wird mehr Opfer geben, wenn wir nichts unternehmen.«

Durch die Schallschutzfenster des Redaktionsbüros drang dumpf der stampfende Rhythmus einer vorbeiziehenden Guggemusik. Thal deutet mit dem Kopf in Richtung Fenster:

»Wahrscheinlich läuft der Verrückte da draußen rum auf der Suche nach seinem nächsten Opfer.«

Tobias zuckte mit den Schultern.

»Um das zu verhindern, ist es ohnehin zu spät.«

»Mag sein«, antwortete Thal. Er senkte die Stimme.

»Aber mein Gefühl sagt mir, dass es die ganzen Fastnachtstage weitergehen wird. Warum sollte er sonst ausgerechnet jetzt mit seinen Taten beginnen. Man beginnt doch nicht am Fastnachtsdienstag an und hört am Donnerstag schon wieder auf.«

»Du meinst, er wird bis Aschermittwoch weiter ...«

Was eigentlich, fragte sich Tobias. Vergewaltigen, verletzen, morden?

Sein Vater riss die Aufmerksamkeit an sich.

»Kannst du nicht wenigstens einen Artikel schreiben, in dem du Frauen zu besonderer Wachsamkeit gegenüber Unbekannten aufforderst? Vor allem sollen sie sich bei uns melden, wenn sie das Gefühl haben, Opfer eines Übergriffs geworden zu sein, ohne sich an die Geschehnisse genau erinnern zu können.«

Tobias lachte auf.

»Hunderte von Frauen werden morgen früh nicht mehr so genau wissen, was in der Nacht passiert ist.«

Als er spürte, dass sich sein Vater über diese flapsige Bemerkung ärgerte, setzte er eine ernste Miene auf.

Alexander Thal nahm je ein Bild der beiden Frauen, auf denen ihr Gesicht möglichst natürlich aussah, und schob es seinem Sohn zu.

»Hilf uns wenigstens, die Identität dieser Frauen zu klären.«

»Wie stellst du dir das vor? Soll ich etwa diese Fotografien ins Blatt nehmen, ohne mich um etwaige juristische Probleme zu kümmern? Persönlichkeitsrechte, Recht am eigenen Bild, Urheberrechte – der Verlagsleiter bringt mich um.«

»Und wenn ich dich darum bitte?«

»Paps, so gerne ich dir helfen würde, aber deine Bitte nützt mir nichts. Bring mir ein Schreiben deines Chefs auf dem Briefpapier des Präsidiums mit Unterschrift und Siegel, in dem er mich um einen Fahndungsaufruf bittet. Vorher kann ich nichts tun.«

Thal drückte sich mit den Armen mühsam aus seinem Stuhl. Zum ersten Mal fühlte Tobias, dass sein Vater alt wurde. Er tat ihm leid. Und er hatte eine Idee. Aber darüber musste er in Ruhe nachdenken.

***

Eine halbe Stunde später betrat Thal das Polizeipräsidium. Die Hektik war greifbar. Uniformierte Beamte rannten aus dem Gebäude zu ihren Fahrzeugen, andere kamen von einem Einsatz zurück, randalierende und volltrunkene Narren vor sich her in Richtung Zellentrakt schiebend. Vor dem Dauerdienst saß ein Mann zusammengesunken vor sich hinstöhnend. Um den Kopf hatte er einen Verband, der sich an der linken Schläfe vom Blut leicht rot färbte. Als sich die gegenüberliegende Tür öffnete, blickte Thal den herausstürmenden Kollegen fragend an.

»Massenschlägerei am Bahnhof. Ihn hat es noch am wenigsten erwischt, vielleicht kann er die Täter identifizieren.«

Auf dem Flur des KK 1 war es ruhig wie im Zentrum eines Orkans. Die Tür zum Büro von Bettina Berg stand auf. Sie beugte sich mit Frank Auer über eine Akte. Es war nicht zu übersehen, dass der smarte Kollege versuchte, einen Blick in ihren Ausschnitt zu werfen.

»Störe ich?«

Die beiden hoben gleichzeitig die Köpfe.

»Hallo Alexander! Schön, dass du wieder an Bord bist.«

Bisher war Thal ein Treffen mit dem Kollegen Auer erspart geblieben, der den ganzen Tag gemeinsam mit Adrian Gerth die Nachbarn ausgeraubter Villen befragt hatte. Die Kurzprotokolle dieser Vernehmungen lagen jetzt auf dem Tisch.

»Was gibt es Neues?«

Bettina Berg setzte sich auf die Schreibtischkante, was Auer veranlasste, den Blick auf ihre Beine zu richten. Sie strich sich mit der linken Hand eine Haarsträhne aus dem Gesicht, ehe sie antwortete.

»Nicht viel. Genau genommen nichts. Es ist wie verhext. Keine verwertbaren Spuren, keine Zeugen, gar nichts. Wir kommen nicht weiter. Gerth hat für neunzehn Uhr ein Meeting angesetzt, wo wir noch einmal alles Punkt für Punkt durchgehen. Vielleicht haben wir irgendeine Kleinigkeit übersehen.«

»Gute Idee«, brummte Thal. »Mich braucht ihr da ja nicht, ich kann euch ohnehin nicht helfen. Schließlich habe ich keine Sachkenntnis in dem Fall.«

»Wie wäre es mit Aktenstudium, Herr Kollege?«

Ohne dass die drei es bemerkt hatten, war Adrian Gerth in den Raum getreten. Die Hände in die Hüften gestemmt, erschien er Thal wie das fleischgewordene Napoleonsyndrom. »Hüte dich vor kleinen Männern«, hatte seine Mutter ihn zu Beginn seiner Polizeilaufbahn gewarnt. Mehrfach musste er in den vergangenen Jahrzehnten erfahren, wie recht sie damit hatte.

Gerth trat einen Schritt auf Thal zu.

»Willkommen zurück.«

Thal ergriff die ihm entgegengestreckte Hand. Sie war kalt und feucht, dazu war Gerths Händedruck so kraftlos, dass er kaum wahrnehmbar war.

»Bestimmt werden Sie jetzt die Leitung der Ermittlungen in der Einbruchsserie übernehmen. Schließlich handelt es sich bei den Opfern um einflussreiche Leute.«

Gerth war der einzige Mitarbeiter seines Kommissariats, mit dem sich Thal noch nach Jahren siezte, sah man von

Stefanie Bohlmann ab, die er aber bisher kaum kennengelernt hatte.

»Da vertraue ich Ihnen voll und ganz, Herr Gerth. Diese Verantwortung ruht gut auf Ihren Schultern.«

Bettina Berg drehte ihr Gesicht in Richtung Fenster, damit man das breite Grinsen nicht sehen konnte.

»Gut, dann um neunzehn Uhr in meinem Büro«, sagte Gerth und verließ mit steif durchgedrücktem Rücken den Raum.

»Oh je, der Ärmste«. Frank Auer ging ebenfalls Richtung Tür. »Da hat er gehofft, bald Chef zu werden, und jetzt kanzelst du ihn ab wie einen Schuljungen.« Winkend verließ er das Büro.

Bettina Berg stand vom Schreibtisch auf und setzte sich in ihren Bürostuhl, der knarzte wie die Türen in einem Gespensterschloss.

»Du solltest dich wirklich mit dem Fall beschäftigen, Alexander. Wenn wir nicht bald einen Täter oder wenigstens eine Spur präsentieren, wird uns die Presse zerreißen.«

»Damit kommt ihr schon klar. Ich muss mir die Fälle der letzten Jahre vornehmen. Das ist im Moment die einzige Chance, unserem Fotografen auf die Schliche zu kommen.«

Bettina hob die Schultern leicht an.

»Wenn du meinst. Aber denk dran: Genau genommen haben wir da noch keinen Fall, und Schober kann höchst unangenehm werden, wenn er sich hintergangen fühlt.«

Und wenn schon, dachte Thal auf dem Weg zu seinem Büro. Dann lege ich ihm mein Attest auf den Schreibtisch oder stelle gleich den Antrag auf frühzeitige Pensionierung. Die Machtspielchen im Präsidium hatten ihn schon immer angeödet. Er war Polizist geworden, weil er den Guten gegen die Bösen helfen wollte. So einfach war das. Deshalb entschied er sich zum Entsetzen seines Vaters und aller Freunde für diesen Beruf. Das war in der Post-68-Ära, und bald hatte er keine Freunde mehr außerhalb der Truppe. Damals wurde man einfach nicht Bulle, es war geradezu unanständig. Im vergangenen Sommer, vierzig Jahre nach seinem Abitur, besuchte er zum ersten und letzten Mal ein Klassentreffen. Die Schulkameraden, die ihn damals am meisten beschimpft hatten wegen seines bourgeoisen Verhaltens und seines Verrats an der Sache der Revolution, waren heute Bankdirektoren, Richter oder Lehrer. Als sie erfuhren, dass er noch heute als Polizist arbeitete, war er ein gefragter Gesprächspartner. Sein Job musste doch um vieles spannender sein als ihre Schreibtischarbeit. Um zehn Uhr abends verließ er die Feier unauffällig, bevor sie richtig begonnen hatte.

Er nutzte die Zeit, die der Computer zum Starten brauchte, um einen Espresso zuzubereiten. Mit der dampfenden Tasse setzte er sich an seinen Schreibtisch und startete die Recherche im Polizeiarchiv. Es dauerte gut eine Stunde, eine Liste von fünf Fällen zusammenzutragen, deren Täter nicht länger als ein Jahr auf freiem Fuß waren und die Grund hatten, sich an ihm zu rachen. Er rief die entsprechenden Akten auf und versuchte, sich an die Männer zu erinnern, was schwierig war, da einige der Taten mehr als zehn Jahre zurücklagen. Zwei Fälle strich er sofort aus seiner Liste. Die Täter waren einfache, brutale Schläger, beide wegen Vergewaltigung und Totschlag zu acht bzw. neun Jahren Haft verurteilt. So unangenehm die Typen sein mochten, als Fotograf kamen sie nicht in Betracht. Blieben drei kürzlich entlassene Täter übrig, denen er die Tat von ihrer Intelligenz und kriminellen Kreativität zutraute. Allerdings hatten sie bisher niemals Gewalt gegen Frauen angewandt. Verurteilt wurden sie nicht wegen Sexualdelikten, sondern für Raubüberfälle, Totschlag bzw. Anstiftung zum Mord. Wenn diese Männer sich an dem Kommissar rächen wollten, der sie hinter Gitter gebracht hatte, engagierten sie eine Schlägertruppe, die ihm nachts auflauerte und ihn erschlug. Oder sie beauftragten einen Berufskiller, ihn mit einem Präzisionsgewehr zu erschießen, während er unter der Dusche stand.

Obwohl er sicher war, dass sie nicht als Täter infrage kamen, notierte er sich Namen und Daten der drei alten Klienten. Eine Überprüfung ihres Aufenthaltsortes und ihrer Alibis ließe sich schnell erledigen, ohne dass Schober davon erfuhr.

Thal lehnte sich in seinem Sessel zurück. Jagte er einem Phantom nach? War es ein dummer Fastnachtsscherz? Sein Gefühl deutete in eine andere Richtung, und wenn er in vierzig Jahren im Polizeidienst etwas gelernt hatte, war es, seinem Gefühl zu folgen.

Kapitel drei: Die Hingabe

Es war schwierig, mit den Handschuhen den winzigen Chip aus der Kamera zu nehmen und in den Umschlag zu stecken, zumal seine Hände noch von der Erregung der letzten Minuten zitterten. Was für eine Schönheit hatte er da aufgetan. Und wie bereitwillig sie ihm Modell saß. Fast glaubte er, die Tropfen nicht zu brauchen. Höchstwahrscheinlich hätte sie freiwillig mitgemacht.

Er trat aus dem Hauseingang auf die Marktstätte. Hier war es erstaunlich ruhig, während zweihundert Meter weiter die Fastnacht brodelte. Menschen tanzten entfesselt durch die Straßen, aufgepeitscht von stampfenden und scheppernden Schlagwerken der Guggemusiken, was ihn hier nur noch als sanftes Brummen erreichte.

Fast hätte er sein Werk abgebrochen, als er merkte, dass sie nicht zu sich nach Hause ging. Er hatte keine Ahnung, warum sie um diese Zeit die Zahnarztpraxis betrat. Auf jeden Fall kannte sie sich gut aus, denn sie bewegte sich sicher durch die Räume. Bestimmt arbeitete sie hier. Gut, dass er seine Entscheidung noch einmal überdachte. Der Behandlungsstuhl war das perfekte Mobiliar für die heutige Szene.

Er überquerte mit schnellen Schritten die breite Marktstätte. Fast übersah er den Rettungswagen, der zwar mit Blaulicht, aber ohne Martinshorn in Richtung Obermarkt raste. Der Fahrer wedelte mit der Hand vor seiner Stirn, als er sich mit einem beherzten Sprung zur Seite in Sicherheit brachte.

Er atmete tief ein.

»Konzentration«, befahl er sich laut und deutlich. »Konzentration«.

Er erreichte die Briefkästen auf der anderen Straßenseite. Mit der rechten Hand steckte er den Brief in den Schlitz. Auf dem Ärmel seines Mantels entdeckte er einen Zwei-Euro-Stück großen, dunkelroten Fleck. Hoffentlich war kein Blut auf den Briefumschlag getropft. Er musste präziser arbeiten, durfte nicht unvorsichtig werden.

Andererseits: Was sollte der Herr Kommissar mit dem bisschen Blut anfangen. Das brachte ihm nichts. Gar nichts.

***

Erst um halb zehn betrat Thal erneut Bettina Bergs Büro. Er hätte zu gerne noch mit der Kollegin geplaudert, aber sie hatte das Präsidium bereits verlassen und saß wohl längst in ihrer ruhigen Wohnung weitab vom Lärm, der ihn zu Hause in der Altstadt erwartete.

In den vergangenen zwei Stunden war er alle Fälle von Vergewaltigungen und Belästigungen von Frauen der letzten zehn Jahre durchgegangen. Dabei fiel ihm kein Muster auf, das auf den Fotografen hindeuten könnte. In keinem einzigen Fall wurde der Täter vor Kurzem entlassen, und er konnte sich keine Motive vorstellen, weshalb sich einer der Täter an ihm rächen sollte. Als er über das Rachemotiv nachdachte, kam ihm der Gedanke, dass es genau umgedreht sein könnte. Möglicherweise war der Fotograf ein Opfer, das ihn beschuldigte, nicht konsequent ermittelt zu haben. Also suchte er nach offenen Fällen. Es gab zwar einige Anzeigen von sexueller Belästigung und Vergewaltigung, in denen bisher kein Täter ermittelt werden konnte, doch weder Thal persönlich noch das KK 1 waren in diesen Fällen beteiligt. Er kam nicht weiter. Er musste seine Recherche zeitlich ausdehnen, dazu war er jetzt aber zu müde. Er griff zum Telefonhörer und bat den Diensthabenden in der Zentrale, morgen spätestens um fünf Uhr das Hauptpostamt anzurufen. Post für Alexander Thal durfte auf keinen Fall zugestellt werden, sondern sollte sofort separat in eine Plastiktüte gelegt werden. Anschließend sollte man ihn umgehend informieren. Es galt zu verhindern, dass viele Menschen ihre Fingerspuren auf dem Umschlag hinterließen. Der Beamte in der Zentrale notierte sich seine Telefonnummern und wünschte ihm noch einen schönen Abend.

Thal schaltete den PC aus und öffnete die Schreibtischschublade, um sein Handy einzustecken. »Ein Anruf in Abwesenheit« stand auf dem Display. Außerdem blinkte das Briefsymbol, der Anrufer hatte eine Nachricht hinterlassen. Thal rief die Mailbox an. Sekunden später hörte er die Stimme seines Sohnes.

»Hallo Paps! Bist du schon im Bett? Schau dir morgen die Bilder auf Seite drei des Lokalteils genauer an. Mehr konnte ich nicht tun. Ich hoffe, du bist zufrieden. Gute Nacht.«

Thal lächelte, als er das Licht in seinem Büro löschte. Auf seinen Sohn hatte er sich immer verlassen können.

Kaum trat er auf den Platz vor dem Polizeipräsidium, hörte er den Lärm aus der Altstadt. Es hatte keinen Sinn, jetzt in seine Wohnung zu gehen. Bei dem ohrenbetäubenden Krach würde er keine Ruhe finden, also entschloss er sich zu einem Spaziergang in Richtung Stromeyersdorf. In einer alten Fabrikhalle im Gewerbegebiet, unweit des Biergartens, in dem im Sommer kaum ein Platz zu bekommen war, hatte Leah ihr Atelier. Er war seit dem letzten Sommerfest, also fast ein Dreivierteljahr, nicht mehr dort gewesen. Überhaupt hatte er das Studio noch nie ohne seine Frau betreten. Je weiter er rheinabwärts ging, desto stiller wurde es. Es begegneten ihm nur vereinzelte Fußgänger, die auf dem Heimweg vom fastnächtlichen Treiben waren. Thal brauchte eine halbe Stunde, ehe er vor dem ausladenden Eisentor stand, das mit einem massiven Vorhängeschloss gesichert war. Seine Hände waren steif von der Kälte. Das Schloss sprang erst nach einigen Versuchen mit einem dumpfen Klacken auf. Vorsichtig stieß er die Tür auf, was einen solchen Lärm verursachte, dass der Hund eines Wachmanns, der seinen routinemäßigen Rundgang in einem mehr als dreihundert Meter entfernten Bürogebäude begonnen hatte, anschlug. Rasch stoppte Thal das weitere Öffnen der Tür und schlüpfte durch den Spalt in die Halle. Er brauchte eine Weile, bis er einen Lichtschalter fand. Offensichtlich war es der Hauptschalter, denn kaum hatte er ihn betätigt, flammten überall im Raum Lampen auf. Thal schloss die Tür, was erneut nicht geräuschlos ging. Als er sich umblickte, stockte ihm der Atem. Unzählige Lichtquellen an der Decke, an den Wänden und auf den Boden, große und kleine Leuchten, einige mit riesigen Schirmen, wie er sie von Fotografen kannte, tauchten die gesamte Halle in helles, angenehmes Licht. Die Lichtquellen waren so angeordnet, dass eine natürliche Lichtstimmung entstand. Man konnte fast den Eindruck haben, an einem schönen Sommertag am Strand zu sitzen. Obwohl die Temperatur in der Halle nicht über zehn Grad lag, war es Thal zu warm. Er öffnete den Mantel und war beim letzten Knopf angelangt, als sein Handy piepste. Er zog es aus der Tasche. Auf dem Display stand: »Willkommen bei Swisskomm«. Das Schweizer Netz war wie so oft stärker als das deutsche. Thal wollte jetzt nicht gestört werden und schaltete das Telefon aus.

Das Atelier hatte eine Grundfläche von etwa fünfundzwanzig mal fünfzehn Metern und war mehr als sechs Meter hoch. An der rechten Längsseite lief in halber Höhe und über die gesamte Länge eine Galerie, die rund vier Meter in den Raum hereinragte. Man erreichte sie über eine steile Eisentreppe direkt neben dem Eingang. Die Galerie hatte Leah als Büro, Archiv und Bibliothek gedient. Die wichtigsten Unterlagen lagen in Stahlschränken aus dem Inventar der Fabrik, deren Arbeiter in dieser Hall einst Textilien gewebt hatten.

Am Kopfende der Halle befand sich die kleine Küche mit einer Kaffeemaschine, Wasserkocher, Kochplatte und Kühlschrank. Hatte sich jemand um den Inhalt des Eisschranks gekümmert? Thal öffnete vorsichtig die Tür – leer. Tobias hatte wohl für Ordnung gesorgt, ohne ihn damit zu belasten.

Thal wanderte durch die Halle, die der Lebensmittelpunkt seiner Frau gewesen war. Sie hatte viel mehr Zeit in ihrem Atelier verbracht als an irgendeinem anderen Ort der Welt. An den Wänden standen oder hingen Bilder unterschiedlicher Größe und Stilrichtungen. Leah hatte immer experimentiert, sich niemals festgelegt. Neben einer expressiven Städteansicht von Konstanz hing ein fast fotografisches Stillleben. Es war von einer Garküche in Thailand inspiriert, an der sie bei ihrer letzten gemeinsamen Asienreise eine köstliche Suppe gegessen hatten. Thal erinnerte sich an das Foto, das der Koch gemacht hatte. Lachend und mit vollen Backen schauten sie in die Kamera.

Was für eine Vielfalt gab es im Atelier zu sehen: Abstrakte und gegenständliche Gemälde, Porträts, Landschaftsbilder, Stillleben, Architekturstudien. Ölbilder in grellen, bunten Farben neben graubräunlichen Tuschezeichnungen. Feine Kreidestriche oder wild gesprühte Acrylfarben.

Thal verstand nicht viel von Kunst, aber was er sah, überwältigte ihn. Seine Frau hatte ein Universum geschaffen. Er kannte nur die Arbeiten, die sie für gut genug hielt, um sie der Öffentlichkeit zu präsentieren. Er hatte keine Ahnung, dass sie derart exzessiv gearbeitet hatte, um ein gewaltiges Werk zu hinterlassen. Als hätte sie geahnt, dass ihr nicht viel Zeit blieb. Thal unterdrückte den Gedanken und wandte sich zur Mitte der Halle. Hier standen die Arbeiten der Bildhauerin Leah Braasch, auch wenn sie selbst sich nie so gesehen hatte. »Ich bin Malerin, und mein Hobby ist die Bildhauerei«, hatte sie auf einer Vernissage gesagt, bei der ihre gegenständlichen Arbeiten präsentiert wurden. Alle hielten das für vornehmes Understatement, aber Thal wusste, dass sie es ernst meinte. Trotzdem standen gut dreißig Objekte unterschiedlicher Größe und Genres im Raum. Obwohl die Halle keineswegs vollgestopft war, fühlte er sich erdrückt von der geballten Kreativität, die ihn umgab. Dazu kamen die Gerüche nach Terpentin, Acryl und Steinstaub. Er hatte das Gefühl, Leah wäre in diesem Raum körperlich anwesend. Er musste sich setzen und ging zu einer Werkbank in der Mitte des Ateliers, vor der ein Hocker stand. In Gedanken versunken öffnete er eine Schublade und nahm ein Kästchen heraus. Als er den Deckel hob, füllten sich seine Augen mit Tränen. Es dauerte eine Minute, bis er sich beruhigt hatte und die kleine Mahagonischnitzerei mit zitternden Händen aus der Schachtel nahm. Er erkannte das Holz sofort. Sie hatten es vor fünf Jahren einem Maskenschnitzer auf Bali abgekauft. Leah fand die Form des Holzstücks so vollendet, dass sie einen viel zu hohen Preis zahlte.

»Ich sehe schon jetzt, was daraus wird«, flüsterte sie ihm zu, als sie die kleine Werkstatt verließen. Auf seinen fragenden Blick legte sie ihm den Finger auf den Mund.

»Du wirst es noch früh genug erfahren.«

Er vergaß dieses Erlebnis, und erst jetzt sah er, was Leah damals vor ihrem inneren Auge hatte. Zwei fast ineinander verschmolzene Gesichter, die vor Freude, Liebe und Glück strahlten. Leah Braasch und Alexander Thal - zwei Seiten eines einzigen Kunstwerks. Er umschloss die Mahagonikugel mit beiden Händen. Sie schmeichelte sich seinen Fingern an, und Wärme durchströmte seinen Körper. Er ließ seinen Tränen freien Lauf, zum ersten Mal seit Leahs Tod weinte er hemmungslos. Noch eine Viertelstunde später saß er mit verschlossenen Händen auf dem kleinen Schemel und nahm seine Umwelt durch den Tränenschleier nur ungenau wahr. Deswegen sah er zwar, dass in einer dunklen Ecke unter der Galerie auf einer Staffelei ein Leinwandrahmen mit einer Kantenlänge von drei Metern stand. Er sah, dass Leah das Bild in viele kleine Quadrate aufgeteilt hatte. Alle anderen Details des unvollendeten Werks entgingen ihm aber, weil er in diesem Moment nicht der Kriminalhauptkommissar Alexander Thal, sondern der Witwer der Malerin und Bildhauerin Leah Braasch war, dem es endlich nach einhundertfünf Tagen vergönnt war, zu weinen.

***

Die Techniker waren schon bei der Arbeit. In ihren weißen Ganzkörperoveralls versuchten sie, alle Spuren zu sichern, die der oder die Täter hinterlassen hatten. In Sekundenintervallen blitzte die Kamera des Fotografen im Wohnzimmer auf, das durch die bis zum Boden reichenden Glasfenster von den Scheinwerfern im Garten erleuchtet war. Bettina fürchtete, dass die Arbeit der Spurensicherer auch diesmal wenig zutage fördern würde. Die Art und Weise des Einbruchs sowie der Tatort selbst deuteten auf die gleichen Täter hin, die bisher jedes Mal spurlos verschwunden waren. Wie zuvor war es eine Villa im Musikerviertel, geschah der Einbruch, als alle Bewohner abwesend waren, und war die Alarmanlage ausgeschaltet worden.

Bettina ging auf den großen, schlanken Mann zu, der in einem schwarzen Ledersessel im Wohnzimmer saß, und hielt ihm ihren Dienstausweis entgegen.

»Guten Abend! Meine Name ist Bettina Berg, ich bin Kriminaloberkommissarin bei der Konstanzer Kripo. Ich nehme an, Sie sind der Hausherr?«

Der Mann stellte das Whiskeyglas auf den niedrigen Tisch und erhob sich.

»Ja, Sie haben recht. Himmel, Dr. Markus Himmel.«

Was für ein passender Name für den Leiter des Konstanzer Klinikums, dachte Bettina Berg, die jetzt zu ihrem Gesprächspartner aufblicken musste. Himmel war einen Meter achtundneunzig groß.

»Konnten Sie sich schon einen Überblick verschaffen, was gestohlen wurde, Herr Doktor Himmel?«

»Nur grob, Ihre Leute lassen mich ja noch nicht in alle Zimmer. In diesem Raum fehlen auf jeden Fall zwei Gemälde.«

Himmel wies mit ausgestrecktem Arm auf zwei kahle Stellen an den Wänden. Bettina Berg registrierte, dass er ausnehmend schöne Hände hatte.

»Wertvolle Bilder?«

»Oh ja! Sie waren von Leah Braasch. Meine Frau ist eine große Verehrerin von ihr, oder besser war es, denn die Künstlerin ist vor ein paar Monaten gestorben.«

»Können Sie mir einen Anhaltspunkt geben, wie viel die Bilder wert waren?«

Himmel richtete für einen Augenblick den Blick auf die kahlen Wände, als könne er die fehlenden Bilder taxieren.

»Ich schätze, sie dürften auf einer Auktion heute fünfzigtausend bringen. Jedes.«

Bettina Berg atmete hörbar aus. Es hing also mehr als ein Jahresgehalt in Thals Büro. Himmel missdeutete ihre Reaktion.

»Sie haben recht, mit Sicherheit sind sie mehr wert. Der Preis steigt ja, wenn der Künstler stirbt.«

Bettina wollte sich bei Grendel erkundigen, ob die Techniker fertig wären und Himmel in den anderen Zimmern nachschauen könnte, was sonst noch gestohlen worden war, als Kriminaldirektor Schober mit raumgreifenden Schritten den Raum betrat und direkt auf Himmel zusteuerte.

Was will der denn hier zu dieser nachtschlafenden Zeit? Bettina Berg hatte die Frage kaum gedacht, als sie eine Antwort erhielt.

»Mein lieber Markus, es tut mir unendlich leid«, säuselte er. Dabei ergriff er Himmels Hand, der sichtbar überrascht von diesem Auftritt war.

Schober drehte sich abrupt um.

»Guten Abend, Frau Berg. Wo ist Thal?«

»Informiert«, log Bettina, ohne rot zu werden.

»Gut. Er soll gefälligst sofort hier erscheinen und die Leitung der Ermittlung übernehmen.«

Schober wandte sich wieder dem Klinikchef zu, legte ihm die Hand auf den Arm und sagte:

»Wo sind Barbara und Max? Es geht ihnen hoffentlich gut?«

»Ich denke schon. Sie sind noch in der Stadt und feiern.«

Bettina Berg nutzte die Gelegenheit, sich aus dem Zimmer zu schleichen. Sie zog das Handy aus der Tasche und wählte Thals Handynummer aus dem Speicher. Zu Hause war er nicht, das hatte sie schon probiert. Auch jetzt sprang nur die Mailbox an.

»Verdammt Alexander, melde dich. Wir haben einen neuen Einbruch, und zwar bei einem Freund von Schober. Der ist selbst hier am Tatort aufgelaufen und tobt, weil du nicht da bist. Also ruf mich an.«

Bettina Berg schaute zurück ins Wohnzimmer, wo der Polizeipräsident inzwischen ebenfalls ein Whiskeyglas in der Hand hielt und sich angeregt mit seinem Freund unterhielt. Es war besser, wenn sie die beiden alleine ließ. Sie folgte Grendel, der in die obere Etage stieg.

***

Um fünf Uhr gab Thal auf. Es hatte keinen Sinn, länger im Bett zu liegen und sich schlaflos von einer Seite auf die andere zu wälzen. Aus dem Atelier hatte er sich gegen halb zwei auf den Heimweg gemacht. In der Stadt war noch der Teufel los, die Guggemusiken zogen unverdrossen durch die Altstadt. Trotz seiner Müdigkeit und Erschöpfung fand er keinen Schlaf.

Er stand auf und legte die Mahagonikugel vorsichtig wie ein kostbares, zerbrechliches Kunstwerk in die mit Samt ausgeschlagene Schachtel, in der er sie gefunden hatte. Er brauchte dringend frische Luft. Der Atelierbesuch hatte ihn an den Rand seiner emotionalen Kräfte gebracht. Zwar hatte es ihn befreit, endlich weinen zu können. Wie viele Tränen ein Mensch in sich haben kann, dachte er. Als er sie getrocknet hatte, stieg die Angst in ihm auf. Das Atelier musste aufgelöst, die Bilder geordnet und verkauft werden. Oder sollte er damit warten? Wie viel Geld waren Leahs Werke wert? Er hatte sich nie darum gekümmert, wovon sie ihren aufwendigen Lebensstil bestritten. Sein Beamtengehalt reichte nicht für die Wohnung, die Designermöbel, die jährlichen Fernreisen nach Asien oder in die Karibik, die Wochenenden in Italien. Würde er die Wohnung halten können? Oder war es nicht besser, umzuziehen? Die Fragen stürmten auf ihn ein. Er fühlte sich ihnen nicht gewachsen. Am liebsten liefe er davon oder setzte sich in ein Flugzeug, das ihn so weit weg wie möglich brachte. Nach Neuseeland zum Beispiel. Dorthin hatten sie reisen wollen. In einer Zukunft, die es nicht mehr gab.

Thal zog eine Jeans und einen warmen Norwegerpullover an. Mit dem Wintermantel darüber würde er nicht frieren. Er trat auf die Straße, schob die Hände in die Taschen und fühlte sein Handy. Eine Minute, nachdem er es eingeschaltet hatte, signalisiert ein Piepen, dass eine Nachricht auf der Mailbox eingegangen war. Bettina berichtete von einem Einbruch, Schober wollte ihn am Tatort sehen. Die Nachricht stammte von ein Uhr dreiundzwanzig. Jetzt war es zwanzig vor sechs. Sollte er Bettina trotzdem anrufen? Als er noch darüber nachdachte, klingelte und vibrierte das Telefon in seiner Hand. Ein müde und verschlafen klingender Mitarbeiter der Post informierte ihn, dass ein Brief in seinem Postfach liege.

Zehn Minuten später stand Thal im Sortierraum der Konstanzer Hauptpost. Der kleine, weiße Briefumschlag lag auf einem langen Resopaltisch. Thal zog eine Plastiktüte aus der Innentasche seines Mantels und ergriff damit das Kuvert, ohne es zu berühren. Der Postmitarbeiter versicherte, den Umschlag nur mit einer Pinzette angefasst zu haben, die er sich von einer Kollegin ausgeliehen hatte.

Auf dem Weg zum Präsidium wählte Thal Bettinas Nummer. Er wollte schon auflegen, als sie sich endlich verschlafen meldete.

»Um diese Zeit hättest du auch nicht mehr anrufen müssen.«

»Tut mir leid, Bettina. Aber wir haben einen weiteren Brief.«

Bettina stöhnte hörbar auf.

»Gut, ich komme.«

Um halb sieben betrat Thal das Präsidium. Er fand keinen Techniker, nach der Nachtschicht in der Villa schliefen sie sich vermutlich aus. Also holte er Puder sowie Klebeband aus Grendels Büro und sicherte selbst Faser- und Fingerspuren am Umschlag. Nachdem er den Chip genauso behandelt hatte, schob er ihn in den PC. Die Datei trug die Bezeichnung »Die Hingabe« und enthielt wie erwartet sechs Fotos. Thal öffnete das mit der Nummer eins.

Diesmal war es eine sehr junge Frau, achtzehn, höchstens zwanzig Jahre alt. Sie war pummelig, aber nicht dick. Ihr hübsches, auffällig stark geschminktes Gesicht umrahmte die dichten, schwarzen Haare einer Pagenkopffrisur. Sie trug ein weißes Nachthemd mit rotem Halstuch, das typische »Hemdglonkerhäs«. Die Frau saß auf einem Stuhl. Thal brauchte einige Sekunden, um zu erkennen, dass es sich um den Behandlungsstuhl einer Zahnarztpraxis handelte. Die Körperhaltung war aufrecht, der Kopf fiel zur Seite. Wie die Frau auf den Fotos der zweiten Serie ihren Rock, hielt sie den Saum des Nachthemdes in beiden Händen. Die in einer dicken, bunt geringelten Wollstrumpfhose steckenden Beine waren bis zu den Oberschenkeln sichtbar. Gegen die Kälte hatte sie darüber zusätzlich wollene Kniestrümpfe gezogen. Die schwarzen, mit Fell besetzten Winterschuhe lagen auf dem Boden, als hätte die Frau sie achtlos fallen gelassen.

Auf dem zweiten Foto war die Frau im Stuhl nach oben gerutscht oder gehoben worden. Der Kopf hing seitlich der Kopfstütze über der Stuhllehne, der Hals war überdehnt. Die Frau hatte Strümpfe und Strumpfhose ausgezogen, oder besser: Sie waren ihr ausgezogen worden, dessen war Thal sich sicher. Die nackten Beine waren leicht gespreizt.

Auf dem dritten Foto lag das rechte Bein über der hohen Lehne des Zahnarztstuhls. Das linke Bein war stark abgewinkelt, was eine ausgesprochen unnatürliche Position des Körpers bewirkte, der insgesamt weiter nach unten gerutscht war. Obwohl sich der Kopf in Höhe der Rückenlehne befand, war er weiterhin nach hinten gebogen. Die Hände steckten unterhalb des Gummibandes eines winzigen, seidenen, silberfarbenen Tangaslips, der nicht zur sonstigen Kleidung der Frau passte. Alles andere war darauf angelegt, sie zu wärmen, nur der Tanga ließ eher darauf schließen, sie habe sich für ein Rendezvous aufregend kleiden wollen.

Thal beschloss, über diese Diskrepanz später nachzudenken, und öffnete das vierte Foto. Der Täter hatte das Nachthemd in der Mitte durchtrennt. Es hing seitlich über die Lehnen des Stuhls. Vermutlich zerschnitten, der feste Stoff dürfte sich kaum zerreißen lassen. Die Beine der Frau lagen beide über den Lehnen, der Slip war gespannt, sodass sich durch den dünnen Seidenstoff die Schamlippen abzeichneten. Der Oberkörper steckte in einem wärmenden, wollenen, zu kleinen Leibchen, aus dem die Brüste herausquollen. Der Kopf lag jetzt seitlich auf der rechten Schulter, das Gesicht leicht zum Zuschauer gedreht. Thal verstand augenblicklich, was der Täter suggerieren wollte. Die Frau schaute den Betrachter auffordernd an. Um den Hals trug sie weiter das rote Tuch.

Thal öffnete die Datei mit der Nummer fünf. Die Haltung der Frau war unverändert, nur das Unterhemd fehlte. Entweder hatte der Täter es ausgezogen oder zerschnitten wie das Nachthemd. Thal vermutete Letzteres, ansonsten hätte er die Position der Frau verändern müssen. Die jetzt bloß liegenden Brüste waren groß, mit dunklen Höfen, die Brustwarzen standen aufrecht. War das ein Zeichen, dass sie noch lebte?

Thal sammelte sich ein paar Sekunden, eher er das letzte Foto öffnete. Die Frau war nackt. Die rasierte Scham bot sich dem Betrachter ungeschützt dar, weil die gespreizten Beine weiterhin über den Lehnen lagen. Die Arme lagen ausgestreckt über den Armstützen, die offenen Handflächen zeigten nach oben. An zwei Fingern der linken Hand baumelte der Slip. Der Oberkörper war derart verbogen, dass ein Hohlkreuz entstand, wodurch die Brüste nach vorne geschoben wurden. Das geöffnete, rote Tuch bedeckte komplett das Gesicht.

»Hingabe« hieß die Datei. Genau das war zu sehen. Eine Frau, die sich willenlos dem Betrachter hingab. Die Inszenierungen des Fotografen wurden besser, was Thal beunruhigte.

Er hatte die Fotos so konzentriert betrachtet, dass er Bettina nicht bemerkte, die inzwischen das Büro betreten hatte. Er erschrak, als sie hinter ihm stöhnte:

»Mein Gott. Das wird immer drastischer.«

Thal drehte sich nickend um.

»Und perfekter inszeniert.«

Er zeigte ihr alle sechs Fotos. Als sie sich das letzte genauer anschauten, deutete sie auf eine Stelle am Hals der Frau.

»Vergrößere das mal.«

Thal wählte den entsprechenden Ausschnitt. Dann sah er es auch. Am Hals der Frau führte eine dünne Blutspur von einer kleinen, aber deutlich sichtbaren Wunde nach hinten. Die Verletzung sah nicht lebensbedrohlich aus, genau konnte das aber nur der Pathologe sagen. Auf jeden

Fall hatten diese Bilder eine neue Qualität. Das Opfer war nackt und in eindeutig obszöner Weise präsentiert. Der Täter hatte ihre Kleidung zerschnitten und die Frau dabei vermutlich verletzt.

Alexander Thal und Bettina Berg schauten sich einen Moment schweigend an.

»Das heißt, wir haben einen Fall«, sagte Thal.

»Und Arbeit. Viel Arbeit«, seufzte Bettina Berg und erhob sich mühsam von ihrem Stuhl, um sich einen Kaffee zu kochen.

»Noch etwas«, rief Thal hinter ihr her. »Die Kleidung der Frau ist zerschnitten worden. Hoffen wir, dass sie sich deshalb bei uns meldet.«

Bettina nickte zustimmend.

»Wenn sie noch lebt«, setzt Thal hinzu. Doch das hörte seine Kollegin schon nicht mehr. Sie hatte das Büro verlassen.

***

Der leitende Kriminaldirektor Immanuel Schober stürmte in den Besprechungsraum, in dem außer Stephanie Bohlmann, die zur Befragung der Frau und des Sohnes von Dr. Himmel in die Haydnstraße gefahren war, alle Mitarbeiter des KK 1 anwesend waren. In der Hand schwenkte er die aktuelle Ausgabe des Südkurier. Ungewöhnlich laut sagte er:

»Was soll das, Herr Thal? Seit wann gehen Presseinformationen ohne meine Zustimmung und ohne Mitarbeit der Pressestelle raus?«

Er warf die Zeitung vor Thal auf den Tisch, blätterte die Seiten um und tippte mit dem Finger auf einen Artikel.

Verdammt, dachte Thal. Wegen der neuen Fotoserie hatte er den Anruf von Tobias vergessen.

»Am besten lesen Sie das laut vor, Thal!«

Schobers Stimme überschlug sich fast.

Thal nahm die Zeitung in die Hand, räusperte sich und begann zu lesen:

Polizei warnt vor K.o.-Tropfen

Konstanz/TT

In den vergangenen Wochen kam es in verschiedenen Diskotheken und Lokalen der Stadt zu Übergriffen gegen Frauen, die zuvor mittels K.o.-Tropfen willenlos gemacht worden waren (der Südkurier berichtete ausführlich). Am späten Nachmittag des gestrigen Schmotzigen Dunschtig erreichte uns der Anruf von Petra K., 22 Jahre (Name ist der Redaktion bekannt). Sie berichtete, dass sie gegen Mittag ein Lokal in der Altstadt aufsuchte, um etwas zu essen. Dort wurde sie von zwei zudringlichen Männern belästigt. Trotz mehrfacher Bitte, sie in Ruhe zu lassen, ließen die beiden nicht von ihr ab. Als Petra K. beobachtete, dass einer der beiden versuchte, etwas in ihr Weinglas zu schütten, bat sie den Wirt um Hilfe. Daraufhin wurden andere Gäste aufmerksam, und die beiden Männer verließen fluchtartig das Lokal.

Auf Nachfrage der Redaktion bestätigte Kriminalhauptkommissar Alexander Thal von der Konstanzer Polizei, dass in den Fastnachtstagen mit Übergriffen mittels sogenannter K.o.-Tropfen auf Frauen zu rechnen sei. Alle Frauen und Mädchen sollten deshalb besonders wachsam sein. Sollte eine Frau das Gefühl haben, eventuell Opfer eines solchen Anschlages geworden zu sein, solle sie sich an die Polizei in Konstanz wenden. Telefonnummer ...«

Thal ließ die Zeitung sinken, nahm wortlos die achtzehn bisher eingegangenen Fotos aus der neben ihm liegenden Mappe und legte sie in der richtigen Reihenfolge auf den Tisch. Während Schober sich über den Tisch beugte, erklärte er ihm, ohne auf den Zeitungsartikel einzugehen, die Sachlage und kam zu dem Schluss:

»Wie Sie sehen, Herr Kriminaldirektor, haben wir jetzt eindeutig einen Fall. Ob es sich um Nötigung in Tateinheit mit Körperverletzung oder um Mord handelt, können wir zwar noch nicht sagen. Aber ermitteln müssen wir.«

Schober erhob sich langsam, als wolle er seinen Rücken schonen, und blickte in die Runde.

»Meine Damen und Herren«, seine Stimme hatte jetzt wieder den typischen, schleppenden Tonfall, »Sie sehen, wie richtig meine Entscheidung war, für die Zeit ab Aschermittwoch eine Urlaubssperre zu verfügen. Jetzt haben wir nicht nur eine in der Geschichte der Stadt bisher beispiellose Einbruchsserie am Hals, sondern auch noch einen Verrückten, der Frauen tötet oder bewusstlos macht, um sie in schamlosester Weise zur Schau zu stellen. Gott bewahre uns davor, dass die Presse davon Wind bekommt. Ich erwarte, dass Sie alle hundertfünfzigprozentigen Einsatz zeigen.«

Kaum hatte er den Satz beendet, drehte er sich um und verließ mit steifem Rücken den Raum.

Für ein paar Sekunden herrschte Schweigen, ehe Frank Auer losprustete.

»Ich fasse es nicht. Was für ein Arsch!«

Thal sah ihn tadelnd an, obwohl es ihm schwerfiel, ein Grinsen zu unterdrücken.

»Ist doch wahr«, entgegnete Auer und löste damit allgemeine Zustimmung aus.

Thal wusste aus Erfahrung, dass es am effektivsten war, solche Heiterkeitsausbrüche nicht zu unterbinden. Also wartete er ab, bis sich alle beruhigt hatten.

»Schober hat in einem Punkt recht: Wir haben es in der Tat mit zwei außergewöhnlichen Fällen zu tun. Und wir haben zu wenig Leute. Ich schlage vor, dass wir zwei Gruppen bilden. Kollege Gerth, Sie kümmern sich verantwortlich um die Einbruchssache.«

Gerth nickte eher gelangweilt. Es ärgerte ihn maßlos, dass Thal von einem Moment auf den anderen agierte, als wäre er nie weg gewesen.

Thal nickte Auer zu:

»Frank, du unterstützt Gerth. Ich rede mit Schober, dass ihr vier weitere Kollegen von anderen Abteilungen in der Kommission ›Villa‹ zur Seite gestellt bekommt.«

Frank Auer wollte protestierend aufspringen, wurde aber von Thals beruhigend nach unten winkender Hand zurückgehalten, der fortfuhr:

»Alle anderen bilden die Kommission ›Fotograf‹ und arbeiten sich so schnell wie möglich in den Sachstand ein.«

»Apropos Sachstand«, unterbrach ihn Bettina Berg.

»Ich habe mit Grendel telefoniert. Keine Spuren auf dem Umschlag und dem Chip. Die Kamera war bei allen Fotos die gleiche. Hinsichtlich Datum und Uhrzeit gilt, was wir schon wussten. Sie können korrekt oder manipuliert sein. Die Fotos der Serien zwei und drei sind vermutlich in der Reihenfolge entstanden, in der sie nummeriert wurden.«

Ruhig und konzentriert organisierte Thal die Arbeit der Gruppe. Es wunderte ihn, dass er so leicht in den Polizeialltag zurückfand. Erst als er zurück in seinem Büro war und sich einen Espresso zubereitete, merkte er, wie ihn diese Besprechung erschöpft hatte.

Er setzte sich mit dem Kaffee an den Schreibtisch und nahm noch einmal die Zeitung zur Hand. Tobias hatte doch gesagt, er solle sich die Bilder auf Seite drei genau ansehen. Der Artikel stand aber auf der ersten Seite, und er enthielt auch keine Fotos. Thal blätterte weiter. Ein breites Grinsen erschien auf seinem Gesicht.

Die Seite trug nur eine Überschrift:

»Erkennen Sie sich?«

Ansonsten war sie gefüllt mit kleinen Fotos von mehr oder weniger kostümierten Menschen, die am vergangenen Donnerstag in der Altstadt fotografiert worden waren. Wer sich bis heute Mittag in der Redaktion meldete, erhielt eine Eintrittskarte für den Fastnachtsball am Sonntag. Mitten unter den Bildern waren die Fotos der ersten beiden unbekannten Opfer.

Thal nahm einen Schluck Kaffee und lehnte sich zurück. Wieder bestand die Arbeit eines Kriminalbeamten vor allem aus Warten.

***

Der Sonnenschein lockte Spaziergänger auf die Seestraße. Wie so oft hatte der Föhn den Nebel vertrieben. Es war zwar kalt, aber der Blick über den See war atemberaubend. Obwohl Thal schon so lange in Konstanz lebte, faszinierte ihn dieses Naturschauspiel aufs Neue. Gestern verschwamm der See mit der ihn umgebenden Landschaft noch in einem grauen Nebelmeer, heute stand strahlend weiß und scheinbar in unmittelbarer Ufernähe der Säntis, dahinter leuchteten die gezackten Gipfel der Churfirsten. Blickte man weiter hinaus in Richtung Obersee, glitzerten in der Ferne die Berge der österreichischen Alpen. Wirkte der Bodensee bei getrübter Sicht wie ein grenzenloses Meer, schien er bei Föhn ein Alpensee zu sein, eingebettet in eine grandiose Bergkulisse.

Aus dem Hotel Riva spazierten zwei ältere Damen, beide in einen Pelzmantel gehüllt, den sie sich in Hamburg oder Berlin kaum noch zu tragen trauten. Hier, auf der Konstanzer Prachtpromenade, wirkten sie keineswegs deplatziert. Um sich warm zu halten, gingen die Frauen erstaunlich schnellen Schrittes in Richtung Hörnle.

Thal hatte das Präsidium vor zehn Minuten verlassen. Er brauchte einen Spaziergang, um seine Gedanken zu ordnen. Nach Monaten des Stillstands schien Bewegung in sein Leben zu kommen. Nicht, weil er es wollte oder geplant hätte. Ein Fremder, der ihm obszöne Bilder schickte, trieb ihn vor sich her. Warum hatte er ausgerechnet ihn ausgesucht? Welches Ziel verfolgte er? Durch diesen Fotografen war er von einem Tag auf den anderen wieder der Kriminalhauptkommissar Alexander Thal, Leiter des KK 1 der Konstanzer Polizei. Drei Monate wusste er nicht, ob er diese Rolle jemals wieder spielen wollte, jetzt handelte er professionell. Wenn er sich auf den Fall konzentrierte, gab es keine Selbstzweifel. War er tatsächlich Bulle durch und durch, wie Leah am Anfang ihrer Beziehung gesagt hatte? Damals hatte er sich mitten in einer langen Liebesnacht, in der jede Geste, jeder Blick erotisch aufgeladen war, aus ihrer weitere Ekstasen versprechenden Umarmung gelöst, weil ein kleiner Ganove auf frischer Tat gefasst werden konnte. So war es immer gewesen: Eine nicht aufgeklärte Tat, ein ungesühntes Verbrechen störte ihn mehr als alles andere. Als junger Polizist gab es für ihn fast nur die Jagd nach Tätern. Diesem Drang ordnete er sein ganzes Leben unter. Deshalb zerbrach seine Ehe mit Marion, blieb die Beziehung zu Tobias an der Oberfläche und erreichte nie die Tiefe anderer Vater-Sohn-Freundschaften. Erst Leah öffnete seinen Blick auf die Welt. Plötzlich war sie nicht mehr schwarzweiß, sondern bunt und vielfältig. Sie lehrte ihn zu reisen, zeigte ihm die Kunst- und sonstigen Genüsse Italiens, fuhr mit ihm im offenen Cabrio über die Florida-Keys, brachte ihm Schlittschuhlaufen vor dem Rockefeller Center in New York bei. Vor allem aber nahm sie ihn mit nach Asien, wo er vom ersten Moment an das Gefühl hatte, nach

Hause zu kommen. Sie reisten durch Indien, Indonesien, Laos, Vietnam und Thailand. Hier in einem kleinen, unbedeutenden buddhistischen Tempel in Pratchuap Khiri Khan ließ er sich von einem alten Mönch in die Kunst der Meditation einweisen. Damals begriff er, was sein Leben bis zu diesem Tag angetrieben hatte. Seinem ständigen Drang, einen Täter zu fassen und der Bestrafung zuzuführen, lag der Wunsch zugrunde, die Harmonie der Welt wiederherzustellen, die von jedem Verbrechen gestört wurde.

Thal hatte den kleinen Jachthafen am Ende der Seestraße erreicht, wo sie in die nicht mehr asphaltierte Promenade überging. Nur wenige Boote lagen im Winter an den Schwimmstegen, die meisten zog man im Herbst aufs Trockenlager. Leahs kleines Boot lag in einer Halle in Staad. Er setzte sich auf eine Bank und schaute auf den See. Die letzte Ausfahrt des vergangenen Jahres kam ihm in den Sinn. Der Wind stand günstig an jenem Sonntag. Früh am Morgen segelten sie aus dem Konstanzer Trichter hinaus in den Überlinger See. In einer geschützten Bucht unweit der Mainau schwammen sie, tranken den in einer Kühlbox mitgebrachten Wein vom Aufricht, dem besten Winzer am See. Dazu aßen sie Pata-Negra-Schinken, den er am Mittag zuvor bei Donato gekauft hatte, einem kleinen Feinkostgeschäft, in dem es roch und klang, als wäre es direkt vom Mittelmeer an den Bodensee verpflanzt worden.

»Leben wir nicht im Paradies?«, fragte Leah und schob ihm ein Stück des köstlichen Schinkens in den Mund. Damals fühlte es sich so an. Insgeheim aber wusste Thal, dass ihn nicht der See mit all seiner Schönheit und seinen Genüssen glücklich machte. Sein Glück war einzig und allein das Leben mit Leah. Mit ihr wäre er überall hingegangen. Fast überallhin. Vor vierzehn Jahren wurde ihr, obwohl sie erst dreißig Jahre war, ein Lehrauftrag an der Akademie der bildenden Künste in München angeboten, deren Klassen für angewandte Kunst ausgewiesene Künstler leiteten. Leah war inzwischen eine nachgefragte Malerin mit gefeierten Ausstellungen in verschiedenen deutschen Städten, aber auch in Mailand, Paris und New York.

Sie war begeistert von der Aussicht, zurück in ihre Heimatstadt zu ziehen, wo ihr Vater als Professor für Orientalistik und ihre Mutter als erfolgreiche Verfasserin historischer Romane arbeitete. Thal lehnte sich zum ersten und zum letzten Mal gegen einen ihrer Wünsche auf. Er hasste München, das weltmännische Gehabe, das Geprotze und die Bussi-Gesellschaft, in der sich Leahs Eltern bewegten. Außerdem blieb das Verhältnis zu seinen Schwiegereltern angespannt, sie sahen in ihm keinen standesgemäßen Mann für ihre Tochter. Liebe zöge er, ein Landkind, zurück aufs Land. Deshalb empfand er es als glückliche Fügung, dass er durch Zufall in einem Stellen-Tauschring von einer freien Kriminalkommissar-Stelle in Konstanz erfuhr. Von hier konnte Leah in akzeptabler Zeit München erreichen, wo sie während der Semester drei Tage in einem kleinen, gemieteten Apartment wohnte. Die Eltern boten ihr an, das alte Kinderzimmer zu beziehen. Sie lehnte ab.

»An den Bodensee zu ziehen, war die beste Idee, die du je hattest«, sagte Leah an jenem Herbsttag auf dem Boot.

Thal ließ seinen Mittelfinger sanft von ihrer Nasenspitze über ihre Lippen und ihr Kinn hinuntergleiten.

»Nein, die beste Idee war, dich zu fragen, ob du meine Frau werden möchtest. Du kannst dir nicht vorstellen, wie viel Überwindung mich das gekostet hat. Ich, der fünfzehn Jahre ältere Bulle, der nichts anderes konnte und wollte, als Polizist zu sein, bildete mir ein, dass du, eine junge, bildhübsche, intelligente und gebildete Frau, der die Welt in jeder Beziehung offensteht, mein graues Leben mit mir teilt. Das schien mir absurd. Noch heute denke ich oft, das ist alles nur ein Traum.«

Thals Finger hatte den Verschluss von Leahs Bikinioberteil erreicht. Sie richtete sich auf und sagte:

»Komm!«

Sie zog ihn in die winzige Kajüte, und sie liebten sich, als hätten sie sich gerade erst kennengelernt. Danach, sie lag entspannt in seiner Armbeuge, redeten sie über die Zukunft, darüber, dass er in einem Jahr endlich frei sein würde. Sie nähme sich ein Sabbatical, und sie könnten zwölf Monate um die Welt reisen. Sie redeten, machten Pläne, träumten, liebten sich erneut - und bemerkten nicht, dass sich draußen das Wetter änderte. Als sie am späten Nachmittag die Kajüte verließen, lagen sie allein in der Bucht, alle anderen Boote waren in schützende Häfen gesegelt. Das Wetter war umgeschlagen, drohende Wolken zogen vom Norden heran, und der Wind frischte stürmisch auf. Sie schafften es, frierend und bis auf die Haut nass, den Hafen zu erreichen.

Thal stand auf und ging zurück Richtung Stadtmitte. Ihm war kalt geworden, seine Füße spürte er kaum noch. In seinen Gedanken herrschte Chaos. Was hatten sie für Pläne, wie neugierig waren sie auf die Zukunft!

»Du musst mindestens neunzig werden«, hatte Leah damals auf dem Boot gesagt, »sonst reicht unser Leben nicht für all das, was noch auf uns wartet.«

Ihre einzige, gemeinsame Sorge war, er könne zu früh sterben. Und dann riss ein vom Zorn und Hass auf ihn, den Kriminalhauptkommissar Alexander Thal, angetriebener Mann sie, die wunderbare Frau und Künstlerin Leah Braasch, in den Tod, der für ihn gedacht war. Und er? Was machte er aus all den gemeinsamen Plänen? Er vergaß sie, legte sie ad acta, jagte stattdessen einen Verbrecher, wie er es immer getan hatte. Als gäbe es kein anderes Leben. Thal beschleunigte seine Schritte. Er war wütend. Wütend auf sich, vor allem aber wütend auf den Fotografen, dem zweiten Menschen, der ihm seine Zukunft raubte.

***

Auf dem Schreibtisch lagen acht Meldungen, die aufgrund des Presseartikels in der Zentrale eingegangen waren. Um sich von den aufwühlenden Gedanken, die ihn am See überfallen hatten, zu befreien, bereitete er sich zunächst einen Espresso zu. In den Schriften eines Zen-Meisters hatte er von der Bedeutung wiederkehrender Rituale bei der Besänftigung des Geistes gelesen.

Zur Ruhe gekommen, setzte er sich an den Schreibtisch und las die Notizen. Sechs der acht Frauen, die im Laufe des Vormittags angerufen hatten, weil sie sich in den letzten Tagen belästigt fühlten, konnten nicht die Opfer auf den Fotos sein, sie waren zu alt. Trotzdem sollte er einen Kollegen bitten, sich mit ihnen zu unterhalten, möglicherweise ergaben sich Hinweise auf andere Verbrechen. Blieben zwei Anrufe, denen nachzugehen war – eine hohe Quote nach Presseaufrufen. Er nahm die entsprechenden Blätter mit in Bettina Bergs Büro. Weder sie noch Wagner saßen an ihren Schreibtischen, bestimmt waren sie zum Mittagessen gegangen. Auf dem Flur kam ihm Stephanie Bohlmann entgegen, die er bat, ihn zu begleiten. Er reichte ihr den Schlüssel seines Dienst-Golfs, was sie mit einem erstaunten Anheben der Augenbrauen quittierte. Thal fuhr nur selbst, wenn es sich nicht vermeiden ließ, er hatte das Autofahren schon als junger Mann gehasst. Die notwendigen Fähigkeiten automatisierten sich nie, das Steuern eines Fahrzeugs forderte seine volle Konzentration und ließ ihm keine Möglichkeit, über andere Dinge nachzudenken.

»Danke, dass Sie mich in Ihre Gruppe geholt haben. Alleine mit Gerth hätte ich es kaum ausgehalten.«

Stephanie Bohlmann steuerte den Wagen auf die Reichenaustraße Richtung Wollmatingen, wo die erste Zeugin wohnte.

»In seinem Büro müssen Sie allerdings vorerst bleiben. So ganz kann ich Sie aus seinen Fängen nicht befreien.«

Thal lächelte sie an, um das Eis zwischen ihnen weiter zu schmelzen. Er kannte seine jüngste Mitarbeiterin kaum.

Sie hatte ihren Dienst im September angetreten, fast den ganzen Oktober hatte Thal mit Leah auf Bali verbracht, und am 15. November explodierte die Bombe. Er betrachtete sie unauffällig von der Seite, während sie sich auf den Verkehr konzentrierte. Wie viele schlanke, blonde Frauen wirkte sie blass. Das bezog sich nicht nur auf ihren Teint, sondern auf ihre gesamte Erscheinung. Obwohl sie keine dreißig war, kleidete sie sich langweilig. Thal konnte sich nicht erinnern, sie anders als in Jeans und Sweatshirt gesehen zu haben. Ein paar Tage in der Sonne und ein bisschen mehr Mut zur Farbe täten ihr gut. Sie hatte eine gute Figur und ein hübsches Gesicht, nur machte sie leider nichts daraus, sondern band ihre Haare zu einem Knoten zusammen, was ihr strenges Aussehen unterstrich.

Stephanie Bohlmann nahm den Gesprächsfaden auf.

»Ich muss Gerth ohnehin noch erzählen, was mir zu unserer Einbruchsserie in den Sinn gekommen ist.«

»Da bin ich genauso gespannt.«

Thal drehte sich zu seiner Kollegin und hielt den Gurt mit der rechten Hand vom Körper.

»Gerth wird mich wegen dieser Spinnerei auslachen, aber ich habe vor ein paar Wochen eine Autorenlesung besucht. Kennen Sie Markus Baumann?«

Thal schüttelte den Kopf.

»Dachte ich mir, Sie lesen bestimmt keine Krimis, dabei ist Baumann gut. Wie dem auch sei, ich habe mir seine Lesung hier in der Stadt angehört. Zum Schluss las er ein Kapitel aus seinem neuen Roman, der erst in den kommenden Wochen erscheint. Darin geht es um eine Einbruchsserie, bei der sich die Opfer untereinander verabreden. Sie brechen gegenseitig in ihre Villen ein, stehlen die wertvollen Dinge, verhökern anschließend das Diebesgut und kassieren die Versicherung.«

Thal war amüsiert. Die Kollegin besuchte also Autorenlesungen und holte sich Anregungen für ihre Ermittlungen aus Kriminalromanen. Andererseits wusste er zu gut, dass die Inspiration, die den entscheidenden Puzzlestein zur Aufklärung einer Tat lieferte, seltsame Wege gehen konnte. Deshalb lachte er sie nicht aus, sondern wandte trocken ein:

»Ein bisschen weit hergeholt, finden Sie nicht?«

»Es ist halt ein Roman. Aber ist Ihnen noch nicht aufgefallen, dass in den Konstanzer Villen immer nur kostbare Stücke gestohlen wurden? Nur die teuersten Gemälde, die begehrtesten Münzen und die wertvollsten Antiquitäten. Es sieht so aus, als wären die Täter Experten auf allen Gebieten. Nicht ein einziges Mal haben sie irgendeinen Schund mitgenommen. Das ist doch komisch, oder?«

Thal kam nicht dazu, weiter darüber nachzudenken, denn Stephanie Bohlmann steuerte den Golf auf einen Parkplatz vor einem grauen Wohnblock, wie es in den Randbezirken viele gab. Obwohl es von hier bis zur Seestraße nur ein paar Kilometer waren, lagen Welten dazwischen. Touristen verirrten sich nie in diese Konstanzer Realität.

Stephanie Bohlmann klingelte bei Genzle. Es dauerte nur wenige Sekunden, bis sich eine raue Frauenstimme mit einem kurzen »Ja« meldete.

Die Polizistin erklärte, was sie wollten, und es ertönte ein schnarrender Türöffner.

Thal folgte seiner Kollegin in ein deprimierendes Treppenhaus. Die Farbe an den Wänden war seit mehr als zehn Jahren nicht erneuert worden. Hätte man den Schimmel an der Decke nicht gesehen, hätte man ihn gerochen. Den Weg zur Treppe versperrten Kinderwagen und Fahrräder.

Sie stiegen hinauf in den vierten Stock, wo Elisabeth Genzle sie an der Wohnungstür empfing. Sie war höchstens fünfundzwanzig Jahre und dick. Thal schätzte ihr Gewicht auf zwei Zentner. Sie trug ein Kleid aus Sweatshirtstoff, das eine Handbreit über dem Knie endete und ihre fleischigen Oberschenkel im wahrsten Sinne des Wortes zur Schau stellte. An den Füßen hatte sie Hausschuhe in Form eines Tigerkopfs, dazu braune Wollsocken.

»Es tut mir leid, aber da drin ist nicht aufgeräumt. Es wäre mir lieber, wir können das hier draußen erledigen.«

Sie strich sich eine Strähne ihres feuerroten Haares aus der Stirn, dessen Farbe dringend erneuert werden musste. An der Wurzel war ein Zentimeter des ursprünglichen Blonds zu sehen. Elisabeth Genzle hatte eindeutig eine lange Nacht hinter sich. Der Alkoholfahne nach zu urteilen, die Thal augenblicklich Unwohlsein verursachte, dürfte sie knapp an einer Alkoholvergiftung vorbeigeschrammt sein. Auf keinen Fall war sie eine der Frauen auf den Fotos.

Stephanie Bohlmann ließ sich kurz die Geschichte von einem Kneipenbesuch erzählen, bei der ein »ältlicher Herr um die vierzig« versucht hatte, die Zeugin zu begrapschen. Eine Allerweltsgeschichte, die man an Fastnacht in jeder x-beliebigen Konstanzer Kneipe beobachten konnte. Bohlmann machte sich pro forma ein paar Notizen, bedankte sich bei der Zeugin für den Hinweis und versprach, der Sache nachzugehen.

»Vielleicht sollten wir die Kollegen anweisen, dass sie zukünftige Anrufer nicht nur nach dem Alter, sondern auch nach dem Gewicht fragen, damit wir uns solche Spazierfahrten in die Einöde sparen.«

Die zweite Anruferin wohnte in Staad. Thal nutzte die Fahrt, um mehr über Stephanie Bohlmann zu erfahren. Als sie vor dem schmucken Einfamilienhäuschen in Sichtweite der Anlegestelle der Autofähre, die Konstanz mit Meersburg verbindet, hielten, wusste er, dass sie ledig und zurzeit ohne festen Freund war. Sie bezeichnete sich als Leseratte, die selten ausging. Polizistin war sie geworden, um Schwung in ihr Leben zu bringen. Allerdings hatte sie sofort eingewendet, dass »Konstanz dafür nicht ganz der richtige Ort« sei.

Je länger sie sich unterhielten, desto sympathischer wurde sie ihm. Vor allem gefiel Thal ihre Fähigkeit zur Selbstironie, die nicht vielen Polizisten gegeben war. So bedauerte er die gemeinsam verbrachte Zeit nicht, obwohl auch die zweite Zeugin, eine Studentin, nicht auf den Fotos zu sehen war. Immerhin war ihre Geschichte interessanter. Zwei Männer hatten auf der Fastnachtsparty der Universität versucht, ihr ein Betäubungsmittel einzuflößen. Weil sie es rechtzeitig bemerkte, verweigerte sie den angebotenen Drink. Daraufhin beschimpften sie die Männer und suchten das Weite. Stephanie Bohlmann notierte die genaue Beschreibung der beiden Studenten und sagte eine weitere Überprüfung zu.

Anderthalb Stunden, nachdem sie aufgebrochen waren, kehrten Alexander Thal und Stephanie Bohlmann ins Präsidium zurück. Thal hatte sich gerade den dritten Espresso des Tages zubereitet und wartete auf die übrigen Kollegen, um die Lage zu besprechen, als die Zentrale ihn über eine weitere Anruferin informierte. Sie sei gestern überfallen worden und wolle Anzeige erstatten. Obwohl Thal für heute genug von erfolglosen Zeugenvernehmungen hatte, beschloss er, die Frau selbst aufzusuchen, zumal sie nur einen kurzen Spaziergang vom Präsidium entfernt wohnte. Diesmal begleitete ihn Bettina Berg. Während sie den Seerhein überquerten, berichtete Thal im Stenogrammstil von den beiden vorherigen Befragungen. Anschließend erzählte er ausführlicher von seinem Gespräch mit Stephanie Bohlmann.

»Wenn sie ein bisschen deines Selbstvertrauens hätte, wäre sie eine Spitzenkriminalistin.«

»Gut, dass du das auch so siehst. Gerth hat sie bisher nicht zur Entfaltung kommen lassen. Sie war die Rennmaus, die Kaffee holte, Kopien machte, zur Poststelle lief. Das ganze Praktikantenprogramm, dabei war sie die beste ihres Jahrgangs auf der Polizeiakademie.«

»Wir müssen die Büroaufteilung umorganisieren, ich möchte, dass sie zu dir kommt.«

»Herzlich gerne. An Wagners Gebrummel liegt mir nun wirklich nichts.«

Inzwischen hatten sie das Haus erreicht, in dem die Anruferin wohnte. Es war ein vierstöckiges, hellblau verputztes, gepflegt wirkendes Gebäude mit acht Klingelknöpfen an der Haustür.

»Wie heißt die Zeugin«, fragte Bettina Berg.

Thal blickte auf den Zettel.

»Pech. Claudia Pech.«

Bettina Berg klingelte. Nach ein paar Sekunden ertönte der Summer. Schnellen Schrittes gingen sie hinauf in den ersten Stock, wo sie an der Wohnungstür von einer schlanken, elegant gekleideten Mittvierzigerin empfangen wurden.

Schon wieder falscher Alarm. Thal ärgerte sich, dass der Kollege in der Zentrale die Anruferin nicht wie besprochen nach dem Alter gefragt hatte.

Die Frau trat auf Bettina Berg zu.

»Danke, dass Sie so schnell gekommen sind. Meine Name ist Annemarie Pech. Kommen Sie herein, meine Tochter wartet auf Sie.«

Thal entschuldigte sich in Gedanken bei dem Kollegen der Zentrale und betrat, nachdem er sich vorgestellt hatte, als Letzter die Wohnung. Annemarie Pech führte sie direkt in einen hellen Wohnraum, dessen Wände in Orange gestrichen bzw. gewischt waren, wie er es von toskanischen Landhäusern kannte. Im ganzen Raum dominierten leuchtende Farben: Auf dem weißen Sofa lag eine gelbe Decke, zwei Bilder zeigten farbenfrohe, mediterrane Sommerlandschaften, und selbst die Bücher in dem raumhohen Regal, das die rechte Wand des Raums einnahm, waren danach ausgesucht, dass sie helle, fröhliche Buchrücken hatten.

Auf der Couch saß Claudia Pech mit einer Tasse Tee in der Hand. Sie trug einen Hausanzug und hatte die Beine untergeschlagen. Bettina Berg schaute Thal halb fragend, halb wissend an. Er nickte. Es war die Frau auf den letzten Fotos.

Nachdem er sich und seine Kollegin vorgestellt hatte, setzte sich Thal auf den freien Platz gegenüber dem Sofa. Bettina Berg legte die Decke auf die Lehne des zweiten Sessels und nahm ebenfalls Platz, während Annemarie Pech in der Nähe der Tür stehen blieb. Thal kam sofort zur Sache.

»Frau Pech, Sie haben die Polizei angerufen, weil Sie gestern Abend überfallen worden sind. Was genau ist passiert?«

Die junge Frau fuhr sich mit der Hand durch ihr ungeschminktes Gesicht.

»Ich kann mich an die genauen Einzelheiten nicht erinnern. Auf jeden Fall zog ich am Nachmittag mit ein paar Freunden und Bekannten durch die Stadt. Wir waren in ein paar Kneipen und Weinstuben.«

Sie schaute ängstlich ihre Mutter an, schluckte und setzte ihren Bericht fort.

»Gegen sechs Uhr am Nachmittag sind wir zum Münster gegangen, um uns den Umzug anzuschauen. Um halb acht habe ich mich von den anderen verabschiedet und wollte nach Hause gehen, weil ich mich nicht gut fühlte.«

Ihre Mutter räusperte sich:

»Normalerweise trinkt sie keinen Alkohol. Kein Wunder, das es ihr übel wurde.«

Claudia Pech beugte sich vor und nahm ihre Teetasse in beide Hände, als wolle sie sich daran wärmen.

Bettina Berg spürte, dass sie eine Aufmunterung brauchte. Sie nickte ihr zu:

»Und dann? Was geschah weiter?«

Claudia Pech setzte die Tasse ab.

»Ich dachte, dass ich es nicht mehr nach Hause schaffe, und ich hatte ja den Schlüssel von der Praxis. Also ging ich dorthin.«

»Claudia macht eine Ausbildung zur Zahnarzthelferin bei Dr. Scheffel«, unterbrach ihre Mutter erneut.

Langsam ging sie Thal auf die Nerven.

»Frau Pech, es ist wichtig, dass uns Ihre Tochter so genau wie möglich erzählt, was sich gestern ereignet hat. Ich denke, es wäre besser, wenn Sie uns mit ihr alleine ließen. Andernfalls können wir sie auch mit aufs Präsidium nehmen.«

Claudia Pech schaute Thal dankbar an, als ihre Mutter hoch erhobenen Hauptes das Zimmer verließ und die Tür lauter als notwendig schloss. Thal wandte sich der Zeugin zu.

»So ganz verstehe ich es nicht. Wenn Sie vom Münster nach Hause wollten, wäre es ein kurzer Weg durch die Niederburg über den Rhein gewesen. Die Praxis lag fast genauso weit entfernt, aber in der entgegengesetzten Richtung.«

Claudia Pech presste die Lippen zusammen und schaute auf ihre Knie. Als sie den Kopf wieder hob, flüsterte sie fast:

»Ich wollte gar nicht nach Hause gehen.«

Bettina Berg beugte sich vor und signalisierte Thal mit einer kaum wahrnehmbaren Bewegung der Hand, dass sie das Gespräch übernehmen wollte.

»Sie hatten noch eine Verabredung, nicht wahr?«

Claudia Pech blickte Bettina Berg an und nickte.

»In der Praxis?«

Erneutes, stummes Nicken.

»Mit wem?«

»Das möchte ich nicht sagen.«

Bettina stand auf und setzte sich neben die mit gesenktem Kopf und zusammengesunken wie ein Häufchen Elend auf der Couch sitzende junge Frau.

»Frau Pech, wir werden es ohnehin herausbekommen.«

»Versprechen Sie mir, dass meine Mutter es nicht erfährt?«

Bettina Berg legt ihre Hand auf Claudia Pechs Arm.

»Das kann ich Ihnen nicht hundertprozentig zusichern. Aber wenn es sich vermeiden lässt ...«

Die Zeugin richtete sich auf und begann mit fester, wenn auch leiser Stimme zu erzählen.

»Ich hatte mich um neun Uhr mit Arnold - also mit meinem Chef, Dr. Scheffel, verabredet. Weil mir übel war, ging ich früher zur Praxis. Auf dem Weg wurde es immer ärger mit meinem Schwindel, alles drehte sich um mich herum. Irgendwann bin ich ohnmächtig geworden. Ich weiß nicht, ob es noch auf der Straße passierte oder im Treppenhaus.

Vielleicht war ich auch schon in der Praxis. Als ich erwachte, lag ich auf jeden Fall in diesem Behandlungsstuhl, und mein Hemdglonkergewand war zerschnitten.«

Claudia Pech machte eine Pause. Bettina Berg drückte ihre Hand.

»Und mein BH und der Slip auch. Ich lag nackt auf diesem Stuhl, nur der Stoff des Nachthemds war über mir zusammengeschlagen.«

Claudia Pech schluchzte. Tränen liefen über ihre Wangen. Bettina Berg reichte ihr ein Taschentuch. Es dauerte eine Minute, bis die junge Frau sich fasste.

»Ich weiß nicht, was passiert ist. Mir war noch speiübel, und ich zog mich an. Zum Glück hatte ich mich am Morgen in der Praxis für die Fastnacht umgezogen, und meine Kleidung war noch dort. Dann ging ich nach Hause und legte mich sofort ins Bett. Erst heute Morgen sah ich den kleinen Schnitt am Hals im Spiegel. Ich dachte, es wäre besser, Sie anzurufen.«

Bettina Berg tätschelte erneut ihre Hand.

»Das war richtig. Haben Sie inzwischen mit Ihrem Chef gesprochen?«

Claudia Pech schüttelte den Kopf.

»Meine Mutter hat mich heute nicht eine Sekunde alleine gelassen. Außerdem ist die Praxis geschlossen, und zu Hause rufe ich ihn nie an. Er ist verheiratet, wissen Sie.«

Erneut schossen Tränen aus ihren Augen.

Thal griff in seine Manteltasche, überlegte es sich aber anders. Die Frau war im Moment viel zu durcheinander, um die Fotos anzusehen. Dazu war später noch Zeit. Stattdessen stand er auf und sagte:

»Leider können wir es Ihnen nicht ersparen, dass wir die Kleidung, die Sie gestern trugen, und auch Ihren Körper nach Spuren absuchen müssen, die der Täter dort eventuell hinterlassen hat.«

Claudia Pech riss ihre Augen auf. Bettina Berg sprach beruhigend auf sie ein.

»Machen Sie sich keine Sorgen. Die Prozedur geht schnell, und die Untersuchung wird eine Ärztin vornehmen. In zwei Stunden sind Sie wieder zu Hause.«

Thal zog sein Handy aus der Tasche und rief Grendel im Präsidium an.

»Wir haben einen Tatort für die dritte Fotoserie. Praxis Dr. Scheffel auf der Marktstätte. Ruft aber vorher den Doktor an, er weiß noch nichts davon.«

»Muss das sein?«, rief Claudia Pech entsetzt.

Alex Thal und Bettina Berg nickten synchron und verließen dann das Wohnzimmer. In der Küche erklärten sie der vor einer Tasse Kaffee sitzenden Mutter, dass ihre Tochter sie für weitere Untersuchungen ins Präsidium begleiten müsse. Annemarie Pech sprang augenblicklich auf.

»Mama«, flüsterte ihre Tochter.

»Es ist besser, Ihre Tochter kommt alleine mit«, sagte Bettina Berg. Annemarie Pech wagte keinen Widerspruch, sondern setzte sich schweigend auf ihren Stuhl.

Eine halbe Stunde später hatte Bettina Berg das Opfer in der Kriminaltechnik abgeliefert und betrat Thals Büro. Er saß am Computer und klickte sich durch das Polizeiarchiv.

»Setz dich Bettina. Grendel hat mich gerade angerufen. Sie haben in der Praxis mit der Arbeit begonnen, Näheres in zwei, drei Stunden.«

»Schaust du dir noch mal die alten Fälle an?«

Thal nickte. Er wandte sich vom Bildschirm ab und Bettina zu.

»Da draußen läuft irgendein durchgeknallter Typ rum, der junge, attraktive Frauen mit K.o.-Tropfen betäubt, sie Stück für Stück entkleidet und in entwürdigenden Stellungen fotografiert. Er arrangiert diese Fotos, bringt die Opfer in die gewünschten Stellungen, was angesichts ihrer Bewusstlosigkeit schwierig ist. Ich bin mir sicher, dass er einer Logik, einem Plan folgt. Er will uns eine Botschaft schicken. Aber warum, verdammt noch mal, schickt er mir diese Fotos? Und vor allem: Geht es weiter? Und wenn ja, wie? Was folgt nach ›Versprechen‹, ›Verführung‹ und ›Hingabe‹?«

»Du fürchtest das Gleiche wie ich, oder?«

Thal presste für einen Moment die Lippen aufeinander. Als er weitersprechen wollte, klingelte das Telefon.

»Ah, Frau Doktor Pettberg. Was haben Sie gefunden?«

Er drückte den Telefonhörer dicht ans Ohr und hörte der Frauenärztin, die sie wegen ihrer gerichtsmedizinischen Zusatzausbildung bei Vergewaltigungen und Gewalt gegen Frauen zurate zogen, konzentriert und mit geschlossenen Augen zu. Nur zweimal knurrte er ein knappes »gut«, bedankte sich und legte den Hörer auf.

»An Claudia Pechs Körper gibt es keinerlei Spuren von sexueller Gewaltanwendung. Die Pettberg ist sich sicher, dass gestern niemand an ihrer Vagina herummanipuliert hat. Auch sonst gibt es keine Anzeichen von Gewalteinwirkung mit Ausnahme des kleinen Schnitts am Hals. Er ist oberflächlich und vermutlich mehr aus Versehen beim Zerschneiden der Kleidung entstanden.«

Bettina Berg, die während des Telefonats verkrampft auf ihrem Stuhl gesessen hatte, entspannte sich.

»Ich denke, wir können davon ausgehen, dass unser Fotograf auch den Frauen davor keine Gewalt angetan hat. Schließlich sind die Bilder von Claudia Pech die drastischsten. Trotzdem hat er sie nicht angerührt.«

Thal war der gleichen Ansicht, nahm aber den vom Telefonat unterbrochenen Gedanken auf.

»Das kann sich schnell ändern. Was kommt als Nächstes? Was folgt auf die Hingabe der Frau?«

»Sex«, murmelte Bettina Berg. Völlig unpassend kam ihr in den Sinn, dass sie seit Monaten mit keinem Mann mehr geschlafen hatte. Sie fürchtete, zu erröten, und war froh, dass Thal sich dem Bildschirm zuwandte, bevor er sagte:

»Ehe Claudia Pech nach Hause geht, solltest du ihr die Fotos zeigen. Sie wird schockiert sein, aber wenn wir Glück haben, erinnert sie sich doch an etwas.«

Bettina Berg erhob sich wortlos aus ihrem Stuhl. Sie war fast an der Tür, als Thal hinzufügte:

»Und lass dir von der Bohlmann ihre Theorie über die Einbruchsserie erzählen. Hört sich verrückt an, aber man weiß ja nie.«

Kapitel vier: Die Ekstase

Es war noch viel zu hell. Frühestens in einer Stunde würde es dunkel sein. Er sollte sich nicht zu etwas hinreißen lassen, was er später bereuen würde. Andererseits war diese Frau verführerisch. Und war es nicht Schicksal, dass sie in dem Moment das Café betrat, als er sich dort aufwärmen wollte? Er hatte sich an den Rand des großen Raumes auf eine der gepolsterten Fensterbänke gesetzt. Die Scheiben waren beschlagen von der feuchten Wärme, denn das Café Pano war gut besucht.

Die Stadt war heute ruhig. Es schien, als müsste sie Luft holen, bevor sie sich abermals in den fastnächtlichen Taumel stürzte.

Er hatte sich kurz zuvor an der Selbstbedienungstheke einen Kaffee und ein Brot mit einem scharfen Aufstrich aus Frischkäse, getrockneten Tomaten und Chilis geholt, als die Frau das Café betrat. Sie trug einen teuren, cremefarbenen Designermantel, den sie mit einer lässigen, fließenden Bewegung auf einen der Ledersessel auf der anderen Seite des Raumes fallenließ. Sie nahm die helle, nach Elfenbein aussehende Haarspange, steckte sie zwischen die Lippen und ordnete ihr schulterlanges, dichtes schwarzes Haar, das sie mit wenigen, routinierten Bewegungen zu einem Zopf flocht, den sie am Kopf fixierte. Anschließend holte sie sich an der Theke einen Latte macchiato und setzte sich in den tiefen Sessel. Dabei rutschte ihr ohnehin kurzer Rock noch höher. Sie schlug die Beine übereinander. Merkte sie nicht, dass alle Kerle auf sie starrten? Der Bursche ihr gegenüber, bestimmt ein Student, verrenkte sich fast, um einen Blick zwischen ihre Beine zu erhaschen. Natürlich merkte sie es! Aber sie veränderte ihre Position nicht, im Gegenteil, sie schaute den Studenten herausfordernd an.

Was für eine Frau! Ideal für das nächste Bild. Er fuhr mit der Hand in die Manteltasche und schloss sie um die Flasche. Leise knisterte die Plastikverpackung der Strümpfe. Die Frau gegenüber hatte Beine, die genau in dieses seidige Nichts passen würden. Es musste sich nur eine Gelegenheit finden, die Tropfen in den Kaffee zu geben.

Kaum hatte er es gedacht, stand sie auf, strich ihren Rock glatt und ging auf ihren Stöckelschuhen, den Hintern hin und her schwingend, zur Toilette. Er konnte sein Glück kaum fassen, als er ihr nachsah. Kaum war sie aus dem Blickfeld verschwunden, klappte der Spanner sein winziges Notebook zusammen, über dessen Rand er die Schöne beobachtet hatte. Es gab ja auch nichts mehr zu sehen. Als der Student das Café verlassen hatte, ging er auf den kleinen Tisch neben dem Stuhl zu, auf dessen Lehne der Mantel seines Modells lag. Er tat, als interessiere er sich für das dort zum Verkauf ausgelegte Buch »Trauminseln der Welt«. Während er darin blätterte, zog er die Flasche aus der Tasche. Drei Tropfen. Auf keinen Fall mehr, sonst würden sie zu schnell wirken. Er nahm das Buch und kehrte zu seinem Platz zurück. Jetzt würde er sie nicht mehr aus den Augen lassen.

***

Draußen war es bereits dunkel, und es begann zu schneien. Gerth betrat als Letzter den Besprechungsraum des Kommissariats. Er machte aus seinem Missfallen über ein derart spät angesetztes Meeting keinen Hehl. Obwohl direkt in Türnähe ein Platz frei war, ging er um den Tisch herum und zog geräuschvoll den Stuhl neben Stephanie Bohlmann unter. Als er sich gesetzt hatte, sagte er:

»Was gibt es denn Wichtiges, dass wir hier noch rumhocken müssen?«

Thal ignorierte die Bemerkung und nickte Bettina zu, die sich erhob und vier grüne Aktenmappen vom Tisch nahm.

»Fangen wir mit dem Fotografen an. Ich habe für alle, die mit diesem Fall beschäftigt sind, die drei Fotoserien ausgedruckt.«

Sie reichte je eine Mappe an Thal, Wagner und Bohlmann, die sie sofort öffneten. Gerth beugte sich zu seiner Nachbarin hinüber und starrte die Fotos an.

»Alter Schwede! Die würde ich auch nicht von der Bettkante stoßen.«

»Halt den Mund, Gerth!«

Thal warf dem Kollegen einen giftigen Blick zu, der sich daraufhin grinsend in seinem Stuhl zurücklehnte.

Bettina sprach weiter, als wäre nichts geschehen.

»Außerdem findet ihr in der Mappe die Aussage von Claudia Pech, dem dritten Opfer, sowie den Bericht der Ärztin, die sie untersucht hat. Als Letztes habe ich Grendels vorläufigen Bericht über die Durchsuchung der Praxis von Dr. Scheffel, in der die Fotos entstanden, sowie den Spurenbefund an Claudia Pechs Kleidung bekommen. Eine Kopie liegt ebenfalls in der Mappe.«

Bettina Berg wartete, bis alle die entsprechenden Seiten gefunden hatten.

»Besonders interessant sind zwei Punkte: Auf dem Zahnarztstuhl fanden sich an der Kopfstütze kleinere Blutspritzer. Der Blutgruppe nach könnten sie vom Opfer stammen, genauen Aufschluss bringt in den nächsten Tagen die DNA-Analyse. Es hilft uns nicht wirklich weiter, aber wenigstens wüssten wir dann, ob der Täter die Kleidung des Opfers in der Praxis zerschnitten hat. Zweitens besteht die Möglichkeit, dass sich Blutspuren auf der Kleidung des Täters befinden, was zu seiner Überführung beitragen kann.«

»Wenn ihr ihn denn hättet«, dröhnte Gerth in den Raum.

Thal schloss die Augen und atmete tief ein. Bevor er antworten konnte, setzte Bettina Berg ihren Bericht fort.

»Interessanter ist die zweite Spur. Auf dem Hemdglonkernachthemd des Opfers konnte Grendel Gamma-Hydroxy-Buttersäure nachweisen, besser bekannt als Liquid Ecstasy. Das Zeug wird häufig in K.o.-Tropfen verwendet. Nach dem Erwachen können sich die Opfer aufgrund einer ... wie hat Grendel das noch genannt ...«, Bettina Berg blickte in ihre Akte und suchte die Stelle, »... einer anterograden Amnesie nicht mehr an die Tat oder an den Tathergang erinnern.«

Bettina Berg schlug die Mappe zu und setzte sich.

Gerth schüttelte den Kopf.

»Und was bring uns das jetzt? Nichts! Das Zeug kann man an jeder Ecke kaufen.«

Ehe jemand zustimmen konnte, riss Thal das Gespräch an sich.

»Gute Arbeit, Bettina, danke! Auch wenn der Kollege Gerth es anders sieht: Wir sind in der Sache deutlich weitergekommen. Wir haben ein Opfer, lebendig und unversehrt. Und wir wissen mehr über die Vorgehensweise des Täters. Beides kann uns entscheidend helfen. Außerdem steht fest, dass die Fotos zu dem Zeitpunkt entstanden sind, der auf dem Chip gespeichert ist. Das Pensum für morgen ist damit klar. Wir müssen alle Menschen, mit denen Claudia Pech gestern Kontakt hatte, ausfindig machen und befragen. Vielleicht ist irgendjemandem etwas aufgefallen. Stephanie, bitte koordinieren Sie das.«

Er hatte sie bewusst mit dem Vornamen angesprochen, und die Kriminalkommissaranwärterin registrierte es mit einem strahlenden Lächeln.

Thal wandte sich an Gerth.

»Und wie sieht es in der Villensache aus, Kollege Gerth? Gibt es dort ebenfalls Fortschritte?«

Gerth richtete sich kerzengerade in seinem Stuhl auf.

»Nun ja, wie man es nimmt. Spuren haben wir nach wie vor keine. Aber wir wissen jetzt, dass es eine Beziehung zwischen zwei der Opfer gibt. Dr. Himmels Frau war vor Jahren mit Gerd Ahlmann liiert, und bei Ahlmanns fand der zweite Einbruch der Serie statt.«

Gerth schaute herausfordernd in die Runde, als erwarte er Beifall. Stattdessen ergriff Frank Auer das Wort.

»Ehrlich gesagt wissen wir nicht genau, ob es diese Affäre wirklich gegeben hat. Es kann auch alles Gerede sein.«

Gerth war sichtlich verärgert, dass ihm der einzige für die Kommission »Villa« verbliebene Mitarbeiter des KK 1 derart in den Rücken fiel. Trotzig antwortete er:

»Bei Gerüchten gibt es immer einen wahren Kern. Da bleiben wir jetzt am Ball.«

»Also nichts Neues«, stellte Thal fest und erhob sich zum Zeichen, dass die Besprechung zu Ende war.

»Ach, noch etwas«, Thal wandte sich an Wagner, »Frank, du tauscht bitte morgen den Schreibtisch mit der Kollegin Bohlmann.«

Ohne eine weitere Erklärung verließ Thal den Raum. Zurück blieben ein wütender Adrian Gerth und eine fröhlich lächelnde Stephanie Bohlmann.

***

Irgendwo musste es hier doch einen Heizofen geben. Im Atelier war es zehn Grad kalt, und Thal fror. Seinen Wintermantel hatte er abgelegt, weil er ihn beim Fotografieren hinderte. Endlich entdeckte er die elektrische Heizsonne oberhalb der Werkbank und schaltete sie ein. Sechsundvierzig Gemälde hatte er bereits abgelichtet. Er nahm die Kamera und kontrollierte die Fotos auf dem winzigen Display. Er war kein guter Fotograf, auf Reisen hatte Leah das übernommen. Er benutzte die kleine Digitalkamera nur zu dienstlichen Zwecken, sie war eine Art elektronisches Gedächtnis, um sich Orte – in der Regel Tatorte – Gegenstände sowie hin und wieder Menschen einzuprägen. Für den Galeristen musste die Qualität reichen.

Nach der Besprechung hatte Bettina Berg gefragt, ob er mit ihr Essen gehen wollte. Er hatte abgelehnt. Für heute hatte er genug Umgang mit anderen Menschen gehabt, er sehnte sich danach, allein zu sein. Als er das Präsidium verließ, entschied er sich spontan, zum Atelier zu gehen. Es war an der Zeit, dass er sein Leben wieder selbst in die Hand nahm. Außerdem schuldete er es Leah. Als Künstlerin wollte sie dem Publikum Freude schenken. Das war ihr einziger Antrieb, sie hatte keine Botschaft, wollte nicht belehren oder aufklären. Die Menschen sollten teilhaben an ihrer unbändigen Lebensfreude. Er erinnerte sich an eine Ausstellungseröffnung in einer Stuttgarter Galerie, zu der er seine Frau begleitet hatte. Die Ausstellung trug den Titel »Du bist Mensch«. Leah hatte ausschließlich großformatige Porträts ausgewählt: Kinder, Alte, Weiße, Schwarze, Asiaten. Als endlich alle Reden gehalten waren, standen sie mit einem Glas in der Hand abseits vom Trubel in einer Ecke des Raumes.

»Schau«, sagte Leah und wies auf einen siebzigjährigen Mann, der versunken vor sich hinlächelnd das Porträt eines tibetischen Bauernmädchens betrachtete.

»Das ist mehr wert als jeder Scheck, den mir dieser hochnäsige Galerist in den nächsten Wochen überreichen wird.«

Thal erhob sich von der Werkbank und ging zu den noch nicht fotografierten Gemälden. Konzentriert hob er eines nach dem anderen auf, stellte es auf eine Staffelei direkt unter eine helle Leuchte und machte jeweils drei Aufnahmen. Die Arbeit ging ihm inzwischen automatisch von der Hand, so konnte er seinen Gedanken freien Lauf lassen.

Es war sicher in Leahs Sinn, ihre Werke in die Öffentlichkeit zu bringen, sie durften nicht länger in dieser Halle verstauben. Er, Alexander Thal, war Leah Braaschs Erblassverwalter. Er hatte die Pflicht, sich darum zu kümmern. Außerdem war er sich sicher, dass es ihm helfen würde, wenn Leah mit einer letzten bedeutenden Ausstellung gefeiert würde. Vielleicht könnte er dann Abschied nehmen.

Überhaupt schien ihm Abschied das Gebot der Stunde. Musste er sich nicht von seinem alten Leben lösen? Sollte er nicht zum Präsidenten gehen und ihn um vorzeitige Entlassung aus dem Dienst bitten? Selbst wenn seine Beamtenpension drastisch gekürzt würde, in Thailand oder auf Bali wäre er damit noch ein reicher Mann. Was brauchte er mehr als eine einfache Strandhütte, eine Hängematte und ein paar gute Bücher? Als Thal sich das kleine Häuschen am langen, weißen Strand von Prachuap Khiri Khan vorstellte, in dem er mit Leah vier der glücklichsten Wochen seines Lebens verbracht hatte, war er sich nicht mehr sicher, ob er sich nicht auch von dieser Vorstellung lösen musste. Ohne Leah schien ihm ein solches Leben nicht erstrebenswert. Einmal Bulle, immer Bulle! Urplötzlich drängte sich dieser Gedanke in den Vordergrund, aber er verdrängte ihn sofort. Seit Jahren war es sein Lebensplan, mit sechzig die Arbeit an den Nagel zu hängen. Die Welt war groß und bunt! Was hatte er davon schon gesehen?

»Noch ein Jahr«, hatte Leah vor ein paar Monaten gesagt, »dann fangen wir unser Leben ganz neu an!«

Unser Leben! Das gab es nicht mehr. Es gab nur noch sein Leben. In dieser Sekunde begriff Thal, was Einsamkeit bedeutet. Er war nicht allein, um ihn herum gab es eine Welt voller Menschen, mit denen er reden, essen, trinken, vielleicht sogar Sex haben konnte. Aber es gab keinen Menschen, mit dem er seine Zukunft über Alltagsbanalitäten und Berufserfordernisse hinaus plante. Es gab keinen Menschen, der sich darauf freute, mit ihm alt zu werden.

Eine tiefe Traurigkeit hüllte ihn ein. Bisher hatte er um Leah getrauert, hatte das Schicksal verflucht, dass sie statt seiner in den Tod gerissen hatte. Sie war erst Mitte vierzig, sprühte vor Tatendrang. Sie war intelligent, charmant, attraktiv, hinreißend. Sie ließ einen glauben, dass es nicht nur Verderben und Scheußlichkeiten gab, sondern dass das Gute und Schöne eine Chance hatte. Eine Welt, die einen solchen Menschen sterben ließ, war keine gute Welt.

Auf diese Art und Weise hatte er anfangs getrauert. Erfüllt von Verbitterung und Wut. Später, nach einigen Wochen, kam Selbstmitleid dazu. Leah konnte ihn nicht geliebt haben, sonst wäre sie nicht gegangen. Jetzt war er nicht mehr wütend auf sich, sondern auf Leah.

Er würde den Augenblick nie vergessen, als er die Intensivstation betrat. Das Bild seiner schwer verletzten, durch Apparate am Leben gehaltenen Frau war in sein Gedächtnis eingebrannt. Als sie ihn sah, lächelte sie. Wegen des Tubus, durch den sie beatmet wurde, konnte sie nicht sprechen, aber ihr Blick sagte ihm alles. Er erzählte die Geschichte ihrer Liebe vom Anfang bis jetzt. Sie bedankte sich, ohne dass er wusste, wofür. Er hatte einen Kloß im

Hals, und es fielen ihm nur die typischen Sprüche ein, die tausendfach an Betten Todkranker gesagt werden.

»Du bist stark, Leah. Du schaffst es.«

Sie lächelte ihn an, und obwohl es sie unvorstellbar anstrengen musste, hob sie beide Arme einen Zentimeter an. Thal verstand die Geste sofort. Sie hatte keine Hände mehr. Zwar waren beide Arme verbunden, aber jeder konnte sehen, dass am Ende nicht ihre feingliedrigen, langen Finger waren, sondern unförmige Stümpfe.

»Du musst kämpfen, Leah! Bitte! Für uns!«

Leah lächelte ihn weiter an. Dann schloss sie ihre Augen. Sie öffnete sie nicht mehr.

Heute, über drei Monate später und angesichts von Dutzenden leuchtenden Gemälden voller Lebensfreude in dieser kalten Halle, verstand Thal. Leah hatte ihn nicht verlassen, weil ihre Liebe zu schwach war - im Gegenteil. Sie wusste, dass sie die Liebe verlieren würde, wenn sie ihre Gefühle nicht mehr in Farben und Formen ausdrücken konnte. Sie hatte ihn mit jeder Faser ihres Körpers und ihres Geistes lieben können, weil sie durch ihre Kunst ein vollständiger, heiler Mensch war. Würde diese Ganzheit zerbrechen, wäre es das Ende der Liebe.

In Thals Kopf formte sich ein Gedanke, der ihn zunächst erschreckte, eher er ihn beruhigte. Er musste Leah loslassen. Nicht vergessen, niemals! Sie würde ihn in seinen Erinnerungen bis zu seinem eigenen Tod begleiten. Sie hatte sein Leben total auf den Kopf gestellt, und all diese Veränderungen dauerten an. Doch er musste akzeptieren, dass ihre Entscheidung – er war sicher, dass sie sich bewusst gegen den Kampf und für den Tod entschieden hatte – richtig war. Was wäre passiert, wenn sie als verkrüppelte Künstlerin überlebt hätte? Sie wäre schwermütig und schließlich depressiv geworden. Bald hätte sie ihn, das eigentliche Ziel des Anschlags, für ihr Leiden verantwortlich gemacht. Am Ende hätte sie ihn verflucht. Leah wusste, dass es so kommen würde. Mit ihrem Weggang wollte sie ihre Liebe für die Ewigkeit erhalten. Sie hatten zwanzig wunderbare Jahre miteinander erlebt, die ihn für den Rest seines Lebens tragen würden.

»Danke, Leah!«

Thal sprach es deutlich aus wie eine Art reinigendes Gebet. Er setzte sich erneut auf die Werkbank, zog die Beine in den festen Sitz und versammelt seine Gedanken. Er konzentrierte sich auf seinen Atem, auf die Stelle, wo er beim Ausatmen die Haut erreichte. So, wie er es von seinem Meister gelernt hatte.

Thal meditierte. Das erste Mal seit einhundertsechs Tagen.

Eine Stunde später praktizierte er die einst in Thailand gelernte Rücknahme der Kontemplation, spannte für ein paar Sekunden alle Muskeln an und löste die Fokussierung seines Geistes. Er fühlte sich auf besondere Weise erfrischt. Wie ihm das gefehlt hatte! Er wollte sich gerade den Gemälden zuwenden, als er ein seltsames Summen aus seiner Manteltasche hörte. Sein Handy vibrierte. Er hatte nach der Dienstbesprechung vergessen, den Klingelton einzuschalten. Auf dem Display stand die Meldung: »2 Anrufe in Abwesenheit«. Die Handynummer des jetzigen Anrufers kannte er nicht.

»Thal.« Seine Stimme war belegt.

»Hallo Chef, endlich erwischen wir Sie.«

Stephanie Bohlmann klang aufgekratzt.

»Man hat eine Frau gefunden. Bewusstlos und nackt. In der Citykirche.«

Seit wann nannte man Kirchen in Denglisch?

»Wo?«

»In der Dreifaltigkeitskirche.«

»Wo ist die Frau jetzt?«

»In der Klinik. Grendel und sein Team sind bereits in der Kirche.«

»Wer hat die Frau gefunden?«

»Ein Kirchgänger, der abendliche Erbauung suchte. Sollen wir ihn dabehalten, bis Sie kommen?«

»Ja. Und schicken Sie mir einen Streifenwagen.«

Thal gab Bohlmann die Adresse des Ateliers und fotografierte in Ruhe die letzten vier Bilder.

***

»Also, ich wusste ja gar nicht, wie mir geschah!« Der Siebzigjährige stand noch unter Schock. Er saß auf der Bank des Einsatzwagens und knetete einen grauen Filzhut in seinen Händen. Dem Aussehen der Kopfbedeckung nach tat er das schon geraume Zeit.

»Das ist Hermann Wollhuber«, sagte Stephanie Bohlmann, die hinter Thal in den Wagen kletterte.

»Er hat das Opfer gefunden.«

Thal nickte dem Zeugen aufmunternd zu.

»Erzählen Sie von Anfang an. Wann kamen Sie in die Kirche?«

»Na ja, es wird so gegen Viertel nach sechs gewesen sein. Wissen Sie, ich gehe am Nachmittag gerne durch die Stadt. Meine Frau ist vor einem Jahr gestorben, und die Kinder haben ihr eigenes Leben. Wenn ich mich einsam fühle, laufe ich einfach so durch die Straßen. Es geht mir besser, wenn ich andere Leute sehe. Sie sind noch jung, Sie werden das nicht verstehen.«

Wenn du wüsstest, wie gut ich dich verstehe, dachte Thal. Fast bedauerte er, dass jetzt keine Zeit für eine längere Unterhaltung war.

»Gut, Sie kamen also so gegen Viertel nach sechs in die Kirche. Was sahen Sie da?«

»Erst mal gar nichts. Wissen Sie, im Winter ist um diese Zeit nie jemand in der Kirche. Im Sommer, da kommen manchmal Touristen, weil der Altar in der Kirche, der ist von dem Kaspar Weber. Das steht in den Reiseführern.«

»Irgendwann ist Ihnen dann doch etwas aufgefallen, oder?«

»Erst habe ich eine Kerze für meine Frau angezündet, das mache ich immer so. Dann bin ich nach vorne gegangen, und da sah ich sie.«

Der Mann schluckte und schwieg. Thal musste ihn ermuntern, weiterzusprechen.

»Was sahen Sie genau?«

»Na, die Frau eben. Nackt lag sie da auf den Stufen vor dem Altar. Nackt bis auf diese Strümpfe. Solche unanständigen, wissen Sie. Und verdreht war sie. Ich dachte: Die ist hin.«

»Sind Sie zu ihr gegangen? Haben Sie sie angefasst?«

Der Zeuge schüttelte entsetzt den Kopf.

»Nein. Rausgerannt bin ich und habe einen Mann angesprochen. Er soll die Polizei rufen, habe ich ihm gesagt. Der hat gleich sein Handy gezogen. Ich habe keins, obwohl mein Sohn sagt, ich sollte mir eins kaufen. Für den Notfall. Als ob man selbst den Arzt rufen kann, wenn das letzte Stündlein schlägt.«

Stephanie Bohlmann mischte sich ein.

»Die Personalien des Anrufers haben wir. Er konnte nicht auf Sie warten, Chef. Der Mann ist Cellist in der Südwestdeutschen Philharmonie, die heute Abend ein Konzert im Konzil gibt.«

Thal wandte sich erneut dem Zeugen zu.

»Gut, Herr Wollhuber. Ich habe nur noch eine Frage, dann können Sie gehen. Aber diese Frage ist sehr wichtig: Ist noch jemand in die Kirche gegangen oder herausgekommen, bevor die Polizei eintraf?«

»Nein, nein. Da war niemand sonst drin, und reingegangen ist auch keiner mehr. Nur dieser Fotograf, aber der gehört ja zu eurer Truppe.«

Thal schaute Stephanie Bohlmann an, die ihm beruhigend zunickte. Er legte dem Zeugen die Hand auf den Arm und bedankte sich für seine Geduld.

Als Hermann Wollhuber ächzend aus dem Wagen geklettert war, fragte Thal Stephanie Bohlmann:

»Wo ist die Kollegin Berg?«

»Im Krankenhaus beim Opfer. Sie hat vor zehn Minuten angerufen. Die Frau ist bei Bewusstsein und außer Lebensgefahr. Die Ärzte meinten, in einer Stunde könne sie mit ihr sprechen.«

»Rufen Sie Bettina an. Sie soll mit der Befragung warten, bis ich komme. Ich schau mir jetzt den Tatort an.«

Das Innere der Kirche wurde von drei Scheinwerfern taghell ausgeleuchtet. Vor dem Altar arbeiteten zwei Tatortermittler in ihren weißen Overalls und blauen Plastikschuhen. Hartmut Grendel saß mit einem höchstens dreißig Jahre alten Mann in der dritten Bankreihe. Sie schauten auf das Display einer Digitalkamera. Als er Thal erblickte, stand er auf.

»Hallo Alexander, darf ich dir unseren neuen Fotografen vorstellen: Niels Kröning. Er hat vor zwei Monaten bei uns angefangen und ist von der ganz schnellen Truppe.«

»Guten Abend, Herr Hauptkommissar. Das war reiner Zufall, ich kam auf dem Heimweg vorbei. Dieser Rentner schrie die ganze Zeit was von einer Leiche in der Kirche, dann kamen die Kollegen und der Notarzt. Da bin ich halt mit rein und habe draufgehalten. Die Fotos sind natürlich nicht perfekt ...«

»... aber brauchbar«, beendete Grendel den Satz.

Kröning hielt Thal das Display hin, der seine schlimmsten Befürchtungen bestätigt sah.

Auf der Kirchenbank lag eine zweite Kamera. Thal deutete darauf:

»Haben Sie Polaroids gemacht?«

Kröning griff in seine Manteltasche und überreichte Thal einen kleinen Stapel Fotos. Er blätterte sie durch und steckte eins in die Innentasche seines Jacketts. Anschließend nahm er Grendel beiseite.

»Guter Mann. Wann bekomme ich euren Bericht?«

»Morgen früh hast du ihn auf dem Schreibtisch.«

Thal traf Bettina Berg im Ärztezimmer der Notaufnahme des Klinikums. Sie unterhielt sich angeregt mit dem diensthabenden Arzt Dr. Fabian Hendrick, einem gut aussehenden, schlanken, muskulösen Mann um die vierzig, dem der weiße Anzug wegen seiner gebräunten Haut perfekt stand.

»Du kommst genau zur richtigen Zeit, Alexander. Wir können gleich zu ihr. Der Doktor wollte mir gerade seine Untersuchungsergebnisse mitteilen.«

Der Arzt ging mit einem strahlenden Lächeln auf Thal zu.

»Fabian Hendrick, guten Abend Herr ...?«

»Thal, Alexander Thal. Was können Sie uns sagen?«

Hendrick empfand diese kurz angebundene Reaktion als unangemessen und wendete sich ruckartig Bettina Berg zu.

»Die Frau ist mit einem schweren Narkotikum betäubt worden.«

Thal versuchte, die Aufmerksamkeit des Arztes erneut auf sich zu ziehen.

»Könnte es sich um Liquid Extasy handeln?«

»Nach den Blutwerten könnte es Gamma-Hydroxy-Buttersäure gewesen sein, was sich aber kaum mit absoluter Gewissheit nachweisen lässt. Die Patientin hat sich erstaunlich schnell davon erholt, sie ist nur noch etwas benommen. Darauf sollten Sie Rücksicht nehmen, wenn Sie mit ihr reden.«

»Sonstige Verletzungen?«, fragte Thal.

Dr. Hendrick schüttelte den Kopf.

»Nichts Nennenswertes. Äußerlich ist sie unversehrt. Allenfalls konnte ich eine leichte Schwellung der inneren Schamlippen diagnostizieren, was auf intensive, sexuelle Kontakte in der letzten Zeit hindeuten könnte.«

Thal gefiel das anzügliche Grinsen nicht, mit dem der Doktor Bettina anschaute.

»Irgendwelche Anzeichen einer Vergewaltigung?«

Hendrick schien Thals Verärgerung zu spüren, denn das Lächeln verschwand.

»Nein. Wir haben aber einen Abstrich gemacht. Die Ergebnisse sollten morgen früh vorliegen.«

Bettina Berg bedankte sich bei dem Arzt und verließ mit Thal das Zimmer. Auf dem Flur sagte sie:

»Ich habe zwei Mal versucht, dich anzurufen. Wo warst du die ganze Zeit?«

»In einer Therapiesitzung.«

Bevor Bettina weitere Fragen stellen konnte, öffnete Thal die Tür zum Krankenzimmer. Er war für einen Moment sprachlos. Statt des erwarteten Häufchen Elends saß eine strahlend schöne Frau aufrecht im Krankenbett. Sie war gerade damit fertig, sich zu schminken, und legte ein Plastikdöschen und einen langen Pinsel auf den Nachttisch.

»Na endlich. Ich dachte schon, man hätte mich vergessen.«

Thal überließ wie bei Claudia Pech die Gesprächsführung zunächst Bettina und betrachtete derweil das Opfer genauer. Katharina Scheffer, genannt Catrin, war sechsundzwanzig Jahre und attraktiv. In ihrem weißen Nachthemd, die nach vorne gekämmten, langen schwarzen Haare dicht neben dem Kopf auf dem ebenfalls weißen Bettbezug, erschien sie Thal wie das Idealbild von Schneewittchen. Er verkniff sich ein Lächeln und konzentrierte sich auf ihre Erzählung.

Catrin Scheffer hatte vor drei Monaten ihr Studium beendet. Zurzeit arbeitete sie als Praktikantin bei der Werbeagentur Mensing & Partner. Nicht die schlechteste Adresse, wie Thal wusste. Hans-Peter Mensing war regelmäßiger Gast auf Leahs Atelierfesten. Bei einer Begrüßungsrede stellte sie ihn als einen der »kreativsten Köpfe der Stadt« vor. Als Thal sie später am Abend fragte, ob das für den Inhaber einer Werbeagentur nicht ein bisschen dick aufgetragen wäre, meinte sie:

»Na ja, auf jeden Fall verdient er Geld wie Heu, und dumm scheint er mir nicht zu sein, schließlich hat er zwei Bilder von mir gekauft.«

Vom Hergang des Nachmittags wusste Catrin Scheffer nicht mehr viel. Sie hatte im Café Pano ihren »Feierabend-Latte« getrunken. Anschließend wollte sie noch durch die Geschäfte im Lago bummeln und verließ das Café kurz nach vier. Irgendwo auf der Siegesmundstraße sei ihr übel geworden, und sie sei erst im Krankenwagen zu sich gekommen.

Während ihrer Erzählung würdigte sie Bettina Berg keines Blickes, sondern sah nur Alexander Thal an. Deshalb übernahm er das Gespräch.

»Ist Ihnen im Café irgendetwas aufgefallen? Hat sie jemand angestarrt oder angerempelt?«

»Ach, wissen Sie, Herr Kommissar. Wenn man sich nicht so langweilig oder abscheulich kleidet wie neunzig Prozent der durchschnittlichen Konstanzer Frauenwelt, wird man ständig angestarrt. Aber angerempelt? Nein, daran kann ich mich nicht erinnern.«

Catrin Scheffer lächelte den Kommissar direkt an. Als säßen wir im Café und unterhielten uns über den neuesten Kinofilm, dachte er. Nichts deutete darauf hin, dass sein Gegenüber noch vor wenigen Stunden Opfer eines brutalen Überfalls gewesen war. Thal versuchte ebenfalls, charmant zu lächeln, als er seine nächste Frage stellte.

»Sie werden sich wundern, und ich entschuldige mich vorab für die Direktheit der Frage, aber ich muss sie stellen. Hatten Sie in der letzten Zeit intensive Sexualkontakte?«

Täuschte er sich, oder errötete Catrin Scheffer leicht. Ihre Antwort kam prompt und ohne Zögern:

»Wenn es doch nur so wäre. Nein, Herr Kommissar. Ich bin ein einsamer Single.«

Ohne den Blick von Thal zu wenden, seufzte sie deutlich hörbar. Das Gespräch bekam den Charakter eines Flirts.

Thal beschloss, sie mit der Situation zu konfrontieren, und überreichte ihr eines der Polaroids. Catrin Scheffer starrte es an, ohne ihr Lächeln zu verlieren.

»Eigentlich ein ganz hübsches Foto.«

Sie sprach leise. Thal registrierte ein kaum merkliches Zittern ihrer Unterlippe. Auch ihre Stimme war nicht mehr so fest, als sie weitersprach.

»Die Strümpfe gehören mir aber nicht. Zu meinem hellen Rock würde ich doch niemals schwarze tragen.«

Als sie Thal das Foto zurückgab, lächelte sie zwar noch, gleichzeitig blitzte aber eine Träne in ihrem rechten Auge, die bald ihr makelloses Make-up zerstören würde.

***

Es war nach Mitternacht, als Stephanie Bohlmann die telefonisch bestellten Pizzas vom Empfang des Polizeipräsidiums holte und auf den Besprechungstisch in Thals Büro stellte. Als ihm der Geruch des Mozzarella in die Nase stieg, merkte Thal, wie hungrig er war. Auch Stephanie Bohlmann und Bettina Berg begannen sofort zu essen. Sie schwiegen für ein paar Minuten. Es war ohnehin alles besprochen, und sie waren sich einig, dass die Handlungsweise des Täters bedrohlich eskalierte. Keiner der Kommissare, auch nicht Klaus Wagner, der vor einer halben Stunde nach Hause gegangen war, zweifelte daran, dass Catrin Scheffer vom mysteriösen Fotografen, wie sie den Täter inzwischen nur noch nannten, betäubt, in die Dreifaltigkeitskirche geschleppt, entkleidet und anschließend mit schwarzen, halterlosen Strümpfen bekleidet fotografiert worden war. Welche weiteren Manipulationen er eventuell an seinem Opfer vorgenommen hatte, könnte sie erst auf den Fotos sehen - und auch das nur, wenn sie Glück hätten. Hundertprozentig sicher waren sich alle dahin gehend, dass es Fotos geben würde.

Nach dem dritten Pizzastück beendete Thal das Schweigen:

»Fassen wir zusammen, was bei dieser vierten Fotoserie anders ist:

Erstens: Die Frau war nackt, sieht man von den Strümpfen ab, die aber eher erotisches Accessoire sind.

Zweitens: Der Täter besorgte dieses Requisit vor der Tat.

Drittens: Wenn der Doktor sich nicht irrt und Catrin Scheffer uns hinsichtlich ihres Sexuallebens nicht belogen hat, berührte der Täter sie oder führte etwas in ihre Vagina ein.

Viertens – das ist auf jeden Fall neu – nahm der Fotograf ein Souvenir mit. Slip und BH des Opfers waren nicht aufzufinden.«

Stephanie Bohlmann hob ihre rechte Hand, bei der sie alle fünf Finger gespreizt hatte:

»Fünftens riskierte der Fotograf erstmals, sein Opfer an einem öffentlichen Ort zu fotografieren. In allen anderen Fällen waren es Wohnungen oder Hauseingänge bzw. eine geschlossene Zahnarztpraxis. Zumindest, soweit wir das wissen.«

»Sehr gut.«

Thal war zufrieden mit der Arbeit der jungen Kollegin. Er nahm die Plastikmineralwasserflasche in die Hand und prostete ihr zu:

»Bei Gelegenheit bekräftigen wir es noch mit einem Glas Rotwein, aber ich finde, wir sollten uns wie alle anderen duzen. Ich heiße Alexander.«

Stephanie Bohlmann brauchte zwei Sekunden, bis ein befreites Lächeln auf ihrem Gesicht erschien.

»Vielen Dank. Ich heiße Stephanie.«

Nach einer kurzen Pause setzte sie hinzu:

»Mit P und H, auch wenn man es nicht hört.«

Damit löste sie eine Heiterkeit aus, welche die Anspannung der letzten Stunden löste.

»Man soll aufhören, wenn es am schönsten ist«, unterbrach Bettina Berg das Gelächter.

»Ich gehe noch in der Zentrale vorbei. Wenn morgen ein Brief bei der Post eingeliefert wird, soll er von der Bereitschaft sofort ins Labor gebracht werden. Und dann ab ins Bett.«

***

Thal fühlt sich noch frisch. So ging es ihm oft nach einer intensiven Meditation, manchmal hielt es einen ganzen Tag an. Warum hatte er so lange darauf verzichtet?

Gleichzeitig war er in großer Sorge. Der Fotograf schien die Sache nicht mehr im Griff zu haben. Nur zu fotografieren, reichte ihm nicht mehr, er brauchte mehr, um den Kick zu bekommen, den er suchte. Er berührte sein Opfer in eindeutig sexueller Absicht, und er nahm die Unterwäsche mit. Beim nächsten Mal, fürchtete Thal, wird er zum Vergewaltiger. Und dann zum Mörder.

Thal verdrängte den Gedanken. Er setzte sich an den PC, um die heutige Arbeit zu Ende bringen, indem er die Fotos von Leahs Werken auf die Festplatte kopierte. Anschließend suchte er die qualitativ besten Fotos heraus. Neunundachtzig fertige Gemälde hatte er fotografiert - zumindest wirkten sie auf ihn vollendet, denn Leah hatte sie mit ihrem schwungvollen Pinselstrich signiert. Vier oder fünf begonnene Arbeiten ignorierte er.

Anschließend schrieb er eine E-Mail an den Galeristen, in dem er ihn um einen Vorschlag bat, wie man mit dem Vermächtnis von Leah Braasch am würdevollsten umgehen könnte. Ehe er die E-Mail abschickte, fiel sein Blick auf den abgehängten Bronski neben dem Sofa. Er stand auf, machte ein Foto, fügte es dem Anhang der E-Mail hinzu, die er mit einem P. S. ergänzte:

»Folgendes Bild von Bronski würde ich Ihnen gerne zum Verkauf anbieten. Ich erwarte Ihr Angebot.«

Es war ein Uhr zweiundvierzig, als er die E-Mail versendete.

***

Diesmal war es keine Guggemusik, die Thal um kurz vor sechs weckte, sondern das Klingeln des Telefons. Der Diensthabende in der Telefonzentrale des Präsidiums teilte ihm mit, dass erneut ein Brief angekommen sei. Er läge in der Technik.

Thal erhob sich mühsam aus dem Bett, in dem er sich vier Stunden von einer Seite auf die andere gewälzt hatte. Es war ihm nicht gelungen, seine wirren Gedanken zu beruhigen. Zu viele Fragen quälten ihn. Was sollte er ohne Leah aus seinem Leben machen? Sollte er dem Plan folgen, seine Arbeit aufgeben, alle Zelte abrechen und zum Nomaden werden, der mit offenen Augen durch die Welt zog? Aber was sollte er dort finden? Waren es nicht Leahs Augen, die gesehen und beobachtet hatten, um ihm die Welt zu erklären? Wäre er nicht blind, ohne sie? Blind wie im Fall des Fotografen. Sein Team hatte nichts anderes getan, als Akte für Akte, Fall für Fall alle Täter zu überprüfen, die er in den letzten Jahren hinter Gitter gebracht hatte. Ohne Ergebnis! Es musste um Persönlicheres gehen. Wer war der Mann? Was wollte er von ihm? Thal wusste, dass ihm nicht viel Zeit blieb, die Antwort zu finden. Bald würde der Fotograf Gewalt anwenden und am Ende sein Opfer töten. Wenn er nicht bereits gemordet hatte.

Thal duschte eiskalt. Fast zehn Minuten ließ er das Wasser in einem dicken Schwall auf seinen Körper prasseln. Er hätte lieber meditiert, seine Gedanken beruhigt und fokussiert, aber dafür war keine Zeit. Stattdessen bereitete er sich einen Espresso und versuchte, sich jedes Handgriffs und jeder Bewegung bewusst zu sein. Als der Kaffee in die Tasse lief, konzentrierte er sich zunächst auf das Geräusch, dann auf den Geruch. Erst nachdem er dem Duft bis in die letzten Papillen seiner Nase gefolgt war, trank er den ersten Schluck. Er spürte, wie sich das heiße Getränk in seinem Mund verteilte und am Zäpfchen vorbei die Speiseröhre hinunterlief. Er konnte den Lauf bis hinunter zum Mageneingang verfolgen. Zum Schluss konzentrierte er sich auf den Geschmack, der sich explosionsartig von der Oberseite des Gaumens im Mund ausbreitete. Erst nachdem sich das Aroma auf seinen Geschmacksnerven verloren hatte, leerte er die Tasse mit einem zweiten Schluck, bei dem er genauso verfuhr. Anschließend reinigte er mit routinierten, fließenden Bewegungen das Sieb der Maschine, spülte Tasse und Untertasse und trocknete sie sorgfältig ab. Auch wenn die Meister des Zen den Tee zum Zentrum ihrer Achtsamkeitsübung gemacht hatten, erzielte Thal mit seiner Kaffeezeremonie den gleichen Effekt.

»Sei dir allem, was du tust, bewusst.«

Nichts anderes hatte er getan, und wie immer hatte es funktioniert. Er fühlte sich zwar noch müde, aber sein Geist hörte auf, ihn mit wirren Vorstellungen zu terrorisieren.

Mit festem Schritt, den Mantel gegen die Kälte um den Körper gezogen, verließ er die Wohnung.

Bettina Berg, Stephanie Bohlmann und Klaus Wagner saßen um den Besprechungstisch, auf dem die heute Morgen eingegangenen sechs Fotografien in Postkartengröße ausgebreitet lagen. Thal grüßte die Kollegen knapp. Bild für Bild schaute er sich die Inszenierung des Fotografen mit dem Titel »Die Ekstase« an. Die Überschrift beschrieb treffend die Posen, in denen Catrin Scheffer zu sehen war.

Sie war auf allen Fotos nackt bis auf die vom Täter mitgebrachten schwarzen Strümpfe. Auf den ersten drei Fotos trug sie außerdem ihre eigenen hochhackigen Pumps. Thal vermutete, dass die Schuhe von ihren Füßen gerutscht waren, als der Fotograf ihre Beine in die verschiedenen Posen rückte.

Alle Aufnahmen waren auf den Steinstufen vor dem Altar der Dreifaltigkeitskirche entstanden. Immer hatte das Opfer die Beine gespreizt, mal lagen sie ausgestreckt über die Stufen nach unten, mal waren sie angewinkelt, und die Fußsohlen berührten einander. Die Arme und Hände des Opfers hatte der Fotograf für jedes Foto in eine andere Position gebracht. Beim ersten Bild lagen sie auf dem Busen, beim zweiten unterhalb, als würden sie die Brüste anheben, um sie dem Betrachter zu präsentieren. Beim dritten Bild waren die Arme hinter dem Kopf verschränkt, beim vierten lagen die Hände auf den Oberschenkeln, und beim fünften Bild hatte der Fotograf Catrin Scheffers rechten Zeigefinger in ihre Vagina gesteckt. Am scheußlichsten war das letzte Bild. Das Opfer hielt einen braunen Lederhandschuh so zwischen beiden Händen, als masturbierte sie mit einem Handschuhfinger. Zudem hatte der Täter etwas unter den Kopf des Opfers gelegt, der leicht nach vorne gebeugt war. Catrin Scheffers Augen waren geöffnet, genauso ihr Mund, aus dem die Zungenspitze die Unterlippe berührte. Ein oberflächlicher Betrachter könnte zu dem Schluss kommen, das Modell dieser pornografischen Aufnahme habe Lust empfunden, als sie sich mit einem Handschuh, dessen Mittelfingerstück sie wie einen Dildo benutzte, selbst befriedigte. Erst ein genauerer Blick zeigte, dass die Augen keineswegs lustvoll, sondern leer ins Nichts starrten. Auch die Körperhaltung war verkrampft und nicht orgiastisch.

Die vier Polizisten rund um den Tisch brauchten einige Minuten, bis sich die Anspannung löste. Als Erster hielt es Klaus Wagner nicht mehr aus. Er sprang von seinem Stuhl auf und lief wie ein Raubtier im Käfig auf und ab.

»Verdammt noch mal! Da schickt uns dieser Kerl jeden Tag einen Satz immer perverser werdender Fotos, und wir sitzen hier rum. Das ist doch zum Verrücktwerden.«

Die drei anderen nickten. Bettina Berg fand zu einer sachlichen Analyse zurück:

»Der Täter muss sich sicher fühlen. Er geht Risiken ein, er hinterlässt Spuren. Die Strümpfe zum Beispiel sind ein Anhaltspunkt für Ermittlungen. Es könnte sein, dass er sie erst kurz vor der Tat gekauft hat. Wir sollten die Verkäuferinnen in den einschlägigen Geschäften befragen. Wenn wir Glück haben, ist einer etwas aufgefallen.«

Thal schaute sich das letzte Foto noch einmal an.

»Den Handschuh hat er nicht am Tatort gelassen, oder?«

»Nein, leider nicht.«

Stephanie Bohlmann erhob sich ebenfalls von ihrem Sitz, um sich ein Mineralwasser aus dem Kühlschrank in der Ecke des Raumes zu holen. Heute trug sie eine weiße, eng geschnittene Bluse, darüber eine bunte Weste im Patchworkstil. Sie war so in Gedanken vertieft, dass sie Thals anerkennendes Nicken nicht mitbekam.

»Aber Faserspuren müssten sich in dem Abstrich finden, den der Arzt in der Klinik gemacht hat.«

Auf seine beiden Damen konnte Thal sich verlassen, sie machten wenigsten konkrete Ermittlungsvorschläge, während Wagner immer noch auf und ab tigerte, was Thal auf die Nerven ging.

»Setz dich endlich hin, Klaus. Du kannst gleich genug rumlaufen, wenn du alle Strumpfgeschäfte der Stadt abklapperst.«

Thal wartete, bis der Kollege sich mit einem unverständlichen Brummen niedergelassen hatte, ehe er die Arbeit verteilte.

»Stephanie, du begleitest Klaus. Vorher stellt bitte sicher, dass der Vaginalabstrich von Catrin Scheffer in die Rechtsmedizin kommt.«

Stephanie Bohlmann nickte, zog ihr Handy aus der Tasche und verließ den Raum, gefolgt von Wagner.

Bettina Berg sah Thal fragend an.

»Und wir gehen frühstücken.«

***

Selbst zur Frühstückszeit war das Café Pano gut gefüllt. Die Gäste waren bunt gemischt: Studenten, Hausfrauen und Mitarbeiter der nahegelegenen Banken und Büros starteten hier mit einem Milchkaffee und einem Croissant in den Tag. Dazwischen saßen einige Mütter, die sich zum morgendlichen Plausch verabredet hatten. Die jüngsten Sprösslinge schliefen in den Kinderwagen, die anderen rannten zwischen den Beinen der anderen Gäste herum. Sie alle mochten die legere Atmosphäre, das freundliche Personal und die schmackhaften Kaffee- und Brotspezialitäten, obwohl die Preise trotz Selbstbedienung gepfeffert waren. Dafür saß man in einem schlicht, aber geschmackvoll gestalteten Raum mit hohen Wänden und einer Stuckdecke, die eine moderne, mit Blattgold verzierte Lampenkonstruktion krönte.

Berg und Thal fanden einen freien Platz an dem langen Holztisch, der den größten Teil des einen der beiden Räume einnahm und viel zum kommunikativen Charakter des Ortes beitrug. Die Gäste saßen auf gepolsterten Holzschemeln recht eng beieinander, hier kam man leicht ins Gespräch.

»Warum nicht das Angenehme mit dem Nützlichen verbinden?«, hatte Thal gesagt und Bettina gefragt, was sie frühstücken wollte. Anschließend reihte er sich in die Schlange der Wartenden am Tresen ein. Bettina Berg musterte ihn. Seine Haare reichten bis knapp über die Ohren, damit hatten sie wieder das Maß erreicht, das er oder besser Leah für das richtige hielt. Seinen Bart hatte er zwar heute Morgen nicht rasiert, aber das war früher schon vorgekommen. Vermutlich mochte Leah Drei-Tage-Bärte. Den schwarzen, weit geschnittenen Anzug und das leger über der Hose getragene Hemd hatte ebenfalls seine Frau ausgesucht, vermutlich sogar gekauft. Leah, immer wieder Leah. Thals Kleidung, sein Aussehen und zum Teil auch sein Auftreten verdankte er dem Einfluss seiner Frau. Ohne sie liefe er vermutlich in der typischen Bullenuniform herum. Alexander Thal ohne Leah Braasch, das war kaum vorstellbar! Bettina Berg hatte ein ambivalentes Verhältnis zur Frau ihres Chefs. Einerseits bewunderte sie die kluge, selbstbewusste, fröhliche, interessant gekleidete Frau, die der Mittelpunkt jeder Gesellschaft war, sobald sie einen Raum betrat. Alle scharrten sich sofort um sie, ohne dass sie darum gebuhlt hätte. Bettina kannte keine andere annähernd so brillante Unterhalterin. In der Nähe von Leah Braasch war es nie langweilig, nicht zuletzt, weil sie darauf achtete, andere in ihrer Umgebung ebenso glänzen zu lassen. Obwohl sie nichts dafür tat, wurde sie zur Ikone. Genau darauf war Bettina eifersüchtig. Sie hatte es sich lange nicht eingestehen wollen, aber als die Beziehung zu Tobias Thal nach ein paar rauschhaften Tagen zerbrach, gab sie unterbewusst Leah die Schuld. Tobias verehrte sie genauso, wie sein Vater und Bettina fürchteten, diesem Vorbild nicht genügen zu können.

Thal unterhielt sich mit einer sehr jungen und sehr blonden Mitarbeiterin hinter der Theke, die ein unvorteilhaftes braunes T-Shirt mit dem Logo des Cafés trug. Wie es aussah, sprachen sie nicht über die Bestellung, sondern über den gestrigen Nachmittag. Eine andere Mitarbeiterin des Cafés, der wegen ihrer schwarzen Haare die Dienstbekleidung noch weniger stand als der Blonden, stellte derweil Kaffeetassen und Teller auf ein Tablett.

Kurze Zeit später hatte Thal erfahren, was er wollte. Er bezahlte und trug das Tablett auf Bettina Berg zu. Er ging immer noch gebeugt, als hätte er eine Last auf den Schultern. Sein Blick aber wirkte konzentrierter, und seine Augen strahlten in einem hellen Marineblau, dem in seiner Jugend vermutlich die Ruhrgebietsschönheiten reihenweise zum Opfer gefallen waren.

Thal stellte das Tablett vor Bettina Berg auf den Tisch. Sie nahm ihren Cappuccino und ein Croissant mit Butter und Marmelade.

»Was trinkst du denn da?«, fragte sie erstaunt, als sich Thal etwas anderes als eine kleine Espressotasse an den Mund führte.

»Kakao mit Chili. Gut bei der Kälte.«

»Und ich glaubte bisher, du würdest deinen Flüssigkeitshaushalt mit nichts anderem als diesen Zwei-Schluck-Mini-Kaffees decken.«

Thal setzte die Tasse ab und leckte sich den Schokoladenbart von der Oberklippe.

»Wann hast du das letzte Mal einen Espresso in einem deutschen Café getrunken, Bettina? Ich lasse mich leider bisweilen dazu hinreißen. Da stehen die teuersten Maschinen hinter den Theken, aber keine Barista, die damit umgehen können. Am Ende stellen sie dir eine dünne, geschmacklose Brühe auf den Tisch und kassieren einen Euro neunzig. In jeder italienischen Autobahnraststätte bekommst du für achtzig Cent ein wahres Geschmackserlebnis.«

Bettina wunderte sich, dass sich ihr Chef noch immer über die Kaffeequalität in der deutschen Gastronomie in Rage reden konnte. Die nächsten Minuten widmeten sich beide ihrem Frühstück. Thal nahm das Gespräch wieder auf.

»Die hübsche Blonde hinter der Theke hatte gestern Nachmittag Dienst. Sie erinnert sich an Catrin Scheffel. Weist du, was sie gesagt hat?«

Bettina trank den letzten Schluck ihres Cappuccino und schüttelte den Kopf. Thal sprach mit hoher Fistelstimme weiter:

»Ach, Herr Kommissar, Sie meinen diese aufgedonnerte Ziege, die hier jeden Abend reinschneit und sich für was weiß ich wen hält?«

Nach einem kurzen Räuspern senkte er seine Stimme auf Normalmaß.

»So viel zum Thema Frauensolidarität. Ansonsten ist ihr aber nichts aufgefallen. Der Laden wäre voll gewesen, und da hätte sie keine Zeit, auf die Gäste zu achten.«

»Wäre ja auch zu schön gewesen, wenn wir endlich einen Anhaltspunkt hätten.«

Thals Handy klingelte. Er zog es aus der Tasche und teilte Bettina nach einem Blick auf das Display mit, dass Wagner am anderen Ende sei. Das Gespräch mit dem Kollegen dauerte einige Sekunden, während derer sich Thal von seinem Sitz erhob. Als er aufgelegt hatte, grinste er Bettina Berg an:

»Vielleicht haben wir ja doch etwas Konkretes. Auf geht's.«

***

In der Kurzwarenabteilung des Warenhauses herrschte zu dieser frühen Stunde noch gähnende Leere. Alexander Thal und Bettina Berg steuerten geradewegs auf Klaus Wagner zu, der sich angeregt mit einer Verkäuferin unterhielt, die Damenunterhosen faltete. Unnötigerweise winkte Wagner ihnen jetzt mit ausholenden Armbewegungen zu, als hätten sie ihn nicht gesehen. Er fühlte sich augenscheinlich nicht wohl zwischen all diesen ausgestellten Dessous.

»Gut, dass ihr kommt«, sagte er fast atemlos, als seine Kollegen den Wühltisch mit Damenslips erreichten. Die Mittfünfzigerin neben ihm legte weiter die winzigen Tangas zusammen. Sie trug eine weiße Bluse aus einer Synthetikfaser, die bei jeder Bewegung knisterte und durch die statische Aufladung seltsam am Körper klebte. Das Bemerkenswerteste waren aber die Haare der Dame, die sie zu einem eindrucksvollen Gebilde toupiert hatte, durch das man die bleiche Kopfhaut schimmern sah.

Wagner zeigte auf die Verkäuferin:

»Darf ich euch Frau Föglein vorstellen.«

Die Frau schaute auf.

»Föglein mit F, bitte. Herta Föglein.«

Bettina Berg entging nicht, dass Thal ein Grinsen nur schwer unterdrücken konnte. Sie zog die Aufmerksamkeit der Verkäuferin auf sich und stellte sich und Thal vor.

»Nun, Frau Föglein, unser Kollege Wagner hat Ihnen schon gesagt, worum es geht.«

»Und ich habe Ihrem Kollegen gesagt, was ich beobachtet habe. Keine Ahnung, warum ich das jetzt alles wiederholen soll. Als ob wir hier nichts anderes zu tun haben.«

Thal hatte sich wieder im Griff.

»Wir werden Sie nicht länger aufhalten als nötig, Frau Föglein. Aber Ihre Aussage kann sehr wichtig sein. Um nicht zu sagen lebenswichtig.«

Hier hob Thal bedeutungsvoll die Augenbrauen, und die Wirkung seiner Worte war augenfällig. Frau Föglein wuchs binnen einer Sekunde um fünf Zentimeter.

»Nun gut, Herr Inspektor.«

»Hauptkommissar«, unterbrach Wagner, was ihm einen wütenden Blick von Thal eintrug.

Frau Föglein ließ sich nicht beeindrucken.

»Also gestern, da schlich hier ein Mann rum. Nicht, dass Sie mich falsch verstehen, Herr Hauptkommissar« - sie betonte Thals Dienstrang, der ihr ein aufmunterndes Lächeln schenkte - »wir haben oft männliche Kunden. Die wollen ihrer Frau etwas Besonderes schenken. Wobei, wenn Sie mich fragen, wollen Sie sich selbst ein bisschen Abwechslung bescheren. Welche Frau trägt freiwillig solch unbequemen Kram.«

Sie hob einen der winzigen Tangaslips hoch, von denen noch einige Dutzend darauf warteten, gefaltet zu werden.

Thal nickte zustimmend und fragte:

»Der Mann gestern war aber keiner von diesen Kunden?«

»Es sah am Anfang zumindest nicht so aus. Wenn einer wirklich etwas kaufen will, kommt er gleich zu uns. Die meisten Männer haben keine Ahnung. Wenn man sie nach der Körbchengröße fragt, zeigen sie es mit den Händen. Ungefähr so ...«

Herta Föglein drückte das Kreuz durch, hob den Kopf an und hielt sich die zu Schalen geformten Hände vor die Brust. Bettina Berg bewunderte Thal, der jetzt die Ruhe selbst war.

»Dieser Mann gestern wendete sich also nicht an Sie oder eine Kollegin?«

»Sag ich doch. Zumindest erst nicht. Er ging hier einfach nur so rum. Das kommt auch täglich vor. Sie glauben gar nicht, wie viele Spanner sich an der ausgestellten Unterwäsche aufgeilen.«

Sie hatte das Wort kaum ausgesprochen, da senkte sie den Blick. Bettina hatte noch nie gesehen, dass sich ein Kopf so blitzartig rötete. Die Verkäuferin wäre am liebsten auf der Stelle im Boden versunken. Thal ging souverän darüber hinweg.

»Ich kann mir gut vorstellen, Frau Föglein, dass Sie es in dieser Abteilung mit vielen schrägen Typen zu tun haben. Es gibt ja auch ganz schön was zu sehen hier.«

Dabei deutete er auf die mit Dessous aller Art bekleideten weiblichen Torsi.

Die Verkäuferin fasste sich.

»Ja, schlimm nicht? Zur Fastnacht treiben es die Dekorateure besonders arg. Wie im Sexshop, sage ich immer.«

Thal ließ sich seine Ungeduld nicht anmerken, sondern trieb das Gespräch sachlich voran.

»Kommen wir zurück zu dem Mann gestern. War er so ein Spanner?«

»Zuerst sah es so aus. Er ging zwischen den Regalen herum, befühlte dieses und jenes und betrachtete die ausgestellte Ware. Ich ging unauffällig hinter ihm her, bei diesen Typen muss man aufpassen, dass sie einem nicht noch die teuersten Strümpfe aus der Verpackung holen, um sich daran ...«

Die Verkäuferin schluckte.

»... um sie zu berühren.«

»Der Mann kaufte dann aber doch etwas?«

»Ja, Herr Hauptkommissar. Es hat eine halbe Stunde gedauert, aber dann kam er auf mich zu und fragte nach Strümpfen. Er wusste, was er wollte, und verstand auch etwas davon, das muss man sagen. Er erkundigte sich nach verschiedenen Qualitäten und Marken. Als ich ihn aber nach der Schuhgröße der Dame fragte, für die er die Strümpfe kaufen wollte, fiel sie ihm nicht ein. Eine mittlere halt, sagte er, und kaufte drei Paar halterlose Strümpfe von Falke, Schuhgröße 38/39. Zwei schwarze und ein weißes.«

Zwei Sekunden herrschte Schweigen, als müssten alle erst diese Nachrichten verdauen. Thal fasste sich als Erster.

»Sie sind sicher, dass er drei Paar Strümpfe kaufte.«

»Natürlich. Ich habe mich noch gewundert, weil Männer so etwas normalerweise nicht machen.«

»Können Sie den Mann beschreiben, wie sah er aus?«

Frau Föglein kaute auf ihrer Unterlippe.

»Er war nicht groß, würde ich sagen. Höchstens einen Meter siebzig. Ich schätze, er war dreißig, hatte aber schon schütteres Haar, das er viel zu lang trug. Ungefähr so lang wie Sie, Herr Hauptkommissar. Nicht, dass ich was gegen Männer mit langen Haaren habe. Wenn man es tragen kann.« Fast glaubte Bettina Berg bei der Verkäuferin einen Augenaufschlag zu sehen.

Thal war noch nicht zufrieden.

»War er schlank oder dick, gepflegt oder ungepflegt?«

»Schlank, fast könnte man sagen dünn. Er trug einen langen, dunklen Mantel und machte einen gepflegten Eindruck, obwohl man das ja erst sagen kann, wenn man die Hände eines Menschen gesehen hat, und er trug Handschuhe.«

»Eine letzte Frage noch. Wie hat der Mann bezahlt? Bar oder mit Kreditkarte.«

Man konnte die Spannung greifen, die jetzt bei den drei Polizisten herrschte. Alle sehnten sie eine bestimmte Antwort herbei.

»Er hat bar bezahlt. Ich weiß noch, wie schwer es ihm fiel, mit den Handschuhen die Scheine aus dem Portemonnaie zu nehmen.«

Thal ließ sich seine Enttäuschung nicht anmerken.

»Vielen Dank, Frau Föglein. Sie haben uns sehr geholfen. Ich muss Sie allerdings noch bitten, meinen Kollegen Wagner aufs Präsidium zu begleiten. Dort wird ein Mitarbeiter nach Ihrer Beschreibung ein Phantombild anfertigen. Der Mann, der gestern bei Ihnen Strümpfe gekauft hat, war nämlich ein echter Sittenstrolch.«

Herta Föglein war von dieser Enthüllung geschockt und nickte. Trotzdem war ihr die Enttäuschung anzumerken, dass es nicht der nette, gut aussehende Herr Hauptkommissar war, der sie begleitete.

***

Erstaunlich, wie lange das Leder Gerüche speicherte. Er schnupperte am Mittelfinger seines Handschuhs. Er roch noch deutlich nach Vanille. Und einer Spur Veilchen. Riechen alle Frauen da unten nach Vanille und Veilchen? Er wusste es nicht. Er hatte nicht viele Erfahrungen mit Frauen, und bei den wenigen war er nicht dazu gekommen, dort zu riechen. Als er jünger war, ging es immer viel zu schnell. Die Gier trieb ihn an. Es zählte nur, so schnell wie möglich in die Frau einzudringen und sich zu entladen. Da blieb keine Zeit für Entdeckungen. Danach ekelte es ihn. Wenn er sich vorstellte, er sollte an der Spalte riechen, nachdem ...

In der letzten Zeit war er ab und zu bei einer Hure gewesen. Nie wäre ihm in den Sinn gekommen, dort nach Wohlgerüchen zu fahnden.

Er nahm den Slip und ließ ihn durch seine Finger gleiten. Anschließend streichelte er sein Gesicht damit. In diesem winzigen Stück Stoff war der Geruch noch intensiver. Er schloss die Augen und saugte ihn auf.

Schade, dass er auf seinen Bildern den Geruch nicht abbilden konnte. Aber er sollte nicht unzufrieden sein. Die Ekstase war ihm hervorragend gelungen. Das Modell war die Idealbesetzung. Und die letzte Szene! Als er daran dachte, meldete sich die Lust erneut. Genau wie gestern. Als er dem Modell die Strümpfe anzog, hatte er sie gestreichelt. Schade, dass er die Handschuhe nicht ausziehen durfte, um die festen, vom feinen Nylon umhüllten Beine zu betasten. Er ließ seine behandschuhte Hand hinaufwandern. Über den Strumpfrand hinaus. Wie gerne hätte er die

Stelle berührt, wo die Beine endeten und der Schoß begann. Dort, wo die Haut der Frauen am weichsten sein soll. Er hatte noch viel zu lernen. Die Vorstellung, das Kitzeln der feinen, leicht gekräuselten Schamhaare an den Fingern zu spüren, fachte seine Lust erst richtig an. Er konnte nicht widerstehen und schob den Mittelfinger in ihre Scheide. Der Anblick trieb ihn fast zum Wahnsinn. Wenn er Kondome dabeigehabt hätte ... Zum Glück läutete in dem Moment die Kirchenglocke und brachte ihn zur Besinnung. Er hatte ein Werk zu vollenden. Er musste sich zusammenreißen. Was war seine körperliche Befriedigung gegen die Aussicht, ein Kunstwerk zu schaffen, wie die Welt noch keines gesehen hatte. Angeekelt warf er den Handschuh in die Ecke seines schmucklosen Zimmers. Er musste ein neues Paar kaufen.

Heute hatte er eine Pause verdient. Es war auch besser, nicht zu viele Spuren zu legen. Obwohl ... Er lächelte. Was sollte ihm schon passieren? Trotzdem. Heute würde er nur Handschuhe kaufen. Morgen, am Sonntag, trug die Post keine Briefe aus, so konnte er sich bis morgen ausruhen. Er brauchte Kraft. Sein Meisterstück stand kurz vor der Vollendung.

***

Nach dem Gespräch mit der Verkäuferin gingen Bettina Berg und Klaus Wagner zur Unterstützung von Stephanie Bohlmann in die Niederburg. Sie mussten das Personal und die Gäste aller Lokale befragen, in denen Catrin Scheffer eingekehrt war. Jedes Detail konnte wichtig sein, sie brauchten endlich konkrete Anhaltspunkte. Hätte der mysteriöse Strumpfkäufer doch nur mit Kreditkarte bezahlt, das wäre endlich eine wenn auch vage Spur gewesen. Apropos Spur! Thal zog sein Handy aus der Tasche und wählte Tobias' Redaktionstelefonnummer aus dem Speicher, der sich nach dem ersten Klingeln meldete.

»Hi Paps. Habe schon eher mit deinem Anruf gerechnet.«

»Hallo Tobias. Du weißt ja, wie das ist. Wir stehen hier mächtig unter Strom. Hat sich jemand auf die Fotos gemeldet?«

»Nein, leider nicht. Dann hätte ich dich sofort angerufen.«

»Dachte ich mir.«

»War trotzdem schön, dich zu hören.«

»Ja. Bis bald.«

Wieder nichts! Thal steckte sein Handy in die Manteltasche und ließ die Hände dort. Es wurde von Tag zu Tag kälter, für Montag sagten die Meteorologen ergiebigen Schneefall voraus. Der Winter war nicht seine Zeit.

Thal dachte über die ersten beiden Opfer nach. Gut möglich, dass sie namenlos blieben. Hatte er recht mit seiner Vermutung, dass der Fotograf immer stärkere Stimulationen für seine Befriedigung brauchte, lebten die ersten beiden Opfer mit großer Wahrscheinlichkeit. Weil sie keine Verletzung hatten und auch kein Kleidungsstück vermissten, schoben sie, als sie aus der Narkose erwachten, ihren kurzfristigen Blackout und das Unwohlsein auf den Alkohol. Aber warum meldeten sie sich nicht? Blöde Frage! Nicht alle Konstanzer lasen den Südkurier, obwohl er in der Stadt das Tageszeitungsmonopol hatte. Er selbst hatte die »Süddeutsche« abonniert. Die interessanten Lokalnachrichten bekam er jeden Morgen durch den Flurfunk.

Thal kam an der Buchhandlung Osiander vorbei. Ihm fiel Stephanie Bohlmanns Verdacht in der Villensache ein. Für eine kurze Befragung musste Zeit sein. In dem mehrstöckigen Laden hielten sich wenige Kunden auf, an den Fastnachtstagen blieben die Leseratten zu Hause. Ein kleiner Verkäufer, der mit seiner runden Metallbrille wie der Archetyp eines Buchhändlers aussah, erinnerte sich an die Lesung von Markus Baumann.

Thal fragte, ob ihm einzelne Besucher im Gedächtnis geblieben seien.

»Unmöglich! Baumanns Lesung war der größte Erfolg der letzten Monate. Es waren mehr als hundert Zuhörer. Krimis ziehen immer.«

Thal wollte sich enttäuscht abwenden, da fuhr der Buchhändler fort:

»Aber es gibt Fotos. Wir dokumentieren jede unserer Veranstaltungen.«

Thal blätterte in einem historischen Roman, ohne eine einzige Zeile zu lesen. Nach fünf Minuten kam der Buchhändler freudestrahlend zurück und hielt ihm einen Stapel Fotografien entgegen.

Thal fächerte sie auf wie ein Kartenspiel und stieß einen leisen Pfiff aus. Mit aufgerissenen Augen saß Dr. Himmel in der ersten Reihe.

Er nahm ein Foto aus dem Stapel.

»Können Sie mir das für ein paar Tage zur Verfügung stellen?«

Der Buchhändler nickte.

»Wir helfen gerne.«

Kurze Zeit später folgte Thal zum zweiten Mal an diesem Tag einem spontanen Impuls und betrat das Blumenhaus Peter auf der Münsterstraße. Hier war Leah Stammkundin gewesen. Er kaufte alle langstieligen, blassroten Rosen - ihre Lieblingsblumen. Sie würden sofort erfrieren, trotzdem hatte er das Bedürfnis, sie auf ihr Grab zu legen. Er war seit Wochen nicht mehr dort gewesen und wunderte sich über den plötzlichen Drang, auf den Friedhof zu gehen. Die Blumen in mehrere Lagen schützendes Papier gewickelt, ging er schnellen Schrittes zum Sternenplatz. Schon nach einer Minute kam ein Bus, der ihn direkt zum Friedhofseingang brachte. An diesem kalten Samstagmittag sah man kaum Menschen zwischen den Gräbern. Nur vor einem frisch aufgeschütteten und mit Kränzen und Gebinden in schreienden Farben bedeckten Grabhügel war eine Familie versammelt. Die sieben Personen unterschiedlichen Alters hielten die Köpfe gesenkt und schienen in ein stummes Gebet versunken. Lediglich ein zehnjähriger Junge drehte den Kopf zur Seite, als er Thals Schritte hörte. Der nickte ihm zu, und der Junge verzog sein Gesicht zu einem

Lächeln, in dem sich tiefe Verzweiflung über den erst langsam realisierten Verlust von Vater oder Mutter mit dem Wunsch paarte, endlich zur Normalität zurückzukehren.

Als Thal das Urnenfeld erreicht hatte, ging er zunächst in den falschen Gang. Alle Gräber waren uniform, von exakt gleicher Größe und bedeckt mit einer Steinplatte. Nur das Material des Steines, die Inschrift, sowie vereinzelt aufgestellte Blumenvasen, Lichter oder Stofftiere schufen Individualität. Insofern war das Grab seiner Frau eine Besonderheit. Die Platte bestand aus strahlend weißem Carraramarmor, der kaum eine Maserung aufwies. Leah hatte ihn vor drei Jahren in einem Steinmetzgeschäft in Italien entdeckt und gekauft. Als er sie fragte, was sie mit dieser Platte vorhatte, tat sie geheimnisvoll. Zwei, drei Wochen später zeigte sie ihm ein Foto. Sie hatte das Marmorstück mit exakt dem Schriftzug versehen, mit dem sie ihre Bilder signierte. »Leah« mit einem großen, geschwungenen L, dessen Unterstrich der gesamten Schrift eine Basis gab. Die übrigen Buchstaben standen auf dieser Linie wie zufällig hingeworfen. Es war eine ausdrucksstarke Signatur, die zu Leah passte.

Thal hatte keine Ahnung, was sie mit der Marmorplatte anfangen wollte.

»Findest du nicht, dass sie ein bisschen groß ist für ein Türschild?«

»Für diese Tür gerade passend, mein Lieber. Es hat die exakte Größe der Grabplatte für ein Urnengrab auf dem Konstanzer Friedhof.«

Typisch Leah, hatte Thal damals gedacht. Wenn sie etwas machte, dann präzise und genau. Thal nahm es nicht ernst.

»Sollten dort nicht die Daten deines Lebens stehen? Eines könntest du ja schon selbst einmeißeln.«

Leahs Blick war ebenfalls heiter.

»Keine Daten. Mein Leben ist ein Kunstwerk, das braucht am Ende nur eine Signatur.«

Thal bückte sich und wischte mit der Hand die dünne Schneedecke von der Platte. Dabei fegte er einen Stein weg, unter dem ein kleiner Zettel zum Vorschein kam. Thal wollte ihn achtlos wegwerfen, ehe er bemerkte, dass er beschrieben war. Er steckte ihn in die Tasche, bevor er die Blumen aus dem Papier wickelte. Der große Strauß bedeckte das winzige Grab vollständig. Etwas anderes als eine Feuerbestattung war für Leah nie infrage gekommen. Der Körper müsse sauber von der Welt verschwinden, meinte sie. Allerdings hatte sie kaum bedacht, dass die Verbrennung in einem deutschen Krematorium ein Behördenvorgang war und keine freudvolle Feier mit heiterer Musik und gutem Essen wie auf Bali. Thal verbat sich weitere Gedanken an die Trauerfeier. Was sollte er jetzt tun? Beten? Das hatte er, der genau wie Leah vor vielen Jahren aus der Kirche ausgetreten war, seit Kindertagen nicht mehr getan. Mit Leah sprechen? Er glaubte nicht an ein Leben nach dem Tod. Leah war sich nicht so sicher, sie faszinierte die buddhistische Idee des ewigen Kreislaufs von Tod und Wiedergeburt. Aber sie war genauso wenig eine Gläubige wie er selbst, der meditierte, ohne sich an die sonstigen

Regeln und Rituale zu halten, die einem Buddhisten auferlegt waren. Thal stand einfach dort. Schweigend und auf Leahs Signatur blickend. Als er nach zehn Minuten spürte, dass seine Füße kalt wurden, drehte er sich um. Immer noch stumm und ohne Gruß. Trotzdem fühlte er sich erleichtert, als er zum Ausgang zurückging. Rituale auf Friedhöfen und an Gräbern waren für die Überlebenden da, ihnen sollten sie helfen, nicht den Toten. Möglicherweise brauchte er noch mehr Abschiedsrituale, um zurückzufinden in sein eigenes Leben.

Im Bus holte er den Zettel aus der Tasche. Er musste schon länger auf dem Grab gelegen haben, denn er war durchgeweicht und die Schrift so ausgebleicht, dass sie kaum noch zu entziffern war.

»Danke für deinen Glauben. Ich werde dich nicht enttäuschen. V.«

Wer hatte diesen Zettel auf Leahs Grab gelegt? Thal fiel niemand ein, dessen Name mit V begann. Aber Leah hatte viele Bekannte, von denen er nichts wusste. Es konnte auch ein unbekannter Verehrer der Künstlerin Leah Braasch sein oder einer ihrer Schüler. Thal starrte auf den Zettel in seiner Hand. Von irgendwoher tauchte ein Gedanke auf: Stand der Fotograf gar nicht zu ihm in einer Beziehung, sondern zu Leah? Wollte er sich an ihm rächen, weil er ihn für Leahs Tod verantwortlich machte? Abwegig war das nicht, schließlich fühlte er sich selbst schuldig. Thal setzte sich ruckartig auf. Jetzt nicht in Selbstmitleid verfallen. Er musste klar denken. Es kam ihm vor, als riefe Leah ihn zur Ordnung.

Reiß dich zusammen, Alex! Konzentriere dich auf den Fall. Die Frauen brauchen dich.

Das hätte sie zumindest gesagt, wenn sie noch lebte. Laut und deutlich.

Thal stieg am Theater aus dem Bus und ging in Richtung Niederburg. Fast rannte er. Endlich hatte er wenigstens eine Idee. Nicht mehr, aber immerhin. Er musste in seine Wohnung, an seinen, besser an Leahs Computer.

In der Wohnung warf er den Mantel achtlos auf den Garderobenhaken. Rein gewohnheitsmäßig streichelte er den Bauch des dicken Jadebuddhas, den Leah ihm in Hongkong geschenkt hatte. Der Verkäufer hatte in einem lustigen Mix aus Englisch und Deutsch gesagt:

»Über Bauch streicheln. Every day. Für good luck.«

Er hatte sich bis heute daran gehalten, wenn er die Wohnung betrat. Viel genutzt hatte es nicht.

Auf dem Computer öffnete er zunächst Leahs Adressverzeichnis. Es dauerte eine Viertelstunde, bis er alle Einträge durchgesehen hatte. Mit V gab es nur eine Valerie – Leahs Friseurin. Es musste doch noch ein anderes Adressbuch geben? Er ging zu dem Mahagonisekretär, dessen schlichtes, modernes Design Leah zu Begeisterungsstürmen hingerissen hatte. Hier folgte die Form der Funktion und nicht umgekehrt, wie bei vielen »schicken« Möbeln. Inzwischen fand auch er, es sei das schönste Möbelstück im Haus, obwohl er im Gegensatz zu Leah den Designer, einen arroganten Schweden mit seiner fantastischen Wohnung im »Paradies« und seiner Villa im Tessin, nicht leiden konnte.

In der untersten Schublade des Sekretärs fand er, was er suchte: Leahs Adressbuch mit seinem abgegriffenen Ledereinband. Aufgeregt blätterte er die Seiten um. Die meisten Namen kannte er aus der Computeradressdatei, Leah musste sie übertragen haben. Viele Einträge schienen alt zu sein, Leahs Handschrift hatte sich im Laufe der Jahre deutlich verfeinert. Andere waren durchgestrichen. Vielleicht stimmte die Adresse nicht mehr, oder Leah wollte nichts mehr mit dem jeweiligen Menschen zu tun haben. Sie konnten auch verstorben sein. Kein Name begann mit V. Weder Vor- noch Nachnamen. Wieder nichts - es war zum Verzweifeln. Trotzdem glaubte Thal daran, endlich auf dem richtigen Weg zu sein. Seine Intuition trog ihn selten. Er setzte sich auf den Stuhl vor dem Computer und öffnete das E-Mail-Programm. Die Suchfunktion könnte helfen. Wie viele Vornamen mit V gab es? Ihm fielen nur Vera, Verena, Valerie, Valeria und Viktoria ein. Halt, er sollte sich auf männliche Namen konzentrieren. Er schrieb Volker in die Suchmaske des Programms. Kein Treffer. Genauso wenig bei Valentin und Volkmar. Vittorio lieferte auch kein Ergebnis. Es musste mehr Namen mit diesem verflixten Buchstaben geben. Viktor. Na bitte. Eine E-Mail wurde angezeigt. Ein Viktor Speer hatte sie am 13. August des vergangenen Jahres an Leah geschickt:

»Sehr verehrte Frau Braasch!

Leider muss ich Ihnen mitteilen, dass ich die Fertigstellung meiner Abschlussarbeit erneut hinausschieben muss. Sie kennen die Gründe, und ich hoffe noch einmal auf Ihr Verständnis.

Ihr ergebener Schüler

Viktor Speer«

Um Gottes willen, wer schrieb heutzutage so einen verschwurbelten Stil, und das auch noch in einer E-Mail, wo fast alle Regeln korrekter schriftlicher Konversation aufgehoben waren? Das klang eher nach einem Achtzigjährigen als nach einem Studenten. Thal notierte sich Namen und E-Mail-Adresse auf dem kleinen Block, der neben dem Computer lag. Leah hatte auf die E-Mail nicht geantwortet. Wollte sie ihn ohnehin bald treffen? Hatte sie ihn angerufen? War ihr dieser Schüler nicht wichtig? Keineswegs alle jungen Leute, die heutzutage auf einer Kunstakademie aufgenommen wurden, verfügten über das nötige Talent. Viele erkannten das nach kurzer Zeit und wechselten das Studienfach. Andere brauchten länger und vertändelten die wertvollste Zeit ihrer Jugend. Manche gelangen gar nicht zu der Selbsterkenntnis, dass sie niemals gefeierte Künstler sein werden. Sie mussten von den Professoren auf den Boden der Tatsachen geholt werden, manchmal sehr unsanft.

Thal merkte, dass seine Gedanken abschweiften, aber irgendetwas hielt ihn davon ab, das zu unterbinden. Ihm kam ein Gespräch mit Leah über ihre eigenwillige Vorstellung von Kunst in den Sinn. Vor allem ein Satz hatte ihn überrascht:

»Weißt du, dass unsere Berufe viel gemeinsam haben, Alex? Auch die Kunst schützt die Menschen.«

Als er daraufhin neckend einwandte, dass noch niemals ein Gemälde einen Mörder vom Morden abgehalten habe, richtete sie sich kerzengerade im Sessel auf.

»Doch, mein Lieber. Zum einen, weil die Menschheit durch Kunst besser wird. Zum anderen ganz direkt. Glaub mir, es gibt genug Künstler, die vergewaltigten oder mordeten, wenn sie ihre Obsessionen nicht in Romanen, Bildern oder Skulpturen ausleben könnten.«

Weiter seinen Gedanken nachhängend, öffnete er die Datei mit Leahs Werken. Er klickte sich durch die Fotos, ohne sie genau zu betrachten, sondern folgte weiter dem Strom seiner Gedanken. Leah hatte recht, hinter manchem Künstler, der düstere Fantasien auf die Leinwand brachte, mochte sich in Wirklichkeit ein brutaler Totschläger verbergen, dem es reichte, seine dunklen Triebe künstlerisch auszuleben. Wenn dem so war, konnte es nicht auch umgekehrt sein? Konnte ein Triebtäter sich nicht künstlerischer Mittel bedienen, um seinen Taten vor sich selbst das Verbrecherische zu nehmen?

Was war das? Irgendetwas auf dem Foto, das er vor einer Sekunde weggeklickt hatte, stoppte seinen Gedankenfluss. Er blätterte zum vorigen Bild zurück. Es war die Aufnahme eines kleineren Stilllebens mit einem Strauß Rosen, die denen ähnelten, die er heute auf Leahs Grab gelegt hatte. Das war es aber nicht, was seine Aufmerksamkeit erregt hatte. Vielmehr interessierte ihn das großformatige Bild, das dahinter an der Wand lehnte. Er markierte den entsprechenden Bildausschnitt und vergrößerte ihn, bis das Gemälde im Hintergrund den Bildschirm ausfüllte. Es handelte sich um eines der unvollendeten Werke. Die Leinwand war in sechs Reihen mit je sechs Feldern aufgeteilt. Die Felder der oberen drei Reihen hatte Leah bereits gemalt, in der vierten Reihe waren die letzten zwei Felder leer, genauso wie alle Felder der unteren zwei Reihen. Anscheinend wollte Leah in jede Reihe sechs Porträts eines Mannes malen. Zum Teil waren nur die Gesichter zu sehen, zum Teil auch die Körper - alle in verschiedenen Stadien der Lust. Thal hielt den Atem an. Sechs Bilder. Jeweils ein Modell. Lust. Versprechen. Verführung. Hingabe.

Er nahm mit zitternden Fingern einen Memory-Stick aus der Schublade, schob ihn in den USB-Kontakt und kopierte das Bild. Anschließend verließ er die Wohnung genauso hektisch, wie er sie vor einer Stunde betreten hatte.

***

Bettina Berg war in die Lektüre von Stephanie Bohlmanns Befragungsprotokollen vertieft, als Thal die Bürotür aufriss. Er atmete hastig, sein Gesicht war gerötet, als hätte er einen Marathonlauf hinter sich.

»Wer ist denn hinter dir her?«

Thal reagierte nicht auf ihre Frage, sondern zog sich mit hektischen Bewegungen den Mantel aus und warf ihn auf den Besucherstuhl vor dem Schreibtisch, auf den er sich anschließend mit einem hörbaren Schnaufen fallenließ.

»Wenn dich ein kleiner Spaziergang schon so anstrengt, solltest du unbedingt etwas für deine Kondition tun.«

Wieder reagierte Thal nicht auf die flapsige Bemerkung seiner Kollegin, sondern holte einen USB-Stick aus der Jackentasche. Während er ihn vor Bettina auf den Tisch legte, fragte er:

»Hat Frau Föglein mit F ein vernünftiges Phantombild auf die Reihe gebracht?«

Wenigstens hat er seinen Humor nicht verloren, dachte Bettina. Die Frage war unnötig. Ob ein Phantombild taugte oder nicht, stellte sich erst heraus, wenn der Gesuchte gefasst war. Bettina wies auf den Ordner auf ihren Schreibtisch, in den sie die Kopien gelegt hatte. Thal klappte die Mappe auf und warf einen Blick auf das Bild, ohne es in die Hand zu nehmen.

»Sieht brauchbar aus. Hast du es an die Presse gegeben, Bettina?«

»Klar. Aber das bringt nicht viel. Morgen ist Sonntag.«

»Fernsehen?«

Bettina führte die Hand zum Kopf, als wolle sie salutieren.

»Erledigt, Chef!«

Der zuständige Redakteur hatte ihr versichert, das Phantombild in allen Regionalnachrichtensendungen ab achtzehn Uhr zu zeigen.

Thal deutete auf den Speicherstick.

»Schau dir das an.«

Während Bettina unter den Schreibtisch kroch, um den USB-Stecker zu finden, klingelte Thals Handy.

»Ah, hallo Herr Kaufman. - Gut, also Jason. - Ja, ich habe Ihnen auf die Mailbox gesprochen, schön, dass Sie zurückrufen. Sind Sie in München? - Ja, das kann ich verstehen. Ich mag die Fastnacht auch nicht gerne. - Sie sind in Lindau, prima! - Jason, es wäre dringend, dass wir uns treffen. Wir haben hier einen Fall, und er hängt womöglich mit einem von Leahs Schülern zusammen. - Nein, das dauert zu lange. Einfacher wäre es, wenn wir uns in Friedrichshafen treffen. - Gut! Also um fünf Uhr im Café des Zeppelinmuseums. - Ja, bis dahin Jason.«

Bettina steckte ihren Kopf unter der Schreibtischplatte hervor und schaute Thal fragend an.

»Später! Schau dir erst das Bild an.«

Bettina öffnete die Datei und zog hörbar die Luft ein. Sie wusste sofort, was Thal meinte.

»Ist das von Leah?«

»Ja. Was siehst du?«

»Porträts verschiedener Männer in unterschiedlichen Stadien der – wie soll man sagen? - Lust, Ekstase?«

»Genau! Hätte Leah das Bild vollendet, hätten wir hier jeweils sechs Bilder von sechs Männern. Sechs, verstehst du Bettina!«

»Du meinst, unser Fotograf kopiert Leahs Gemälde?«

Thal nickte.

»Es wird also noch zwei weitere Opfer geben?«

»Ich bin sicher. Und noch was: Eine der Frauen wird schwarze Strümpfe tragen und eine weiße. Was zum Teufel das auch immer zu bedeuten hat.«

Bettina lehnte sich in ihrem Stuhl zurück. Ihr war schlecht, fast so, als müsste sie sich übergeben. Sie umklammerte die Lehne des Stuhls. Thal ging um sie herum, gab den Druckbefehl für das Bild und legte ihr die Hand auf die Schulter.

»Wer war dieser Jason, Alex?«

»Jason Kaufman, Leahs Assistent.«

Er nahm das Blatt aus dem Drucker, ging um den Schreibtisch und nahm ein Phantombild aus der Mappe.

»Ich treffe ihn in Friedrichshafen. Wie spät ist es?«

Genau wie Thal trug auch Bettina keine Armbanduhr, schließlich war man ständig und überall von Uhren umgeben. Sie schaute auf die kleine Anzeige auf ihrem Bildschirm.

»Zehn vor vier.«

»Verdammt. In zehn Minuten fährt der Katamaran. Steht Franks Fahrrad im Hof?«

Frank Auer kam oft mit dem Rad zum Dienst. »Um meinen Astralkörper zu stählen«, wie er jedem ungefragt mitteilte. Er ließ das Rennrad unverschlossen im Innenhof des Präsidiums stehen. Wenn es hier nicht sicher war, wo dann?

Bettina nickte. Sie hatte am Morgen gesehen, wie Auer sich die Fahrradklammern aus der Hose zog. Thal drehte sich auf dem Absatz um und öffnete die Tür.

»Drück uns die Daumen, dass Jason Kaufman weiß, wer der Mann auf dem Phantombild ist.«

Kurz bevor er den Raum verließ, drehte er sich ruckartig um. Er nahm ein Foto aus der Tasche und warf es auf Bettinas Schreibtisch.

»Das Foto ist für Stephanie.«

Bettina hatte keine Zeit, ihre Fragen loszuwerden.

Kapitel fünf: Die Erfüllung

Was für weiches Leder man herstellen kann! Er schaute auf seine Hände, die in den neuen Handschuhen steckten. Kein Vergleich zu den alten, die er in eine Mülltonne in der Bahnhofstraße entsorgt hatte. Sie haben auch ein Vermögen gekostet. Er war diesmal in ein kleines Fachgeschäft gegangen, im Kaufhaus hätte die Gefahr bestanden, erkannt zu werden. Die Verkäuferin in der Strumpfabteilung war misstrauisch um ihn herumgeschlichen. Auch dieser Besuch in dem noblen Lederwarengeschäft in der Konzilstraße war nicht ohne Risiko. Selbst dort verkauften sie nicht alle Tage derart teure Herrenhandschuhe. Aber was soll's. Noch zwei Tage, dann würde er die Stadt verlassen. Auf Nimmerwiedersehen.

Er hielt es nicht länger aus in dem winzigen Zimmer, das modrig nach den vielen Menschen roch, die hier übernachtet hatten. Bei dem Gedanken daran wurde im speiübel. Er sprang aus dem graugrünen Sessel, dessen Bezug seit Eröffnung der Pension nicht gewechselt worden war, und zog sich den dicken Mantel an. Wie ein Raucher, der sich auf die Taschen klopft, um zu überprüfen, ob er seine Zigaretten eingesteckt hat, suchte er das Fläschchen. Und seine Versicherung, wie er die kleine, silbrige Pistole nannte, die in die Innentasche seines Mantels vergraben war. Er blickte sich in dem schäbigen Zimmer um. Auf dem Nachttisch lagen die beiden Päckchen mit den Strümpfen. Er nahm die schwarzen und steckte sie ebenfalls ein. Er hatte nicht vor, sie zu benutzen, aber wie hatte seine Mentorin ihn gelehrt:

»Gebe dem Zufall eine Chance! Er kann die größte Quelle deiner Inspiration werden!«

Auf der Straße wandte er sich nach rechts. In einem der wie Krebsgeschwüre in allen Städten wuchernden Billigläden hatte er gestern verschiedene Fastnachtskostüme gesehen. Morgen sollte er sich verkleiden, um in der Menge, die sich den Umzug anschaute, nicht aufzufallen.

Vor ihm ging eine große, schlanke Frau mit dichtem schwarzen Haar, das unter einer keck schräg aufgesetzten Mütze über die Schultern fiel. Sie hatte einen wiegenden Gang. Als er nach der Ursache suchte und an ihren Beinen hinuntersah, riss er die Augen auf. Sie trug schwarze, bis über die Knie reichende Stulpenstiefel aus lackiertem Leder. Ähnliche hatte er bisher nur bei Huren gesehen, aber diese Frau war keine Hure.

War das der Zufall, von dem seine Lehrerin gesprochen hatte? Sollte er ihm eine Chance geben? Aber das war Unsinn. Der unfähige Herr Kommissar bekäme den Brief ja erst morgen. Andererseits, wenn die Frau vor ihm in die passende Richtung ginge, könnte er eine viel direktere Art der Zustellung wählen. Im stockte der Atem bei diesem waghalsigen Gedanken.

Er folgte der Frau im Abstand von zehn Metern. Von der Rosgartenstraße bog sie links in die Kanzleistraße ein. Vor den Wühltischen einer Buchhandlung blieb sie stehen. Das sieht dir ähnlich, dass du solchen Schund liest. Er betrachtete die Auslagen in einem Haushaltswarengeschäft. Dabei sah er sie im Schaufensterglas. Sie nahm einige Bücher in die Hand und las die Klappentexte. Anscheinend fand keines ihr Interesse, denn sie schlenderte weiter. Nach zwanzig Metern betrat sie zielstrebig einen Teeladen. Mist. Schräg gegenüber bot ein älterer Türke heiße Maronen an. Er kaufte eine Tüte und tat so, als würde er eine Kastanie schälen, was seine volle Konzentration forderte, sodass er nur langsam weitergehen konnte. Trotzdem hatte er fast den Obermarkt erreicht, bevor er das laute Klacken von Frauenabsätzen hinter sich hörte. Er blieb am Schaufenster des Schuhladens an der Ecke zur Hussenstraße stehen. Verdammt! Sie stellte sich fast neben ihn und betrachtete ebenfalls die Auslagen. Sie kam ihm so nah, dass er ihr Parfum riechen konnte. Zu schwer für seinen Geschmack, andererseits passend zu ihrer Kleidung. Nach einer halben Minute, die ihm wie eine Ewigkeit vorkam, ging die Frau endlich weiter. Sie bog in die Wessenbergstraße ein. Bingo! Wenn sie jetzt ein Lokal betrat, würde er ihr folgen. Stattdessen blieb sie schon wieder vor einem Schuhgeschäft stehen, sie schien sich ernsthaft dafür zu interessieren. Man brauchte sich ja nur ihre Stiefel anzusehen. Es blieb ihm nichts anderes übrig, als sie ein weiteres Mal zu überholen, betont langsam und immer noch auf die Maronen in seiner Hand starrend. Er war zehn Meter gegangen, als sie ihn erneut einholte. Sie wechselte von der linken auf die rechte Straßenseite und betrat ein Café. Heute war sein Glückstag. Er beschleunigte seine Schritte und trat direkt hinter ihr durch die Tür, über der als Name des Lokals »Voglhaus« stand. Er wunderte sich einen Moment über die falsche Orthografie, konzentrierte sich im Übrigen aber auf sein Werk. Das Café war proppenvoll, die Schlange an der

Theke rückte nur langsam vor. Der junge Mann an der Kaffeemaschine schien noch nicht routiniert.

Er wettete mit sich selbst, dass sein Modell der Latte-macchiato-Typ sei, und verlor, denn sie verlangte einen Glühwein. Kurze Zeit später kam er an die Reihe und bestellte eine heiße Zitrone. In dem Raum rechts von der Theke saßen die Gäste in einer Art Miniaturamphitheater auf treppenähnlichen Sitzen. Die Frau wählte einen Platz in der oberen Reihe. Der Sitz daneben war frei. Es gab keine Zufälle. Als er sich setzte, rempelte er die Frau wie zufällig an. Er entschuldigte sich gestenreich. Sie blickte ihn genervt an. Was für Augen! Tiefschwarz mit riesigen Wimpern. Nicht ablenken lassen. Jetzt musste er sich genau konzentrieren. Heute musste alles viel schneller gehen. Gestern hatte er sich Zeit lassen können. Heute nicht.

***

Thal hatte die Anlegestelle des Katamarans in letzter Minute erreicht. Kaum betrat er das Schiff namens Constanze, legte es ab. Er ging in den Innenraum und setzte sich auf einen der zahlreichen freien Plätze. Mit ihm nutzten nur acht weitere Passagiere die schnelle Verbindung zwischen den größten Städten am Bodensee. In knapp fünfzig Minuten würde er im Zentrum Friedrichshafens sein, das war mit keinem anderen Verkehrsmittel zu schaffen. Thal schaute sich in dem klimatisierten Raum um, der ihn an eine Flugzeugkabine erinnerte. In den bequemen Sesseln saßen an der Kleidung leicht erkennbar hauptsächlich Geschäftsleute. Einige lasen Zeitung, andere hatten ihr Notebook geöffnet und nutzten den Internetzugang an Bord. Nichts erinnerte an eine Schiffsreise. Wie schön war es dagegen, im Sommer mit einem der alten Bodenseeschiffe zu fahren. Man konnte sich mit einem Glas kühlen Weins an Deck setzen und die Landschaft an sich vorbeiziehen lassen, während das Schiff von Anlegestelle zu Anlegestelle tuckerte. So stellte er sich eine Reise auf dem See vor. Der Katamaran war in Stahl und Fieberglas gegossene Funktionalität.

Thal überlegte kurz, ob er sich an der Theke einen Kaffee holen sollte, ließ es aber, denn er wäre enttäuscht worden. Stattdessen zog er sein Notizbuch aus der Tasche und blickte erneut auf Leahs Signatur. Sie hatte das silbrig glänzende Etui, an dessen Rand ein ebenfalls silberner, winziger Kugelschreiber steckte, vor Jahren in einem Antiquitätengeschäft in Siena gekauft und von einem Graveur in Konstanz ihren Schriftzug anbringen lassen. Den Gedanken, unter ihrem Namen eine Serie mit Accessoires herauszubringen, verwarf sie bald. Sie war Künstlerin, keine Geschäftsfrau. Thal wollte die Fahrt nutzen, sich auf das Gespräch mit Jason Kaufman vorzubereiten. In den acht Jahren, die er Leahs Assistent an der Kunstakademie war, hatte Thal ihn zwei oder drei Mal gesehen. Er fand ihn sympathisch. Leah hatte ihm seine Geschichte erzählt. Jason Kaufmans Großvater schrieb seinen Nachnamen noch mit zwei N. Er war Buchhändler und Antiquar, darüber hinaus anerkannter Experte für Erstausgaben des 18. Jahrhunderts. 1938 floh er, der deutsche Jude, überzeugte Patriot und dekorierte Weltkriegskämpfer, mit seiner gesamten Familie, darunter Jasons Vater Daniel, zunächst nach Frankreich und von dort in die USA. Er ließ sich in Detroit nieder, wo er ein Antiquariat eröffnete, das mehr schlecht als recht lief. Sein Sohn Daniel, der bei der Auswanderung zwei Jahre war, wandte sich später einem lukrativeren Geschäft zu. Er handelte mit Immobilien und gründete mit der »Kaufmann Real Estate Ltd.« eine der erfolgreichsten Immobilienagenturen der USA, die bald Büros in allen wichtigen Städten unterhielt. Daniel heiratete eine Frau aus dem mittleren Westen, deren Familienstammbaum bis zu den Pilgrim Fathers zurückverfolgt werden konnte. Mit der Hochzeit strich er ein N aus seinem Namen und nannte seinen Sohn Jason. Trotz seines amerikanischen Vor- und Nachnamens und seiner Vorfahren mütterlicherseits interessierte sich Jason brennend für das ferne Land, aus dem sein Großvater stammte. Mit neunzehn Jahren reiste er nach Europa und blieb. Er schrieb sich an der Münchener Kunstakademie ein und machte dort als einer der ersten Meisterschüler der jungen Professorin Leah Braasch Examen. Als er fast zwei Jahre später von einer Weltreise zurückkam, stellte ihn Leah als ihren Assistenten ein. Die Arbeit gefiel Jason Kaufman so gut, dass er nicht versuchte, woanders Karriere zu machen.

Kaufman nahm Leah alle administrativen Arbeiten ab, die mit einer Professorenstelle verbunden waren. Außerdem leitete er einige Grundkurse und Arbeitsgruppen, so konnte sie sich auf ihre Kunst und ihre Meisterschüler konzentrieren. Wenn die Fotos tatsächlich von Leahs Werken oder ihrer Lehrtätigkeit beeinflusst waren, konnte Kaufman ihm sicher weiterhelfen. Und wer, wenn nicht er, müsste einen Studenten namens Viktor Speer kennen.

Das Schiff verlangsamte seine Fahrt, in ein paar Minuten war das Ziel erreicht. Friedrichshafen war nach Konstanz nur die zweitgrößte Stadt am Bodensee, hatte aber beste Chancen auf den Titel der hässlichsten. Im Krieg schwer zerstört, hatte sie nicht annähernd den Charme der großen Schwester mit ihren verwinkelten Altstadtgassen und repräsentativen Bürgerhäusern. Da nutzten auch die vielen Kultur- und Freizeiteinrichtungen nichts, die aus der Stiftung der reichen und berühmten Unternehmerdynastie Zeppelin finanziert wurden. Nicht einmal den Grafen Zeppelin hatten sie für sich allein, schließlich erblickte er in Konstanz das Licht der Welt.

Thal verließ den Katamaran und wandte sich auf der Uferpromenade nach links. Der alte Hafenbahnhof, der heute das Zeppelinmuseum beherbergte, lag nur wenige Schritte entfernt. Er stieg in den ersten Stock und betrat das Museumscafé. Nur zwei Tische waren besetzt. An einem unterhielten sich vier Frauen angeregt miteinander und steckten die Köpfe zusammen, als beratschlagten sie einen bedeutsamen Plan. In der hintersten Ecke des Raumes saß Jason Kaufman und erhob sich, als er Thal auf sich zukommen sah.

»Guten Tag, Herr Kaufman. Vielen Dank, dass Sie herkommen konnten. Ich hoffe, ich habe Ihnen nicht zu viel Mühe gemacht.«

Kaufman ergriff die ihm entgegengestreckte Hand und umfasste sie mit beiden Händen.

»Bitte nennen Sie mich Jason. Wie geht es Ihnen nach diesem furchtbaren Verlust?«

»Ich versuche, es in den Griff zu bekommen.«

Jason Kaufman nickte. Thal hatte das Gefühl, dass er genau wusste, was er meinte. Beide schwiegen, bis Thal bei der Kellnerin ein Mineralwasser bestellt hatte. Kaufman hatte eine halb geleerte Tasse Milchkaffee vor sich stehen.

»Sie klangen geheimnisvoll am Telefon, Herr Thal. Ich bin neugierig, was Sie von mir wissen wollen.«

Er lebte schon lange in Deutschland, hatte aber seinen amerikanischen Akzent nie verloren. Obwohl seine Stimme deutlich jünger und ein paar Töne höher war, klang er so, wie ein Parodist Henry Kissinger zum Besten geben würde. Thal überlegte einen Augenblick, ob er ihm ebenfalls anbieten sollte, den Vornamen zu benutzen, unterließ es aber. Stattdessen kam er direkt zur Sache und legte das Foto von Leahs unvollendetem Gemälde auf den Tisch. Am liebsten hätte er Kaufman sofort mit den Abscheulichkeiten des Fotografen konfrontiert, wollte damit aber warten, bis die Kellnerin seine Bestellung gebracht hatte.

»Kennen Sie diese Arbeit meiner Frau?«

Kaufmann nahm das Bild in die Hand. Er betrachtete es mit einem Lächeln wie ein Liebhaber das Bild der Angebeteten.

»Das sieht Leah ähnlich. Sie hat sich oft selbst das Thema einer Examensarbeit vorgenommen, wissen Sie. Nicht etwa, weil sie den Studenten zeigen wollte, wie wenig sie an ihre Kunst heranreichten, das wäre ihr nie eingefallen. Nein, sie wollte ein intensives Gefühl für das Thema bekommen, und das gelang ihr am besten, wenn sie es umsetzte.«

Kaufman machte eine kurze Pause, bei der er weiter das Foto betrachtete. Er seufzte leise auf.

»Was für ein Kunstwerk wäre es geworden. Leider hat sie es nicht mehr vollenden können.«

Thal war versucht, Jason Kaufman patzig zu antworten, dass er selbst sehe, dass Leah das Bild nicht fertig gestellt hatte, konnte sich aber rechtzeitig zurückhalten. Er spürte, dass sein Gegenüber ehrlich um Leah trauerte, darin waren sie einander verbunden.

»Sie meinen, es handelt sich bei diesem unvollendeten Gemälde um Leahs Umsetzung des von ihr gestellten Examensthemas?«

»Genau so ist es, Alexander.«

Anscheinend ging Kaufman stillschweigend davon aus, Thal habe, als er sein Angebot, ihn beim Vornamen zu nennen, nicht ablehnte, ihm das gleiche Recht eingeräumt. Thal ließ es unwidersprochen, und Kaufman fuhr fort.

»Am Ende des Sommersemesters hatte Leah wie üblich das Thema für die Abschlussarbeit verkündet. *Im Sinnestaumel.*«

Im Sinnestaumel. Thal murmelte die Worte vor sich hin, als müsse er sie aussprechen, um sie zu verstehen.

»Das war also das Examensthema für die Meisterschüler?«

Kaufman lachte auf.

»Um Gottes willen, Alexander! Die Meisterschüler sprachen ihre Themen individuell mit Leah ab. Es war selbstverständlich das Thema für den allgemeinen Abschluss.«

Die Kellnerin trat an ihren Tisch und brachte Thals Mineralwasser. Als sie gegangen war, zog er die vierundzwanzig Fotos aus der Tasche und legte sie mit dem Rücken nach oben in der entsprechenden Reihenfolge auf den Tisch. Kaufman schien amüsiert.

»Wollen Sie mir die Tarotkarten legen?«

Als Thal auf diese Frage nicht antwortete, sondern weiter konzentriert die Karten ausbreitete, richtete sich Kaufman in seinem Stuhl auf und stützte die Arme auf den Tisch.

»Oder haben Sie da etwa noch weitere unbekannte Werke von Leah?«

Thal hatte alle Fotos verteilt. Auf dem Tisch vor Kaufmann lagen vier Reihen mit jeweils sechs Bildern.

»Es gibt noch viele Bilder von Leah, und sie werden bald öffentlich zu sehen sein. Diese Fotos zeigen ein anderes Werk. Mich interessiert, ob Sie eine Idee haben, wer es geschaffen haben könnte.«

Kaufman begann, die Fotos aufzudecken. Als er das dritte umgedreht hatte, murmelte er:

»Eine schöne Frau.«

Anschließend blickte er auf. Thal bedeutete ihm mit einem Kopfnicken, weiterzumachen.

Die ersten beiden Reihen drehte Kaufmann konzentriert um und betrachtete jedes Foto eingehend.

Als er zu den Bildern von Claudia Pech kam, wurden seine Bewegungen schneller. Er drehte Foto für Foto um, ohne sich jedes einzelne intensiv anzuschauen. Sein Atem wurde hektischer, man hörte geradezu, dass ihn der Anblick der Frauen mental quälte. Als er die Fotos von Catrin Scheffel in die Hand nahm, zitterten seine Hände. Es gelang ihm kaum noch, die Bilder in einer halbwegs geraden Reihe zurück auf den Tisch zu legen. Thal hatte selten einen Menschen gesehen, dem das Entsetzen derart ins Gesicht geschrieben stand.

»Mein Gott«, stammelte Jason Kaufman, »was für ein krankes Hirn denkt sich so etwas aus?«

Dabei starrte er auf die Fotos.

Thal schob die Bilder mit wenigen Handbewegungen zusammen und steckte sie in seine Jackentasche.

»Möchten Sie etwas trinken, Jason?«

»Einen Whiskey. Doppelt und auf Eis.«

Thal winkte der Kellnerin und gab die Bestellung auf. Die beiden Männer schwiegen, bis Kaufman den ersten Schluck getrunken hatte. Die Pause hatte ihm sichtlich gutgetan, die Farbe war in sein Gesicht zurückgekehrt. Oder war es die Wirkung des Alkohols? Thal schaute auf Jasons überdimensionale Armbanduhr. Es war zwanzig vor sechs, und sie mussten endlich zur Sache kommen, wenn er die Sechs-Uhr-Fähre nach Konstanz erreichen wollte.

»Sie haben die Bilder gesehen, Jason. Könnte es sein, dass jemand hier das Examensthema auf seine Weise umsetzt und die Bildkomposition meiner Frau benutzt? Jeweils sechs Bilder eines Motivs?«

Jason Kaufman fuhr sich mit der linken Hand durch das kurz geschorene Haar und ließ sie auf dem Kopf liegen.

»Keine Ahnung! Aber es sieht so aus, oder?«

Kaufmann ließ die Hand kraftlos herunterfallen.

»Kennen Sie einen Viktor Speer?«

Kaufman trank einen Schluck Whiskey und starrte vor sich hin, als habe er die Frage nicht gehört. Thal wollte sie wiederholen, als er sagte:

»Das hat Sinn. Viktor war der Einzige, dem Leah ihre eigene Kompositionsidee verraten hätte. Quasi um ihm auf die Sprünge zu helfen, denn sonst hätte er es nie geschafft.«

Thal wartete, ob Kaufman ihm noch mehr über Speer erzählen würde. Als er schwieg, zog er das Phantombild aus der Tasche und legte es vor Kaufman, der nickte.

»Das ist Viktor. Nicht gut getroffen, und künstlerisch ist das Porträt wertlos. So wie Viktors Arbeiten. Er hatte kein Talent, wissen Sie. Trotzdem warf Leah ihn nicht aus der Klasse. Sie hatte Mitleid und fürchtete zudem, er könnte sich etwas antun. Die Akademie war sein einziger Halt, er hatte keine Freunde, war ein Einzelgänger. Leah zog ihn durch, versuchte, ihm Mut zu machen. Viktor war total vernarrt in sie. Alle Studenten mochten Ihre Frau, Alexander. Viktor aber war von ihr besessen. Er folgte ihr ständig, besuchte jeden Vortrag, jede Vernissage. Ich fand das unheimlich, man liest so viel von diesen Stalkern. Als ich Leah darauf ansprach, lachte sie und sagte: *Mach dir keine Sorgen, Jason. Er ist ein bemitleidenswerter Mensch, und wir sollten ihm helfen.*«

Das war typisch für seine Frau. Thal glaubte fast zu hören, wie sie ihren Assistenten beruhigte.

»Können Sie mir ein Foto von Viktor Speer besorgen, Jason? Und das so schnell wie möglich?«

Kaufman überlegte einen Moment, ehe er nickte.

»Es müsste eines in seiner Akte geben. Ist nicht aktuell, aber er hat sich in den letzten Jahren kaum verändert. Ich kenne eine Mitarbeiterin im Sekretariat der Akademie, die mir noch einen Gefallen schuldig ist. Haben Sie eine E-Mail-Adresse?«

Thal suchte nach einer Visitenkarte. Als er keine fand, zog er seinen Notizblock aus der Tasche und schrieb seine dienstliche E-Mail-Adresse auf ein Blatt. Kaufman starrte auf Leahs in altes Silber gravierte Signatur.

Thal holte Kaufman aus seinem Tagtraum.

»Hier, meine Adresse.«

Leahs Assistent griff zum Handy. Während der Kommissar die Rechnung beglich, überredete Kaufman seine Gesprächspartnerin, ihr Wochenende zu unterbrechen, in die Akademie zu fahren, das Foto von Viktor Speer – er buchstabierte den Namen drei Mal – zu scannen und per E-Mail an Thal zu schicken. Möglichst sofort.

Thal blickte auf Kaufmans Uhr. Es war fünf vor sechs, wenn er sich beeilte, erreichte er den Katamaran. Er dankte Kaufmann und reichte ihm die Hand zum Abschied, der stattdessen auf das Foto von Leahs unvollendetem Werk zeigte, das immer noch auf dem Tisch lag.

»Sie dürfen es gerne behalten«, sagte Thal.

Jason Kaufman nahm das Bild, drückte es mit beiden Händen an seine Brust und verbeugte sich vor Thal, den diese Geste sprachlos machte. Er verließ das Café ohne ein weiteres Wort.

Erneut erreichte Thal das Schiff, es hieß diesmal Fridolin, in allerletzter Minute. Um diese Uhrzeit war es besser gefüllt, trotzdem blieben mehr als die Hälfte der Plätze leer. Er ließ sich erschöpft auf einen der freien Sitze am Gang fallen und schloss die Augen. Endlich hatte der Fotograf einen Namen und ein Gesicht. Jetzt gab es eine Chance, dem Spuk ein Ende zu setzen. Während der Katamaran Fahrt aufnahm, entspannte sich Thal. Für ein paar Minuten konnte er sich erholen. Ungewollt fiel er in einen leichten Schlaf. Sein Körper holte sich, was er brauchte. Nach etwa einer halben Stunde klingelte sein Handy. »Berg« stand auf dem Display. Er nahm das Gespräch an. Schon nach zehn Sekunden war das Telefonat beendet. Thal hatte sich geirrt. Der Albtraum hatte gerade erst begonnen.

***

Thal wartete an der Tür, während die Fähre im Konstanzer Hafen festmachte. Die Brücke hatte noch nicht den Boden erreicht, als Thal vom Schiff sprang. Er rannte durch die Unterführung auf die Markstätte und von dort durch verschiedene Gassen auf dem schnellsten Weg in die Niederburg. Als er in die Schreibergasse einbog, sah er die Blitzlichter. Vor seinem Haus standen zwei Einsatzwagen der

Polizei, ein Rettungs- und ein Notarztwagen und blockierten die gesamte Straße. Er zeigte dem Polizisten, der ihn am Betreten des Hauses hindern wollte, seinen Ausweis. Völlig atemlos erreichte er das vierte Stockwerk. Ein Notarzt und ein Sanitäter beugten sich über eine Frau und kontrollierten den Sitz einer Atemmaske. Die Patientin war bis zum Hals in eine Wärmefolie gehüllt. Der Sanitäter regulierte anschließend den Fluss aus einer Injektionsampulle, die ein Polizist in die Höhe hielt. Thal atmete schwer, er war nicht imstande, ein Wort herauszubringen. Sein Herz schlug bis zum Hals. Auf der untersten Treppenstufe zum Dachaufgang saß Bettina Berg und legte beruhigend den Arm um eine füllige Frau. Thal brauchte einen Moment, bis er sie erkannte. Tamara, die Haushaltshilfe.

Der Notarzt legte dem Sanitäter die Hand auf die Schulter.

»Ihr könnt sie jetzt wegbringen. Aber schön vorsichtig.«

Stufe für Stufe trugen die Sanitäter die Trage herunter. Thal konnte einen kurzen Blick auf das Gesicht des Opfers erhaschen. Die Frau war höchstens zwanzig Jahre alt, hatte lockige, lange schwarze Haare. Ihr Gesicht war kantig, die Wangenknochen traten deutlich hervor. Keine klassische Schönheit, dachte Thal, dessen Herzschlag sich langsam beruhigte. Er drehte sich um und stellte sich dem Notarzt vor.

»Was können Sie mir sagen, Herr Doktor?«

»Nicht viel. Die Frau ist bewusstlos, ihre Atmung war flach, als wir eintrafen. Das konnten wir stabilisieren. Wenn die Vermutung Ihrer Kollegin« - er nickte in Bettinas

Richtung Bettina, die sich von der Treppenstufe erhob - »richtig ist und man sie mit Liquid Extasy betäubt hat, muss sie eine ordentliche Dosis erwischt haben. Trotzdem würde ich sagen, dass sie außer Lebensgefahr ist.«

»Gibt es Anzeichen von Verletzungen?«

»Ich bin zwar kein Rechtsmediziner, aber meiner Meinung nach wurde die Frau vergewaltigt. Am After zeigen sich auf jeden Fall Risswunden, außerdem befand sich das Ding hier zusammengerollt in ihrer Vagina.«

Der Arzt nahm eine Plastiktüte von der Fensterbank und hielt sie in die Höhe.

»Ihre Kollegin hat ihn ordentlich verpackt.«

Thal war immer noch erschöpft von der körperlichen Anstrengung und begriff erst mit einiger Verzögerung, was sich in der Tüte befand. Ein weißer Briefumschlag mit einem Adressaufkleber, der seine Anschrift trug. Er ergriff den Plastikbeutel, blickte aber den Arzt an.

»Bitte, Herr Doktor, es ist wichtig, dass unsere Techniker sämtliche Spuren sichern, die auf den Täter hinweisen. Außerdem wäre es gut, wenn sich der Rechtsmediziner die Frau ansehen könnte.«

»Schicken Sie Ihre Mitarbeiter in die Klinik. Der Kollege kann zu ihr, sobald sie versorgt und stabil ist. Ist das alles? Dann würde ich gerne fahren.«

Thal nickte und drehte sich zu Bettina Berg um, die direkt hinter ihm stand.

»Was haben wir?«

»Nicht viel. Tamara Koloschek hat sie gefunden und steht jetzt selbst unter Schock. Sie wollte dich fragen, ob und wann sie sich wieder um die Wohnung kümmern soll. Sie dachte, am späten Samstagnachmittag seiest du am ehesten zu Hause. Zum Glück! Wer weiß, wann wir die Frau sonst gefunden hätten.«

»Wer ist die Frau?«

»Das wissen wir nicht. Ihre Kleidung hat der Täter mitgenommen. Wir haben keinerlei Hinweise auf ihre Identität gefunden.«

Thal berührte Bettina Berg leicht am Oberarm – eine Geste, die nicht erkennen ließ, ob er ihr Halt geben wollte oder selbst Halt suchte. Dann setzte er sich neben die Putzfrau auf die Treppe.

»Guten Abend, Tamara. Schön, dass Sie da sind.«

Die Frau blickte ihn aus rot unterlaufenen, verweinten Augen an. Er bat sie, zu beschreiben, wie sie die Frau vorgefunden hatte.

»Frau lag da, auf oberster Treppenstufe. Wie Schwein auf Stange.«

Sie schluchzte auf, die Tränen liefen ihr erneut über die Wangen.

»Ist gut, Tamara. Sie haben es gleich geschafft«.

Thal nahm ihre rechte Hand.

»Was meinen Sie damit: wie ein Schwein auf der Stange?«

»Na, nackt war sie. Und Arme und Beine waren hochgebunden an Geländer. Mit Strümpfe. Und in Mund und ...«

Erneut schüttelte ein Weinkrampf die Frau.

Bettina Berg beugte sich zu Thal hinunter und flüsterte:

»Im Mund und im Anus steckte der Absatz ihrer Stiefel. Das hat mir der Arzt erzählt.«

Sie deutete mit der Hand auf den Treppenabsatz ein Stockwerk tiefer. Dort standen, in Plastiktüten eingepackt, zwei kniehohe, schwarze Lackstiefel.

Thal ließ Tamara Koloscheks Hand los und legte sie in ihren Schoß zurück.

»Ich lasse Sie jetzt nach Hause bringen. Ruhen Sie sich erst einmal aus.«

Er gab einem der Polizisten ein Zeichen, sich um die Frau zu kümmern. Als er mit Bettina Berg auf seine Wohnungstür zuging, rief Tamara:

»Herr Thal, darf ich kommen wieder? Bitte.«

Thal drehte sich um.

»Natürlich, Tamara. Am besten gleich am Montag. Den Schlüssel haben Sie ja noch.«

Bettina lächelte, als Thal dem dicken Buddha auf einem kleinen, hölzernen Tisch neben der Eingangstür über den Bauch streichelte. Sie war in all den Jahren zwei oder drei Mal hier gewesen, und jedes Mal faszinierte sie die karg, aber beeindruckend eingerichtete Wohnung. Als Thal den zentralen Lichtschalter in der Diele betätigte, flammten überall in der geräumigen Wohnung Lampen auf. Bei der Beleuchtung war nichts dem Zufall überlassen worden, sie erzeugte Inseln unterschiedlicher Helligkeit und Stimmung, die vor allem dem zentralen Raum eine Struktur gaben. Die Möbelstücke waren Meisterwerke hinsichtlich des Designs und der Verarbeitung. Jedes hatte genug Platz, seine Wirkung zu entfalten. Dazu kamen wenige, aber ausgesuchte Kunstwerke. Bilder von befreundeten Malern, kleine Skulpturen, Plastiken, ein Jahrhunderte alter, ein Meter fünfzig großer Buddha aus Laos. Was für ein Unterschied zu ihrer Wohnung, dachte Bettina Berg, und das lag nicht an der puren Größe, obwohl allein Thals Wohnraum größer war als ihre gesamte Zwei-Zimmer-Küche-Bad-Wohnung mit ihren fünfundsechzig Quadratmetern. Ihr Wohnzimmer war vollgestopft mit Krimskrams und Souvenirs, die sie auf Trödelmärkten und Ferienreisen gekauft hatte. Thals Wohnung dagegen war ein mit sicherer Hand gestaltetes Gesamtkunstwerk. Bettina bewunderte am meisten, dass Leah eine freundliche Atmosphäre geschaffen hatte, die jeden Besucher sofort willkommen hieß. Man fühlte sich von Wärme umhüllt. Was für ein Unterschied zu vielen modern eingerichtete Wohnungen, die Bettina im Zuge von Ermittlungen betreten hatte, in denen man augenblicklich zu frieren begann.

Bettina deutete auf ein Bild, das am Boden stand.

»Neu?«

»Im Gegenteil. Ich habe es abgehängt, weil ich es nicht mehr mag. Eigentlich mochte ich es nie. Vielleicht kann ich es verkaufen.«

Obwohl es nur ein Bild war, das Thal weggeben wollte, schien es Bettina weit mehr zu bedeuten. Er trennte sich von etwas, das Leah angeschafft hatte, das ihr vielleicht wichtig war. Es erschien ihr wie der Beginn einer Emanzipation, der erste Schritt einer langen Reise.

Thal bereitete den Kaffee zu, einen Cappuccino für Bettina und einen Espresso für sich selbst. Es klingelte an der Tür. Bettina öffnete, davor stand Grendel, in einen Plastikoverall gehüllt, und hielt ihr den Beutel mit dem Briefumschlag entgegen.

»Wenigstens den habt ihr vernünftig versorgt. Der Rest des Tatorts ist ein einziger Saustall, da werden wir nicht viel finden.«

Thal kam mit den beiden Tassen aus der Küche und ging direkt zu dem Computerbildschirm. Bettina setzte sich auf einen Lederhocker neben ihn, als er den Chip in den Rechner schob. Beide hielten den Atem an. Die Datei trug den Namen »Die Erfüllung«. Sie enthielt wie erwartet sechs Fotos. Bettina beobachtete fasziniert, wie Thal sie dank des berührungsempfindlichen Bildschirms aus dem Dateiordner zog und nebeneinander auf dem Bildschirm anordnete, ehe er eines nach dem anderen vergrößerte. Das Opfer trug auf allen Fotos nur schwarze, halterlose Strümpfe und über die Knie reichende Stiefel mit hohem Absatz. Im Gegensatz zu den anderen Opfern war die Frau dünn. Ihre Brüste waren mädchenhaft klein. Der knabenhafte Oberkörper stand in einem seltsamen Spannungsverhältnis zu den ausgeprägten Hüften. Bettina kam die Figur der Frau fast androgyn vor. Die Abbildungen waren eindeutig pornografisch, es ging dem Fotografen ausschließlich um die erniedrigende Zurschaustellung des Schambereichs der Frau. Das fünfte Bild ähnelte von der Inszenierung einer Aufnahme von Catrin Scheffel. Wieder handelte es sich um eine Masturbationsszene – war es damals der Handschuh, so steckte jetzt der Stiefelabsatz in der Vagina der Frau. Das letzte Foto erklärte, warum Tamara davon gesprochen hatte, die Frau habe »wie Schwein auf Stange« gehangen. Der Täter hatte Füße und Hände mit den Strümpfen am Treppengeländer festgebunden. Tamara Koloscheks Kopf hing frei und mit überdehntem Hals nach rechts, ohne den Boden zu berühren. Die Inszenierungen schienen nicht so präzise wie bei den vorherigen Opfern, sie wirkten improvisierter. Auch die Fotos waren hastig aufgenommen, eher Schnappschüsse, keine überlegten Bildkompositionen. Der öffentlich Ort, am dem er ständig mit Entdeckung rechnen musste, hatte den Fotografen zur Eile getrieben. Am meisten erschreckte Bettina das Gesicht. Die schwarzen Augen waren aufgerissen, als registrierte die Frau mit Entsetzen, was mit ihr geschah. Das Augen-Make-up war verschmiert, genauso der Lippenstift, als habe sie wild und leidenschaftlich geküsst. Thal schien das Gleiche zu denken.

»Findest du nicht auch, dass sie viel lebendiger aussieht als die anderen Frauen? Als wäre sie nicht bewusstlos.«

Konnte es sein, dass der Fotograf die Droge zu niedrig dosiert hatte? Musste sie ihr gesamtes Martyrium miterleben?

Thal wählte im Bildbetrachtungsprogramm die Funktion »Diaschau«. In einer Endlosschleife erschien jeweils im Abstand von drei Sekunden ein neues Bild.

»Die Erfüllung«, sagte Thal, »was ist damit bloß gemeint? Nach sexueller Erfüllung der Frau sieht das hier nicht aus, oder?«

»Möglicherweise geht es ja um die Befriedigung des Mannes, danach kann die Frau entsorgt werden.«

Der Gedanke war Bettina Berg spontan gekommen, aber je länger sie auf die Fotos starrten, desto plausibler schien es. Das Opfer war lediglich Instrument zur sexuellen Befriedigung des Mannes. Anschließend war sie wertlos. Der Fotograf legte sie Thal vor die Haustür, als wolle er sagen: Du kannst sie haben. Ich brauche sie nicht mehr. Thal erhob sich von seinem Stuhl und begann im Zimmer auf und ab zu wandern. Nach einer Minute blieb er direkt vor Bettina Berg stehen, die von ihrem niedrigen Hocker zu ihm aufsah.

»Wenn du recht hast, Bettina, und wenn unsere Vermutung stimmt, dass es noch eine sechste Fotoserie geben wird, kann das nur eines bedeuten: Der Fotograf wird sein letztes Opfer töten.«

»Und ganz in Weiß kleiden, wie man es mit Toten macht. Die Strümpfe dafür hat er schon gekauft.«

***

Er schwitzte in seinem Kostüm, obwohl die Temperaturen deutlich unter null Grad lagen. Warum hatte er bloß so etwas Warmes gekauft? Andererseits würde ihn darin garantiert niemand erkennen. Vielleicht war ihm auch nur so heiß, weil die Erregung der letzten Stunden noch nicht abgeflaut war. Diesmal hatte er der Lust nachgegeben. Warum auch nicht? Hatten nicht viele Künstler ein Verhältnis mit ihren Modellen? Und diese kleine Hure hatte nichts

Besseres verdient. Willig hatte sie sich ihm hingegeben, gebettelt hatte sie geradezu, dass er es ihr besorge. Wie sie ihre Augen aufgerissen hatte, während er ihren Mund benutzte. Wenn er sich doch nur den Schweiß abwischen könnte. Die Maske bedeckte den Kopf vollständig, und noch waren zu viele Menschen auf der Straße. Gaffer, die sehen wollten, was in dem Haus von dem Unglückskommissar passiert war, dem vor ein paar Monaten die Frau gestorben war. Zerfetzt von einer Bombe, die ihm gegolten hatte.

Der alberne Rucksack in Form eines Jungtieres, das sich auf dem Rücken des Muttertieres festkrallte, drückte in sein Rückgrat. Er musste die Kleidung der Schlampe loswerden. Am besten warf er sie in irgendeinen Mülleimer.

Als er sich abwenden und gehen wollte, trat der Kommissar aus dem Haus. Er war nicht alleine, eine Frau war bei ihm. Er beugte sich zu ihr herunter. Sie sah zu ihm auf, ergriff seinen Arm. So gingen sie ein paar Meter die Straße entlang, in ein Gespräch vertieft. Wer war sie? Hatte dieser Dreckskommissar etwa eine neue Tussi? War er so schnell über den Verlust der großen Leah Braasch hinweggekommen, über den die ganze Welt noch trauerte? Wie automatisch folgte er dem Paar. Er musste wissen, was da lief. Und er musste diese scheußliche Pension verlassen. Schlaf würde er heute Nacht ohnehin nicht finden. Morgen war der Tag des großen Finales. Morgen war sein Tag.

***

Im Präsidium herrschte eine angespannte Atmosphäre. Trotz der späten Stunde, es war nach neun Uhr, saßen fast alle Mitarbeiter des KK 1 im Besprechungsraum und unterhielten sich über die fünfte Bilderserie des Fotografen. Bettina Berg hatte sie unter die vier anderen an die Pinnwand gehängt. Lediglich Stephanie Bohlmann fehlte. Thal hatte sie mit dem Foto von Viktor Speer, das Kaufmans Bekannte aus dem Akademiesekretariat ihm gemailt hatte, zu Frau Föglein geschickt.

Thal wollte Bettina Berg bitten, die Tagesereignisse zusammenzufassen, als sein Handy klingelte. Er hörte konzentriert und schweigend zu. Als er aufgelegt hatte, wandte er sich an die Runde.

»Das war Stephanie. Die Zeugin hat Viktor Speer eindeutig als den Mann identifiziert, der gestern drei Paar Damenstrümpfe gekauft hat. Frau Föglein hat sich auch die Strümpfe angesehen, die wir bei Catrin Scheffel und dem heutigen Opfer sichergestellt haben. Es ist die gleiche Marke, Qualität und Größe. Ob es dieselben sind, kann sie natürlich nicht sagen.«

»Also ist Speer unser Mann!«

Adrian Gerth schlug mit der Faust auf den Tisch.

»Nun beruhige dich mal, Adrian.«

Wagner war der Einzige, der Gerth duzte.

»Wir wissen nur, dass er die Strümpfe gekauft hat. Die Frauen können ihn nicht identifizieren. Sie haben einen totalen Blackout.«

Wagner hatte recht. Andererseits war Speer die einzige Spur, die sie hatten, und der würden sie mit aller Kraft folgen. Thal hatte vor einer halben Stunde mit Schober telefoniert. Er bewilligte einen Großeinsatz. Alle verfügbaren Polizisten klapperten in den nächsten Stunden die Hotels und Pensionen der Stadt ab. Wenn Speer irgendwo abgestiegen war, würden sie ihn finden. Bettina Berg verteilte Listen mit Hotelnamen und Fotos des Studenten. Wie üblich würden sie zu zweit unterwegs sein, jedes Pärchen hatte vier Hotels oder Pensionen aufzusuchen. Das müsste in der nächsten Stunde zu schaffen sein.

Die Adressen, die Berg und Thal aufzusuchen hatten, lagen nah beieinander in der Innenstadt und waren am besten zu Fuß zu erreichen. Sowohl im Hotel Zeppelin als auch im Barbarossa und im Bayerischen Hof kannten die Portiers den Mann auf dem Foto nicht. Ein Blick in die Gästelisten brachte auch nichts. Als sie ihr nächstes Ziel in Richtung Bahnhof ansteuerten, fragte Thal:

»Hast du jemals von dieser Pension Simone gehört?«

Bettina Berg schüttelte den Kopf. Nach einer weiteren schweigend verbrachten Minute standen sie vor einem grau verputzten, vierstöckigen Bau. Der einzige Hinweis auf die Pension war ein neben der Tür angebrachtes, leicht verwittertes, unauffälliges Schild: »Pension Simone. 3. Stock«. Die schwere Eingangstür war nicht verschlossen. Sie stiegen die Treppe hinauf, die ausgetretenen Stufen waren mit Linoleum belegt, auf dem ab dem zweiten Stock ein abgewetzter, dunkelroter Teppich auf die Pension hindeuten sollte. An der Wohnungstür im dritten Stock hing erneut ein Schild: »Rezeption – bitte klingeln.«

Thal folgte der Aufforderung, doch es rührte sich nichts. Erst nach dem dritten, wesentlich ausdauerndn Schellen hörten sie schlurfende Schritte und eine rauchige Stimme.

»Ja, ja! Ich bin ja schon unterwegs.«

Ein sehr kleiner und sehr dünner Mann öffnete die Tür. Er trug einen viel zu großen, grauen Anzug – passend zur Farbe seiner Haut. Um den Mund zogen sich tiefe Falten, die dem Gesicht einen kranken und leidenden Ausdruck gaben. Bevor sich die Polizisten vorstellen konnten, sagte er:

»Tut mir leid, aber wir haben nur noch zwei Einzelzimmer.«

Er drehte sich ab und wollte die Tür schließen.

»Moment!«

Thal ergriff die Tür, stellte sich vor, zog das Foto aus der Tasche und hielt es dem Nachtportier vors Gesicht. Der nestelte daraufhin ein abgegriffenes Brillenetui aus der Hosentasche. Als er die Brille aufgesetzt hatte, nahm er das Bild und hielt es sich fast direkt vor die Augen.

»Ja, den kenn' ich.«

»Ist er ein Gast?«, fragte Thal weiter.

»Er war einer.«

»Was heißt war?«

»War heißt war.«

Bettina Berg verlor die Geduld.

»Guter Mann, jetzt sagen Sie uns endlich, was Sie wissen.«

Der Portier nickte.

»Nun reden Sie schon«, polterte Bettina. »Ist er noch da?«

»Habe ich doch gesagt. Er war da. Bis vor etwa zwei Stunden. Ich hatte gerade meine Schicht angefangen. Da kam er und meinte, er müsse abreisen. Geschäfte!«

»Und dann hat er sein Zimmer geräumt?« Thal war die Enttäuschung anzumerken.

»Ja. Hatte eh nicht viel dabei, der Herr Braasch.«

Als sie wieder auf der Straße standen, schwiegen sie einen Moment und setzten sich langsam in Bewegung.

»Das ist noch kein Beweis, Alex.«

»Ich weiß, Bettina. Aber warum sonst sollte Viktor Speer Leahs Nachnamen benutzen? Er ist unser Fotograf, und er kopiert auf seine perverse Art Leahs Werk.«

Sie gingen schweigend weiter, bis Bettina abrupt stehen blieb.

»Alexander, ich habe Hunger!«

Thal musste über diese spontane Äußerung lachen, weil im gleichen Moment sein Magen knurrte. Bettina schlug vor, in ein Restaurant in der Nähe zu gehen, aber Thal hatte eine bessere Idee.

»Wir gehen zu mir. Irgendwas findet sich im Kühlschrank, und dort können wir in Ruhe einen Plan machen. Morgen ist der entscheidende Tag. Speer will morgen töten, und wir müssen es verhindern.

Bettina Berg kuschelte sich in die Kaschmirdecke. Es war nach Mitternacht, sie war müde. Trotzdem mochte sie nicht gehen. Auf dem Tisch standen Teller und Schüsseln mit einem Rest Pasta. Auf einem Brett lagen einige Scheiben Salami. Erstaunlich, welch köstliches Mahl Thal aus den wenigen Zutaten im Kühlschrank in ein paar Minuten gezaubert hatte. Brot mit Salami und Käse, Bruschetta, Spaghetti al olio. Dazu hatte er eine Flasche wunderbaren Rotweins aus Navarra geöffnet, von dem er selbst keinen Schluck anrührte. Ihre Gespräche kreisten ausschließlich um den morgigen Tag und den Fastnachtsumzug. Sie waren sich einig, dass Speer sein Opfer unter den Zuschauern suchen würde. Was konnten sie tun? Bettina äußerte ihren ersten, spontanen Gedanken:

»Können wir den Umzug nicht absagen?«

Thal lachte auf angesichts ihrer Naivität.

»Unmöglich. Wahrscheinlich könnte nicht mal eine Bombendrohung den Umzug stoppen.«

Für eine Warnung an alle Frauen vor einem Anschlag mit K.o.-Tropfen war es zu spät. Es blieb nur allerhöchste Wachsamkeit. Thal würde morgen mit Schober sprechen. Beim Umzug war ohnehin jeder verfügbare Polizist auf der Straße. Es würde darauf ankommen, sie auf die neue Lage einzustimmen.

Ihre Gespräche drehten sich bald im Kreis. Jetzt schwiegen sie schon ein paar Minuten.

Endlich erhob sich Bettina vom Sofa.

»Zeit zu gehen, Alex.«

Thal rief ein Taxi und begleitete sie bis vor die Haustür.

»Schlaf gut, Bettina. Morgen müssen wir hellwach sein.«

Kapitel sechs: Die Erlösung

Es war fast ein Uhr. Er fror trotz seines dicken Kostüms. War es ein Fehler gewesen, die Pension zu verlassen? Er wischte den Gedanken beiseite. Er durfte nicht riskieren, dass sie ihm vor dem entscheidenden Tag auf die Schliche kamen. Ab morgen Abend war es egal, denn dann war sein Werk in der Welt, und niemand konnte es übersehen.

Ein Taxi hielt vor der Haustür des Kommissars. Der Fahrer stieg aus und drückte einen Klingelknopf. Es dauerte ein paar Minuten, ehe sich die Tür öffnete. Sieh an, der Kommissar und seine Schlampe. Erst wollte er es nicht glauben, aber jetzt sah er es mit eigenen Augen. Da standen sie im matten Licht der Straßenlaterne. Sie sahen sich an. Nein, sie küssten sich nicht, das trauten sie sich nicht in der Öffentlichkeit. Aber in der Wohnung hatten sie sich bestimmt ihrer dreckigen Lust hingegeben. Was sollten sie sonst so lange dort oben gemacht haben mitten in der Nacht? Arbeiten? Er konnte sich gerade noch beherrschen, nicht loszulachen.

Du hast es also wahrhaftig getan, Herr Kommissar. Erst hast du die wunderbare Leah getötet, und jetzt verrätst du sie. Mit dieser Schlampe dort, die deine Tochter sein könnte. Damit kommst du nicht durch, Herr Kommissar.

Er trat einen Schritt weiter in den Hauseingang zurück, damit sie ihn nicht sahen. Die Polizistenhure stieg in das Taxi ein. Er kannte sie. Natürlich, er hatte sie schon gesehen. Auf ihrem Atelierfest.

Ja, winke ihr nur nach, Herr Kommissar. Bald musst du für immer von ihr Abschied nehmen. Du hast kläglich versagt! Deine einzige Aufgabe war es, die große Leah zu schützen. Hättest du es nur getan! Nicht nur für dich, für alle! Für die ganze Welt! Für mich. Der Schmerz kam wie ein Blitz und fuhr direkt in sein Herz. Mit Leah war sein Leben gestorben. Sie war die Einzige, die ihn verstanden hatte. Sie hatte an ihn geglaubt. Sie hatte gewusst, dass er der Welt etwas geben konnte. Sie hatte ihm geholfen. Sie half ihm noch immer auf wundersame Weise.

Dem Herrn Kommissar konnte niemand helfen. Er sollte nie wieder glücklich sein. Schon gar nicht mit dieser billigen Nutte, die sich erst an seinen Sohn geschmissen hatte. Er hatte auf dem Sommerfest gesehen, wie sie ihm auf die Pelle gerückt war. Aber der Sohn war klug, klüger als sein Vater. Jetzt machte sich die billige Schlampe an den Alten ran. Und der hatte nicht gelernt von seinem Sohn.

Wie hatte seine Mutter gesagt: Wer nicht hören will, muss fühlen!

***

Kurz nach sieben betrat Thal den Besprechungsraum des KK 1. Um den ovalen Tisch saßen neben den Mitarbeitern des Kommissariats noch der für den Fastnachtsumzug zuständige Einsatzleiter sowie der Polizeipräsident höchstpersönlich. Hinter den Fenstern dämmerte der Tag. Die Stimmung war gedrückt, aber konzentriert. Die Tischnachbarn unterhielten sich gedämpft miteinander, Schober blätterte in einem dünnen, roten Aktenordner. Den gleichen hielt Bettina Berg in der Hand. Als Thal sich auf den freien Platz neben ihr setzte, beugte sie sich zu ihm herüber.

»Die Berichte von Grendel und Restle sind da.«

Thal räusperte sich und bat Bettina Berg, alle auf den neuesten Stand zu bringen.

Sie stand auf und nahm das oberste Blatt aus ihrer Aktenmappe.

»Wir haben die vorläufigen Berichte der Kriminaltechnik und der Rechtsmedizin zur gestrigen Tat. Die Spurenlage ist wie in den vorangegangen Fällen dieser Serie eher dürftig. Um nicht zu sagen: Es gibt keine Spuren, weder im Hausflur noch auf dem Briefumschlag oder Chip. Immerhin konnte die Identität des Opfers geklärt werden. Die Frau heißt Mandy Kleiber, ist einundzwanzig Jahre, wohnt in einem kleinen Apartment in Petershausen und arbeitet als Rechtsanwalts- und Notargehilfin in einer Kanzlei auf der Rheingutstraße.«

Bettina Berg blickte von ihrem Blatt auf. Da niemand eine Frage stellte, nahm sie drei von einer Büroklammer gehaltene Blätter zur Hand. Thal erkannte den Briefkopf der Freiburger Rechtsmedizin. Restle musste das Opfer noch in der Nacht in der Konstanzer Klinik untersucht haben. Respekt!

Bettina hielt das oberste der beiden Blätter hoch und überflog den Inhalt der zweiten Seite. Dann setzte sie ihren Vortrag fort.

»Interessanter ist der Bericht des Rechtsmediziners. Er kommt zu dem Ergebnis, dass Mandy Kleiber schwer misshandelt wurde. Sowohl im Mund, in der Vagina und im Anus fanden sich Spuren eines Kondomgleitmittels.«

Bettina Berg machte eine kurze Pause, weil sie spürte, dass die Kollegen die Nachricht erst verdauen mussten. Sie schaute kurz von ihrem Blatt auf, dann fuhr sie fort.

»Außerdem weist das Opfer Hämatome an Armen und Handgelenken auf, die darauf hindeuten, dass sie sich mit großer Kraft gewehrt hat. Der Doc schließt daraus, dass sie zumindest zu Anfang ihres Martyriums bei Bewusstsein war. Weil die Konzentration von Gamma-Hydroxy-Buttersäure in ihrem Blut extrem hoch war, muss der Täter sie am Schluss mit einer großen Dosis des Gifts betäubt haben.«

Bettina Berg hatte ihren Bericht beendet und setzte sich. Schober nahm seine Brille ab und drückte die Nasenwurzel zwischen Daumen und Zeigefinger. Auch alle anderen schwiegen, die meisten blickten starr auf die Tischplatte vor sich. Stephanie Bohlmann durchbrach das Schweigen.

»Wenn der Doc mit seiner Vermutung richtig liegt, könnte Mandy Kleiber den Täter erkannt haben.«

Thal war erneut erstaunt, wie schnell die junge Kollegin einen Sachverhalt durchschaute. Ihr messerscharfer analytischer Verstand ersetzte die fehlende Erfahrung. Ihre Bemerkung löste sofort eine Debatte unter den Kollegen aus, die nach wenigen Sekunden durch den Triumphmarsch aus Aida beendet wurde. Schober griff hastig in seine Sakkotasche, bevor jemand eine Bemerkung über seinen Klingelton machen konnte. Das Gespräch war kurz. Nachdem er aufgelegt hatte, sah Schober in die Runde.

»Vielleicht wissen wir gleich, ob die Kollegin Bohlmann recht hat. Das war die Klinik. Frau Kleiber kann jetzt kurz befragt werden.«

Berg und Thal sprachen kaum während der kurzen Fahrt zur Klinik. Sie hatten die Besprechung sofort nach dem Anruf verlassen, die weitere Einsatzplanung für den heutigen Tag konnten die Kollegen auch ohne sie vornehmen. Bettina steuerte ihren Toyota auf den am frühen Fastnachtssonntag wie erwartet leeren Klinikparkplatz. Sie fuhren mit dem Lift in den vierten Stock, wo sie von der Stationsärztin Dr. Annemarie Miez empfangen wurden. Die Ärztin blickte die beiden aus müden, tief in den Höhlen liegenden Augen an, sie hatte in den letzten vierundzwanzig Stunden nicht geschlafen. Sie führte die beiden Polizisten in ein winziges, bis auf einen billigen Druck von Manets »Frau mit Sonnenschirm« schmuckloses Zimmer. Am Fußende der schmalen Liege lag eine achtlos zusammengefaltete Decke. Frau Dr. Miez setzte sich auf diesen Diwan und überließ den Polizisten die beiden einzigen Stühle im Raum. Thal spürte eine leichte Feindseligkeit. Dr. Miez gehörte zu den Ärztinnen, die glaubten, Misshandlungsopfer müssten zunächst vor jedem Kontakt mit Männern geschützt werden. Deshalb überließ er Bettina Berg das Gespräch.

»Danke, dass Sie uns gleich angerufen haben, Frau Doktor. Wie geht es Frau Kleiber heute Morgen?«

Die Ärztin überlegte einen Moment, als wäre sie sich der Antwort nicht sicher, ehe sie mit einer überraschend weichen, warmen Stimme sprach.

»Normalerweise würde ich jetzt sagen, den Umständen entsprechend gut. Aber die Umstände sind so grausam, dass es ihr nicht gut gehen kann. Weder vom medizinischen noch vom menschlichen Standpunkt aus.«

»Ist sie bei Bewusstsein.«

»Im Prinzip schon. Wir haben lange gebraucht, das Gift aus ihrem Körper zu bringen. Die Dosis hätte sie umbringen können, aber zum Glück ist sie jung und gesund. Sie ist aber noch sehr müde und schläft viel. Das ist auch das Beste, was sie im Moment tun kann.«

Dr. Miez schloss die Augen, als wollte auch sie wenigstens für einen kurzen Moment schlafen. Ohne die Augen zu öffnen, sagte sie:

»Ich hätte Sie nicht anrufen sollen. Es ist viel zu früh für eine Vernehmung.«

Weil Bettina nicht sofort antwortete, ergriff Thal das Wort.

»Frau Dr. Miez, wir wollen Frau Kleiber nicht vernehmen. Im Grund genommen glauben wir, den Ablauf des Überfalls aufgrund der Untersuchungen des Gerichtsmediziners zu kennen. Uns interessiert nur, ob Ihre Patientin den Täter identifizieren kann.«

Die Ärztin öffnete die Augen und blickte Thal direkt an.

»Sie wissen, dass Gamma-Hydroxy-Buttersäure in den meisten Fällen mit einer anterograden Amnesie einhergeht und das Opfer sich an keinerlei Einzelheiten erinnern kann?«

»Das hat uns der Rechtsmediziner gesagt. Andererseits hat der Täter Frau Kleiber am Anfang eine geringe Dosis des Zeugs verabreicht.«

Die Ärztin schloss erneut die Augen.

»Ich weiß nicht ...«

Bettina Berg zog das Foto von Viktor Speer aus der Tasche und setzte sich neben Dr. Miez auf die Liege.

»Sehen Sie, Frau Doktor, es könnte sein, dass dieser Mann hier Frau Kleiber gestern überfallen und misshandelt hat. So wie er es zuvor mit vier anderen Frauen getan hat. Wir sind sicher, dass er sich heute sein letztes Opfer suchen wird, um es seinem teuflischen und kranken Plan folgend zu töten. Wir sollten alles tun, das zu verhindern.«

Dr. Annemarie Miez schaute sich das Foto eine geschlagene Minute schweigend an, ehe sie aufstand.

»Kommen Sie. Aber nur diese eine Frage. Und nur in meinem Beisein.«

Bettina Berg und Alexander Thal folgten der Ärztin. Auf dem Flur steuerte eine Krankenschwester direkt auf Dr. Miez zu. Die Ärztin wehrte ihre Frage mit einer müden Handbewegung ab. Nach wenigen Schritten erreichten sie das Krankenzimmer von Mandy Kleiber. Die Ärztin klopfte kaum vernehmbar an und öffnete geräuschlos die Tür.

Die Frau, die in dem Bett mit aufgestelltem Kopfteil mehr saß als lag, hatte kaum Ähnlichkeit mit dem Opfer auf den Fotos. Ungeschminkt hätte Thal das Gesicht fast nicht erkannt, was nicht an dem kleinen Schlauch lag, der unter ihrer Nase entlanglief. Mandy Kleiber blickte die drei Menschen, die an ihr Bett traten, aus glanzlosen, tief in den Höhlen liegenden Augen an. Ihre Wangen waren eingefallen, zwischen den Augenbrauen verlief eine tiefe Falte. Die Ärztin schob den Ständer mit der Infusionsflasche und den Nachttisch zur Seite, auf dem neben einer Nierenschale ein volles Glas Wasser stand. Sie zog den einzigen Besucherstuhl neben das Bett und bedeutete Bettina Berg, darauf Platz zu nehmen. Anschließend sprach sie die Patientin leise und ruhig an.

»Hallo, Frau Kleiber. Wie geht es Ihnen?«

Mandy Kleiber schloss die Augen und deutete ein Nicken an.

Die Ärztin trat hinter Bettina Berg und legte ihr beide Hände auf die Schultern.

»Das ist Frau Berg von der Polizei. Haben Sie keine Angst, Frau Kleiber. Sie wird Ihnen nur eine Frage stellen.«

Die Ärztin ging langsam rückwärts und zog Thal mit einem festen Griff in die Ecke neben der Tür.

»Guten Morgen, Frau Kleiber«, begann Bettina Berg. Sie wartete, bis Mandy Kleiber ihren Kopf zur Seite gedreht hatte.

»Frau Doktor Miez hat mich ja schon vorgestellt. Es tut uns allen entsetzlich leid, was mit Ihnen geschehen ist. Wir haben tatsächlich nur eine Frage: Können Sie sich an den Mann erinnern, der Ihnen das angetan hat?«

Mandy Kleiber atmete tief und deutlich hörbar ein. Als sie sprach, war ihre Stimme heiser und schwer verständlich.

»Wie sollte ich mich nicht erinnern?«

Sie sprach die Worte in der absolut gleichen Tonhöhe, als wäre sie unbeteiligt.

Bettina nahm Speers Foto in die Hand und hielt es mit beiden Händen vor das Gesicht der jungen Frau, das sich binnen Sekunden zu einer hasserfüllten Grimasse veränderte. Mandy Kleiber stützte sich auf den linken Ellbogen, hob den Oberkörper und beugte ihn über den Bettrand in Richtung des Bildes. Eine Sekunde verharrte sie in dieser angespannten Position, als wolle sie alle ihre Kräfte sammeln. Dann holte sie tief Luft und spuckte.

***

Die Musik kam näher. Der Umzug würde in wenigen Minuten die »Laube« erreichen, jene vierspurige Straße, die Teil des Rings um die Altstadt war. Thal nahm sein Handy und wählte die Nummer des Einsatzleiters, der sich sofort nach dem ersten Klingeln meldete.

»Alles klar?«

»Ja, Herr Hauptkommissar. Alle Mann auf ihren Plätzen.«

Thal steckte das Handy in die Tasche. Er nickte Bettina Berg zu, die keinen Meter von ihm entfernt stand. Sie betrachtete eine Kopie des Konstanzer Innenstadtplans. Etwa alle hundert Meter waren auf den Hauptverkehrsstraßen und Gassen, durch die der Fastnachtsumzug zog, Nummern eingezeichnet. Jede Nummer kennzeichnete den Standort von zwei Polizisten, uniformiert oder in Zivil. Alle trugen Viktor Speers Foto bei sich. Die Anweisung bei der kurzen

Lagebesprechung vor einer Stunde war eindeutig gewesen: Sollte jemand Speer entdecken, war er unverzüglich festzunehmen. Dabei war der Eigensicherung und dem Schutz der Zuschauer höchste Priorität einzuräumen.

Obwohl er sich das Bild in den letzten Stunden zigmal angesehen hatte, starrte Thal erneut auf Speers Gesicht. Unscheinbar sah er aus mit seinem dünnen, über die Ohren reichenden Haaren. Die Nase war leicht gebogen, die Augen standen weit auseinander, die Lippen waren dünn und auf dem Foto zu einem angedeuteten Lächeln gekräuselt. Ein Allerweltsgesicht. Trotzdem kam es ihm vor, als habe er ihn schon einmal gesehen.

Auch Alexander Thals und Bettina Bergs Standort war auf dem Stadtplan eingezeichnet. Die Nummer 21 befand sich auf der Laube in Höhe des Stephansplatzes. Hier standen die Zuschauer nicht so dicht wie in manchen umliegenden Gassen oder auf dem Fischmarkt, obwohl bei herrlichem Sonnenschein zehntausend Menschen trotz der Kälte auf den Beinen waren.

Die Ho-Narro-Rufe kamen näher, der dem Zug vorausfahrende Einsatzwagen der Polizei war bereits zu sehen. Die Stimmung wurde ausgelassener, die Menschen hakten sich beieinander ein und begannen, auf die Melodie des ersten Spielmannszuges zu schunkeln. Fast alle Zuschauer einschließlich der kleinsten in ihren Kinderwagen waren verkleidet. Zum Teil trugen sie die aufwendigen Kostüme der traditionellen Fastnachtszünfte, genauso oft sah man einen Scheich mit seiner Salome oder einen umherstolzierenden Gockel. Thal registrierte mit einem Schmunzeln, dass auch Sheriffs und Indianer keineswegs aus der Mode waren. Im Münsterland seiner Kindheit gab es fast keine anderen Verkleidungen, aber die Westfalen verstanden ja auch nichts von der Fastnacht.

Der Zug kam bereits nach wenigen Minuten zum Stillstand. Direkt vor ihnen trieb eine Gruppe von Altstadthexen ihr Unwesen. Sie griffen sich ein Mädchen am Straßenrand, steckten es in eine Art Trichter und schnürten ihr Opfer in ein Netz, mit dem sonst Weihnachtsbäume zusammengebunden wurden. Anschließend trugen sie ihr kreischendes, bewegungsunfähiges Opfer auf der Schulter durch die Gegend. Ein paar Hundert Meter weiter stellten sie die Wehrlose auf einer Mülltonne oder einem Fenstersims ab.

Bettina Berg fasst Thal am Arm.

»Ist dir auch so kalt?«

Er nickte.

»Ich hole uns einen Punsch.«

Mit dem Kopf wies sie auf einen kleinen Verkaufswagen hinter sich.

»Gute Idee.«

Zu dieser frühen Zeit war an dem Stand noch nicht viel Betrieb. Bettina Berg kam sofort an die Reihe. Thal beobachtete, wie sie die beiden Styroporbecher voll dampfendem Kinderpunsch von der Theke nahm. Als sie sich umdrehte, rempelte sie ein Mann im Bärenkostüm an. Obwohl er es wegen des Lärms ringsherum nicht hören konnte, erkannte Thal, das Bettinas Lippen das Wort »Idiot« formten.

Der Bär entschuldigte sich gestenreich, strich Bettina mehrmals über den Arm und trollte sich. Bettina lächelte schon wieder. Sie überreichte Thal das heiße Getränk, der sich daran zunächst die Finger wärmte.

Der Zug setzte sich wieder in Bewegung. Ein imposanter Festwagen in Form eines Elefanten fuhr vorbei. Die beiden Polizisten tranken schweigend ihren alkoholfreien Punsch und beobachteten aufmerksam die Menge. Nichts Auffälliges.

Etwa zehn Minuten später, Thal hatte bereits seinen Becher zerknüllt und zu dem anderen Müll gelegt, der sich am Fuße einer Straßenlaterne stapelte, fasste ihn Bettina Berg erneut am Arm.

»Ich muss mal für kleine Mädchen.«

Sie deutete auf die Gaststätte zehn Meter rechts von ihnen. Ihr Gesicht war kalkweiß.

»Alles in Ordnung?«, fragte Thal.

»Na klar. Mir ist nur immer noch kalt.«

***

Der Verkäufer musste sich vertan haben. Anstatt alkoholfreien hatte er ihr doch einen richtigen, ordentlichen Punsch verkauft. Musste eine ganz schöne Dröhnung sein, so schwindlig, wie ihr war. Was wollte bloß dieser Idiot mit dem Bärenkostüm dauernd von ihr? Erst sorgte er fast dafür, dass sie sich den heißen Punsch über die Hände goss, und jetzt betatschte er sie ständig. Wo ist Alexander? Komisch, gerade war er noch da. Egal. Es ist Fastnacht, und alle feiern. Und der Bärenmann will auch nur Spaß.

»Komm, Balu!«

Sie winkte mit der Hand und neckte ihn.

»Bist du inzwischen Vater geworden, oder was ist das auf deinem Rücken? Du bist mir ja einer! Was sagt denn Mogli dazu?«

Sie kicherte, beugte sich nach vorne und schlug sich mit den Händen auf die Oberschenkel. Das nützte der Bärenmann aus. Er drängte sich von hinten an sie, schlang ihr die Arme um die Brust und zog sie nach unten.

»Hey, sachte! Du bist von der ganz schnellen Truppe, was?«

Mein Gott, was hatte sie da bloß getrunken? Alles drehte sich um sie herum. Sie musste sich setzen. Wenigstens für einen Moment. Sie ließ sich nach hinten fallen. Auch der Bär verlor das Gleichgewicht. Er landete auf dem Hintern und hielt sie auf seinem Schoß fest.

»Hey Balu«, rief einer aus der Menge.

»Deine Freundin hat genug. Trag sie besser nach Hause.«

***

Wo blieb sie nur? Thal blickte sich beunruhigt um. Bettina war jetzt zehn Minuten weg. Sie sah nicht gut aus, als sie ging. Schwankte sie nicht ein bisschen? Je länger es dauerte, desto unruhiger wurde Thal. Es sah ihr nicht ähnlich, so lange wegzubleiben, ohne ihn anzurufen. Er überprüfte zum dritten Mal sein Handy. Das Display zeigte keinen Anruf an, den er wegen der vorbeiziehenden Musikgruppen vielleicht verpasst hatte. Er konzentrierte sich darauf, was in den Minuten geschehen war, bevor Bettina ihn verlassen hatte. Verdammt! Dieser rüpelhafte Bär! Er drehte sich auf dem Absatz um und stieß fast eine kleine Indianerin um, die direkt neben ihm stand. Er ignorierte den vorwurfsvollen Blick der Mutter und rannte zu dem Lokal. Der Gastraum war proppenvoll mit Menschen, denen der Zug wegen der Kälte egal war. Kein Durchkommen. Thal hielt seinen Dienstausweis in die Höhe und fragte schreiend nach der Toilette. Eine dicke, in Federboas gehüllte sechzigjährige lachte ihn an.

»Netter Versuch, mein Süßer. Aber da wirst du dich anstellen müssen wie alle anderen auch.«

Unsanft kämpfte sich Thal durch die Menschenmassen nach hinten. Endlich erreichte er die Toiletten. Er stürmte in den Waschraum der Frauen, wo zwei aus ihren Katzenkostümen quellende Mittvierzigerinnen ihr Make-up richteten. Die Erste hob ihren Stoffschwanz und schlug spielerisch nach ihm.

»Was für ein ungezogener Kater.«

Die andere bemerkte ihn erst jetzt. Sie kreischte:

»Raus, du Schwein!«

Thal rief Bettinas Namen. Keine Reaktion. Er rannte in die Männertoilette. Auch hier war sie nicht.

Zurück auf der Straße, hastete Thal über den Stephansplatz Richtung Wessenbergstraße. Er schaute sich ständig nach einem Bären um.

Da! Thal rannte auf den Typ zu und rammte ihm mit voller Kraft den Kopf gegen die Schulter. Der Bär kippte augenblicklich nach hinten und blieb liegen. Thal zog ihm die Maske vom Kopf.

»Bist du von allen guten Geistern verlassen?«, schrie ihn mit schmerzverzerrtem Gesicht ein sechzigjähriger, weißhaariger Mann an.

Thal murmelte eine Entschuldigung und rannte weiter. Sein Herz raste, während er von einer Seite auf die andere blickte. Kein Mann im Bärenkostüm. Auch Bettina war wie vom Erdboden verschwunden.

***

Wann hört sie endlich mit diesem blöden Gekicher auf!

Speer schleppte Bettina hinter sich her, die kaum noch die Beine hob. Die euphorisierende Wirkung der Tropfen hielt bei ihr lange an.

»Bist eine Frohnatur, was?«

Speer verstärkte den Griff, mit dem er die Polizistin hinter sich her zog. Scheiße, auch das noch. Aus einer Seitengasse näherte sich lärmend eine Gruppe Giraffen. Die langen Stoffhälse baumelten in der Luft.

Speer lehnte Bettina Berg gegen eine Hauswand. Er schob sein Knie zwischen ihre Beine, damit sie nicht an der Wand entlang nach unten rutschte.

»Hey Bär«, rief einer der Männer aus seinem Loch im Giraffenhals, »du solltest beim Knutschen aber wenigstens den Helm abnehmen.«

Als sie fünf Meter vorbei waren, drehte sich eine andere Giraffe um.

»Wenn deine Süße auf Haare steht, hätte ich was Besseres für sie.«

Die anderen grölten und liefen hüpfend weiter.

Speer zog Bettina von der Wand weg. Sie grinste ihn mit halb geschlossenen Augen an. Er kannte diesen Gesichtsausdruck, gleich würde sie wegtreten. Er musste sofort einen sicheren Ort finden. Heute würde es nicht lange dauern. Er würde diese Frau töten und anschließend hübsch machen. Ganz in Weiß. Für das Finale seines Werkes, von dem selbst die große Leah begeistert gewesen wäre. Einen Moment dachte er, sich ein geeigneteres Modell zu suchen. Eigentlich war die Schlampe viel zu alt, aber hätte er sich die Chance entgehen lassen sollen, gleichzeitig Leah zu rächen? Der Kommissar war schuld an Leahs Tod, und jetzt hatte er schon eine Neue. Dabei konnte ihr dieses Flittchen nicht das Wasser reichen, in dem sie ihre Pinsel wusch.

Speer drückte gegen jede Haustür, an der sie vorbeikamen. Wenn er nicht bald einen Platz fand, musste er sie liegenlassen, denn sie war ihm zu schwer. Endlich sprang eine Tür auf. Er zerrte Bettina in den Hausflur. Zum Glück gab es einen Fahrstuhl. Er warf sich die Frau über die Schulter und drückte den obersten Knopf. Die Tür schloss sich, und der Fahrstuhl setzte sich beinahe geräuschlos in Bewegung. Als sich die Tür öffnete, stand Speer direkt vor dem Eingang zum Dachboden. Heute war doch sein Glückstag, denn der Boden war unverschlossen. Speer tastete an der Wand nach dem Lichtschalter. Als er ihn betätigte, ging eine einzige, schwache Glühbirne an, die an einem Kabel von der Decke baumelte. Der Dachboden stand voller Gerümpel. Er zog eine an mehreren Stellen aufgesprungene, dreckige Matratze aus einem Stapel Pappkartons.

»Ein besseres Lager kann ich dir leider nicht bieten«, knurrte er. Er warf Bettina unsanft auf die Matte. Sie lallte nur noch unverständlich, gleich würde sie bewusstlos werden. Speer nahm den albernen Rucksack in Form eines Bärenbabys vom Rücken und holte seine Kamera heraus. Jetzt war es an der Zeit, sein Werk zu vollenden. Aber vorher wollte er noch ein paar Fotos machen für den Herrn Kommissar persönlich. So viel Zeit musste sein.

***

Endlich liegen. Nur ein paar Minuten. Sie war so müde. Sie musste schlafen.

Du passt auf mich auf, Balu, mein Freund. Und wenn ich aufwache, gehen wir in den Wald und besuchen Baghira, den Panther.

Ja, zieh mich aus, mein Freund, und deck mich zu. Wo ist eigentlich Kaa, die Schlange. Und Mogli ...?

***

Thal stellte sich in einen Hauseingang in der Salmannsweilergasse. Er musste seine Atmung und seinen Herzschlag beruhigen, sonst konnte er nicht klar denken. Der

Schmerz in seiner Brust ließ langsam nach. Er zog sein Handy aus der Hosentasche und setzte Schober ins Bild.

»Was«, brüllte der Polizeidirektor, der Thals Worte wegen der feiernden Menschen um ihn herum schlecht verstand, »ein Bärenkostüm?«

Thal bestätigte das und bat ihn, eine Einsatzstaffel zu ihm zu schicken. Wenn Speer Bettina vor dem Lokal an der Laube entführt hatte, konnte er nur in diese Richtung geflohen sein. Eine Überquerung der vierspurigen Straße, auf der sich der Zug bewegte, hielt Thal für ausgeschlossen. Das Risiko wäre Speer zu groß gewesen.

Thal hielt das Telefon zwanzig Zentimeter von seinem Ohr entfernt, so laut brüllte Schober hinein:

»Wie stellen Sie sich das vor, Thal? Alle Mann sind beim Fastnachtsumzug im Einsatz.«

Thal brüllte genauso laut zurück, ohne auf die Dienstgradhierarchie zu achten:

»Zum Teufel mit dem Umzug, Schober. Eine Kollegin ist in Lebensgefahr. Wenn ich nicht auf der Stelle zwanzig Mann hier habe, werden Sie morgen keine Freude haben, wenn Sie die Zeitung aufschlagen.«

Thal legte auf, ohne Schobers Antwort abzuwarten, und wählte unmittelbar danach Grendels Nummer, der im Präsidium die Stellung hielt. Als er ihm in wenigen Worten die Situation erklärt hatte, war das Entsetzen des Kriminaltechnikers durch das Telefon zu spüren. Thal riss ihn aber sofort aus seinen dunklen Gedanken.

»Pass auf, Grendel. Bettina hat ihr Handy dabei. Wenn Speer es nicht ausgeschaltet hat, ist es an. Versuch, es zu orten.«

»Kann ich versuchen, Alexander. Aber es ist Sonntag, und es ist Fastnacht. Da werden die Telekomiker nicht sehr hilfsbereit sein.«

Als Grendel ohne weiteren Kommentar aufgelegt hatte, ging Thal in die Hocke. Sein Körper wurde von einer Panikattacke geschüttelt. Nicht noch einmal, schoss es ihm durch den Kopf. Er hatte Leah nicht schützen können. Das durfte ihm nicht erneut passieren. Er ballte die Fäuste und spannte alle Muskeln seines Körpers an. Nach dreißig Sekunden entspannte er sie schlagartig. Als er die Übung drei Mal wiederholt hatte, stand nur noch Entschlossenheit in sein Gesicht geschrieben.

***

Ein heller Blitz durchzuckte den dämmerigen Dachboden. Speer stand über Bettina, die Beine neben ihrem Oberkörper. Er fotografierte. Schade, dass sie eine Hose anhatte, da würde der Spaß nur halb so groß sein. Aber bei der Schlampe kam es nicht auf seinen Spaß an, den hatte er gestern gehabt. Speer ließ die Hand mit der Kamera sinken. Lächelnd beugte er sich herab, hob Bettinas Oberkörper an und zog ihr die dicke Steppjacke aus. Darunter trug sie einen grauen Fließpullover. Er legte die Jacke unter Bettinas Kopf.

Wir wollen doch schöne Fotos von dir haben. Der Herr Kommissar soll noch einmal sehen, was er verloren hat.

Speer kniete direkt über Bettinas Oberkörper.

Fangen wir mit deinem Gesicht an. Du siehst richtig hübsch aus mit dem leicht geöffneten Mund.

Nachdem Speer vier oder fünf Fotos gemacht hatte, zog er Bettina den Pullover aus.

Sieh an, sieh an. Ein schwarzer Seiden-BH. Hattest wohl heute noch was vor? Daraus wird nichts.

Er griff erneut in den Rucksack und holte ein Springmesser heraus. Langsam fuhr er mit der Klinge unter den Bügel des BH, eher er ihn mit einem Ruck zerschnitt.

Wie die Brustwarzen sich bei der Berührung mit dem kalten Edelstahl aufrichteten!

Speer konnte sich nicht länger zurückhalten. Er legte das Messer zur Seite und knetete mit beiden Händen Bettina Bergs Brüste. Ein leichtes Stöhnen kam aus Bettinas Mund.

Na, na, du wirst mir doch nicht schon wieder wach? Nein, es gefällt dir nur, du Hure.

Seine Lust war fast schmerzhaft zu spüren, aber er hatte ein Werk zu vollenden. Wieder nahm er den Fotoapparat zur Hand.

Der Kommissar soll sehen, was für einen Spaß wir haben.

Bettinas Hose auszuziehen, erwies sich als ausgesprochen schwierig. Sie saß so eng, dass er sie kaum herunterbekam. Als er sie endlich über ihren Hintern gebracht hatte, sah er den schwarzen Seidenslip. Er fuhr mit dem Zeigefinger die Ränder entlang, ehe er ihn ebenfalls zerschnitt und hinter sich warf. Er zog die dicken Wollsocken von Bettinas Füßen, bevor er die Packung mit den weißen Strümpfen aus dem Rucksack nahm.

Was für ein wunderbares Gefühl, den seidenen Stoff über die Schenkel zu streifen. Er schmiegte sich wunderbar an. Es fiel Speer nicht leicht, dem Drang zu widerstehen, seine Hände weiter aufwärts wandern zu lassen. Stattdessen stand er auf und begann erneut zu fotografieren.

Eigentlich fast schade um dich. Ich habe mich getäuscht, du bist eine echte Schönheit, so ganz in Weiß. Ich sollte mir doch noch ein bisschen Spaß mit dir gönnen. So wie mit der letzten Schlampe, dieser Hure. Bei dir könnte ich auch auf die Gummis verzichten, sie wissen doch längst, wer ich bin. Viktor Speer, Meisterschüler von Leah, der großen Lehrerin.

Speer beugte sich zu Bettina herunter, strich ihr die Haare aus dem Gesicht und flüsterte ihr ins Ohr:

»Wir haben noch Zeit, meine Schöne.«

***

Acht Beamte waren bei Thal eingetroffen. Jetzt kam auch Stefanie Bohlmann, die von Grendel per Handy informiert worden war. Thal teilte die Straßenzüge unter den Männern auf, als Schober mit einem lächerlichen Popeye-Hütchen auf dem Kopf um die Ecke gerannt kam.

»Was gibt es Neues?«, fragte er atemlos.

Thal schüttelte den Kopf.

»Blöde Frage, was soll es Neues geben? Wir haben nicht den geringsten Anhaltspunkt, wohin Speer Bettina verschleppt hat. Wahrscheinlich ist er in ein Haus gegangen, in einen Keller, auf einen Dachboden, wer weiß! Er kann überall sein.«

Schober ignorierte Thals beleidigende Antwort.

»Speer kann auch längst geflohen sein und hat sie irgendwo liegengelassen. Wir können ja versuchen, Frau Berg anzurufen.«

Er hatte den Satz noch nicht vollendet, da zog er bereits sein Handy aus der Tasche und drückte den entsprechenden Knopf. Er hatte alle Mitarbeiter der Kriminalpolizei mit Kurzwahlnummern gespeichert und war stolz, sich diese ohne Adressbuch zu merken.

»Sind Sie verrückt?«

Thal sprang auf ihn zu und schlug ihm das Handy aus der Hand, das polternd auf das Kopfsteinpflaster fiel. Dabei sprang der Deckel des Batteriefachs auf und verschwand in einem Gulli. Das Handy rutschte noch fünf Meter weiter, ehe es an einer Treppenstufe zum Stillstand kam. Thal hechtete in Richtung dieses Hauseingangs und riss es vom Boden. Als er den Aus-Knopf drückte, erkannte er auf dem Display, dass die Verbindung bereits aufgebaut war.

***

»So, du Schlampe. Mach die Beine breit! Wie du es für deinen Kommissar tust.«

Speer kniete zwischen Bettinas Beinen und versuchte, den Schlitz im Unterteil seines Kostüms zu öffnen. In diesem Moment klingelte es unter Bettinas Kopf.

»Verdammt!«

Speer riss die Jacke unter Bettinas Kopf weg, der hart auf den Boden neben der Matratze aufschlug. Es klingelte zum zweiten Mal. Wo war das verdammte Ding? Er zerrte an den Reißverschlüssen der Jackentaschen. Endlich hatte er sie geöffnet. Er nahm das Handy heraus. Das Klingeln hörte auf, bevor er das Telefon ausstellte.

Wie konnte ihm das passieren? Heutzutage trug jeder so ein Ding in der Tasche - Polizisten zumal. Handys konnte man orten. Ob er daran gedacht hatte, der Herr Kommissar? Ihm blieb nicht mehr viel Zeit.

»Schade, das wird nichts mehr mit uns beiden.«

Speer beugte sich über den Rucksack und holte die silbern glänzende Pistole heraus. Seine Versicherung für den Fall, dass hier gleich die Polizei hereinstürmte. Ins Gefängnis würde er nie gehen.

Speer zog Bettina an den weiß bestrumpften Beinen ein Stück die Matratze herunter. Er griff unter ihre Schenkel und winkelte sie an, bis die Füße auf dem Boden standen.

Wir wollen doch schließlich noch ein paar schöne Fotos von dir machen für den Kommissar. Diesmal wird er mehr als sechs Bilder bekommen.

***

Thal bekam einen hochroten Kopf, als er Schober anschrie.

»Sie haben die einzige Möglichkeit, Bettina zu finden, zunichtegemacht, Sie Idiot!«

In diesem Moment klingelte sein Handy. Grendel meldete sich:

»Wir haben sie. Die Funkzelle umfasst folgende Straßen: Hohenhausgasse, Zollernstraße bis zur ›vor der Halde‹, Hofhalde. Hast du das?«

Thal wiederholte die Straßen und legte auf. Glück gehabt, die Peilung war vor Schobers Fehler erfolgreich gewesen. Thal teilte die anwesenden Polizisten - inzwischen waren es zwölf – auf die verschiedenen Straßen auf.

»Schober, Sie gehen mit Wagner«, ordnete er an, als wäre er der Chef.

»Haben Sie Ihre Waffe dabei?«

»Nein, ich trage doch nie eine«, antwortete der Polizeidirektor kleinlaut. Wagner deutete auf sein Holster. Eine Waffe musste reichen.

Thal nickte Stefanie Bohlmann zu.

»Du kommst mit mir.«

Nach zwei Sekunden waren alle Polizisten in Hauseingängen verschwunden.

***

Speer legte die Kamera auf eine alte Kommode, die neben der Matratze stand. Er schwitzte in seinem Kostüm, das Wasser lief ihm am ganzen Körper herunter, obwohl es auf dem Dachboden kaum mehr als fünf oder sechs Grad hatte.

»Du wirst frieren, mein kleines, schönes Modell«, sagte er fast zärtlich.

»Aber nicht lange. Gleich wird dir warm werden. Ganz warm.«

Er griff hinter sich und nahm den zerschnittenen Slip in die Hand. Langsam ließ er ein Ende über ihren Bauch wandern. Diesen letzten Moment vor Vollendung seines Werks wollte er genießen. Nur ein paar Sekunden.

***

Thal rannte mit Stephanie Bohlmann aus einem Haus auf der Hofhalde. Hier wie im Nachbarhaus waren Keller und Dachboden verschlossen. Sie ließen sie von einem verschreckten Mieter öffnen. Nichts. Es gab in beiden Häusern keine leerstehenden Wohnungen, und es war unwahrscheinlich, dass Speer zu einer der bewohnten Zugang hatte. Thal war sicher: Er hockte mit Bettina in einem Keller oder auf einem Dachboden.

Verdammt! Sie brauchten zu viel Zeit. Spätestens seit Schobers dämlichem Anruf auf Bettinas Handy stand Speer unter Druck. Die Tür zum nächsten Haus war angelehnt. Bohlmann, die Hand mit der Pistole in die Seitentasche ihrer Uniformjacke gesteckt, um Passanten und Hausbewohner nicht zu verschrecken, ging in Richtung Kellereingang.

»Warte«, rief Thal. Er zeigte zum Lift. Auf der Digitalanzeige leuchtete die Fünf. Das musste das oberste Stockwerk, wenn nicht gar der Dachboden sein. Thal rannte die Treppe hinauf, Bohlmann folgte ihm. Tatsächlich: Das fünfte Stockwerk war der Dachboden. Die Tür war verschlossen. Thal wartete, bis Bohlmann ihn eingeholt hatte. Er atmete schwer. Wenn er jetzt schießen müsste, träfe er nicht einmal einen Elefanten. Stephanie Bohlmann wollte etwas sagen, aber Thal bedeutete ihr, still zu sein. Er musste sich konzentrieren, seinen Atem beruhigen. Darauf kam es an, denn wenn Speer Bettina in dem Raum bedrohte, hatten sie nicht viel Zeit. Er zog seine eigene Pistole aus dem Holster, bedeutete Stephanie, das Gleiche zu tun, und stellte sich auf die linke Seite der Tür. Auf sein Zeichen drückte die junge Polizistin die Klinke herunter. Mit einem Schwung stieß sie die Tür auf. Sie krachte an die Wand, und Thal sprang in den Raum. Bettina lag nackt auf einer Matratze in der rechten Ecke des Raumes. Speer kniete über ihr, die Beine in Brusthöhe seitlich ihres Körpers. Er würgte Bettina mit einem Stück Stoff.

»Nimm sofort die Hände von der Frau!«, schrie Thal und hielt die Pistole mit beiden Händen wie im Training gelernt.

»Sieh an, der Kommissar«, rief Speer. Er ließ mit der rechten Hand das um Bettinas Hals geschlungene Stück Stoff los, hob ihren Körper leicht an und griff darunter. Thal sah die Pistole. Er sprang einen Meter zur Seite, um eine bessere Schussposition zu bekommen. Er durfte Bettina nicht gefährden, gleichzeitig brauchte Stephanie Bohlmann freies Schussfeld. Zwei Schüsse peitschen fast zeitgleich durch den Raum. Beide Kugeln trafen Speer.

Die Gerichtsmedizin sollte später feststellen, dass die erste Kugel, abgefeuert von Stephanie Bohlmann, Speer tödlich in die Brust traf. Thals Geschoss zertrümmerte seinen Unterkiefer und blieb in der Schädelbasis stecken. Er fiel nach vorne auf die bewusstlose Bettina.

Thal sprang auf. Er schob Speers leblosen Körper zur Seite und seine Kollegin an. Eine Blutspur lief über Bettinas Bauch. Thal entfernte das Tuch von ihrem Hals und fühlte den Puls. Sie lebte. Die Würgemale schienen nicht ausgeprägt. Sie waren früh genug gekommen.

Thal drehte sich um:

»Stephanie, einen Notarzt. Und verständige Schober.«

Er hatte den Satz kaum beendet, da hörte er, dass sich Stephanie Bohlmann übergab. Also holte er sein eigenes Handy aus der Tasche.

Nachdem er die Zentrale und Schober informiert hatte, breitete er seine Jacke über die bewusstlose Kollegin. Dabei fiel sein Blick auf die Digitalkamera, die auf der Kommode stand. Er nahm sie in die Hand und wählte »Bilder anzeigen«. Das Schwein hatte alles fotografiert. Insgesamt enthielt der Speicher sechsundneunzig Bilder. Thal ging zurück in die Menüführung der Kamera. Er wählte »Bilder löschen«. Auf die Frage »Einzelnes Bild löschen oder alle löschen« wählte er »alle«. Er legte die Kamera erst zurück auf die Kommode, als auf dem Display die Meldung erschien: »Keine Bilder vorhanden«.

***

»Du kannst bald raus. Schon morgen bist du zu Hause.«

Bettina strahlte Thal an. Dafür, dass sie von ein paar Stunden fast ermordet worden war, sah sie erstaunlich entspannt aus. Sie war nur müde, konnte ihre Augen kaum aufhalten. Noch war das Gift nicht aus ihrem Körper gespült.

»Was genau ist passiert, Alexander? Seit dem Moment, wo ich dich auf der Laube verließ, kann ich mich an nichts mehr erinnern, bis ich in diesem Bett aufgewacht bin.«

Sie strich mit der Hand über die Bettdecke und hörte wegen dieses leisen Geräusches nicht, dass Thal erleichtert aufatmete.

»Speer gab dir die Tropfen in den Punsch, unmittelbar nachdem du ihn gekauft hattest. Er war der Typ in dem Bärenkostüm, der dich angerempelt hat.

Bettina Bergs Augen schlossen sich.

»Hat er fotografiert?«, flüsterte sie. Thal streichelte über ihre Hand.

»Nein, keine Fotos.«

»Das ist gut.«

***

Was für eine wohltuende Stille. Es war Aschermittwoch, und endlich herrschte wieder Ruhe in der Stadt. Thal stellte seine Espressotasse auf den Couchtisch, als ein leises Klicken ihm signalisierte, dass eine E-Mail eingegangen war. Mit ein paar Berührungen des Bildschirms öffnete er das E-Mail-Programm.

Die Nachricht stammte von Leahs Galeristen.

»Sehr geehrter Herr Thal!

Zunächst möchten wir noch einmal unser Mitgefühl angesichts des großen Verlusts ausdrücken, den Sie persönlich erlitten haben. Die ganze Kunstwelt trauert mit Ihnen.

Vor allem aber möchten wir uns für das Vertrauen bedanken, dass Sie uns mit Ihrer Bitte, das Vermächtnis von Leah Braasch der Öffentlichkeit zugänglich zu machen, entgegengebracht haben. Wir denken, dass wir den richtigen Rahmen für eine solche Ausstellung organisieren können. Über die finanziellen Bedingungen werden wir uns sicherlich zu einem späteren Zeitpunkt einigen, möchten Ihnen vorab aber zusichern, dass unser Haus sämtliche im Rahmen der Ausstellung anfallenden Kosten gerne übernimmt. Das gilt auch für die Versicherung der Arbeiten Ihrer Frau, was bei einem geschätzten Gesamtwert der Exponate von zweieinhalb Millionen Euro ein nicht unerheblicher Betrag ist.

Wir freuen uns, Ihnen in Kürze weitere Vorschläge zur Präsentation der Arbeiten von Leah Braasch machen zu können.

Nach persönlicher Ansicht unterbreiten wir Ihnen auch gerne ein Angebot für das Gemälde von Charles Bronski. Ein zu erwartender Verkaufserlös dürfte sich bei ungefähr zweihunderttausend Euro bewegen.

Wir freuen uns auf die weitere Zusammenarbeit.

Hochachtungsvoll

Bertrand Manier

Galerist«

Thal starrte eine Minute auf den Bildschirm, ehe er begriff, was dort stand. Er hatte alle Optionen, sein Leben zu gestalten. Leah sei Dank!

Aus der Seitentasche seiner Jacke, die er nach einem Spaziergang achtlos über den Stuhl geworfen hatte, nahm er die Tageszeitung. In der Innentasche knisterte das Attest des Doktors.

Thal trat ans Telefon und wählte.

»Wie geht es dir, Bettina?«

»Gut. Ich habe lange nicht mehr so viel geschlafen.«

»Hast du heute schon Zeitung gelesen?«

»Nein.«

»Na dann höre mal zu:

Konstanzer Kripo feiert Überraschungserfolg

Einbruchsserie in Villen aufgeklärt

Am späten Nachmittag des gestrigen Fastnachtsdienstags nahm die Konstanzer Kriminalpolizei den stadtbekannten Arzt Dr. Markus H. fest. In einer eilends einberufenen Pressekonferenz erklärte Polizeipräsident Immanuel Schober, Dr. H. sei dringend verdächtig, die Einbrüche geplant und vorbereitet zu haben. Er habe Informationen über die Räumlichkeiten sowie lohnende Wertgegenstände an professionelle Einbrecher weitergegeben.

Dr. H. sei weitgehend geständig. Die Einbrecher entlohnten ihn für die Informationen mit einem Anteil am Wert der Beute. Außerdem plante Dr. H., die Versicherung zu betrügen.

Inwieweit in dieser Hinsicht weitere angebliche Opfer der Villeneinbrüche in Wirklichkeit Täter waren, ließ der oberste Konstanzer Polizist offen. Der Südkurier wird darüber weiter berichten.«

Thal machte eine kurze Pause, in der er die Zeitung zur Seite legte. Dann fuhr er fort:

»Unter den Artikel hat Tobias ein großes Foto platziert. Was glaubst du, von wem?«

»Schober oder Himmel?«

»Weder noch. Die Kollegin Bohlmann lächelt freundlich in die Kamera. Bildunterschrift: Die Konstanzer Kriminalbeamtin Stephanie Bohlmann überführte den Villeneinbrecher und Betrüger.«

»Das wird Schober nicht gefallen, schließlich war Himmel sein Spezi. Und Gerth wird toben!«

»Du sagst es, Bettina. Aber jetzt mal etwas anderes. Wie wäre es mit einem guten Essen? Ich koche für uns.«

»Nichts lieber als das, Alex. Um sieben?«

»Perfekt! Und bring eine Flasche Wein mit. Ich muss meinen Vorrat erst auffüllen.«

Thal legte den Hörer auf. Einen Augenblick stand er vor dem Regal und betrachtete die Mahagonikugel, die ihn und Leah in inniger Umarmung zeigte. Er fuhr zärtlich mit der Hand darüber. Dann zerknüllte er das Attest und warf es in den Papierkorb.

Liebe Leserinnen und Leser,

zum Schluss möchte ich mich bei Ihnen bedanken, dass Sie diesen Roman gelesen haben. Denn nur für Sie schreiben wir Autoren ja unsere Bücher. Wir wünschen uns, dass die von uns erfundenen Geschichten und Figuren in Ihrer Fantasie zu neuem Leben erwachen.

Deshalb freuen ich mich auch über jede Leserzuschrift. Schreiben Sie mir, ob Ihnen Leahs Vermächtnis oder einer meiner anderen Romane gefallen hat. Meine E-Mail-Adresse lautet:
belabolten@email.de
Leseproben aus meinen zeithistorischen Kriminalromanen rund um den Ermittler Axel Daut finden Sie im Anschluss.

In diesem Zusammenhang habe ich noch eine Bitte. Als verlagsunabhängiger Autor muss ich mich auch um das Marketing für meine Bücher selbst kümmern. Deshalb bin ich auf die Unterstützung meiner Leser angewiesen. Sie helfen mir sehr, wenn Sie meine Bücher bei Amazon bewerten, über sie sprechen und sie weiterempfehlen. Twittern Sie über das Buch, erwähnen Sie es auf Facebook, Google+ oder anderen Plattformen.

Übrigens: Ich belohne meine treuen Leserinnen und Leser bei jeder Neuerscheinung, denn Sie können das E-Book für einige Tage zu einem äußerst günstigen Sonderpreis erwerben. Besuchen Sie meine Internetseite

http://belabolten.wordpress.com/
und abonnieren Sie dort meinen Newsletter, dann erfahren Sie rechtzeitig von diesen Aktionen.

Herzlichst

Ihr Béla Bolten

Mehr von Béla Bolten:

Codewort Rothenburg

Axel Dauts erster Fall

Inhalt:

Berlin, Frühjahr 1941. Ein mysteriöser S-Bahn-Mörder hält die Stadt in Atem. Als eine weitere Frauenleiche gefunden wird, führen die Spuren Kriminalkommissar Axel Daut aber in eine andere Richtung. Das Opfer arbeitete als Prostituierte in einem noblen Bordell. Warum will offiziell niemand etwas von diesem „Salon Kitty" wissen? Trotz Anweisung von höchster Stelle, den Fall zu den Akten zu legen, ermittelt Daut weiter und betritt eine geheimnisvolle Welt aus Spionage und rauschhafter Begierde, der auch er sich nicht entziehen kann.

Währenddessen schließt sich Dauts Ehefrau Luise ohne sein Wissen einer Widerstandsgruppe an. Als deutsche Soldaten in Russland einmarschieren und Bomber Nacht für Nacht Tod und Zerstörung auch nach Berlin bringen, kommt es zu einem dramatischen Finale, an dessen Ende nichts mehr ist, wie es war.

"Historisch perfekt recherchiert – ein Stück NS-Alltagsgeschichte in Romanform, das ohne moralische Wertungen, ohne politisches Pathos, ohne erhobenen Zeigefinger auskommt."

(Eine Leserin bei Amazon)

'Codewort Rothenburg' ist definitiv mehr als nur ein spannender Krimi. Der Autor Béla Bolten schaffte es, die Ereignisse der Zeit geschickt mit einem spannenden Kriminalfall zu verbinden.

(Wir lesen – Eure Büchercommunity)

Béla Bolten ist es mit diesem Buch brillant gelungen, ein historisches Szenario in einen mitreißenden Krimi zu packen, der einen für viele Stunden nicht mehr los lässt.

(Online Magazin Maniax)

Leseprobe

Eins

Er hatte es sich schlimmer vorgestellt. Unangenehmer. Er sollte sich entspannen, dann könnte er es sogar genießen. Die Kameraden hatten recht, Inge war hübsch. Nicht schön, aber reizvoll. Weniger ihr Gesicht, in dem die Augen etwas zu eng beieinanderstanden und die Wangenknochen zu deutlich hervortraten. Sähe man nur ihren Kopf, könnte man sie für dürr halten. Er sah an ihrem Körper herunter. Sie war alles andere als das. Der Seidenkimono war aufgesprungen, und so hatte er einen freien Blick auf ihre Brüste, ihren Bauch, ihre Beine. Ein seidiges Etwas, eher ein Nichts als ein Höschen, verbarg die Scham zwischen ihren runden Schenkeln. Sie stützte sich auf den linken Unterarm, trank einen Schluck Champagner und sah ihn herausfordernd an.

»Na, Soldat! Genug gesehen?«

Er fühlte sich ertappt. Das Blut schoss ihm ins Gesicht.

»Du bist ja vielleicht ein Held!«

Sie prustete los, und einige Spritzer Sekt trafen seine Nase.

»Wirst ja rot wie ein kleiner Junge, wenn du nur ein paar Tittchen siehst. Hoffentlich wirst du mir beim Rest nicht ohnmächtig!«

Wieder lachte sie lauthals.

»Nimm die Inge«, hatten seine Kameraden gesagt. »Die ist nicht nur hübsch, die hat auch richtig was drauf. Sachen macht die ...«

Mit seiner linken Hand umfasste er ihre rechte Brust. Inge drängte ihren Oberkörper gegen ihn.

»Na endlich. Ich dachte schon, du wolltest nie anfangen.«

Sie nestelte an seiner Gürtelschnalle und zog mit einem Ruck die Hose herunter. Als sie in seine Unterhose greifen wollte, schlug er ihre Hand weg. Sie riss die Augen auf.

»Aua, du tust mir weh.«

Er hatte zu fest zugepackt. Es war ein Reflex. Aus seinem Unterbewusstsein. Seit Jahrzehnten antrainiert.

Er lockerte den Griff.

»Tut mir leid. Aber ich kann nur ...«

»Ah, der Herr möchte bestimmen, wo's lang geht. Nur zu!«

Sie lachte, hob den Hintern an und zog mit einem Ruck ihr Höschen auf die Knöchel.

»Den Rest kannst du ja wohl selber!«

Wieder gluckste sie, und in diesem Moment wusste er, dass er dieses Lachen schon einmal gehört hatte. Inge spreizte die Schenkel, und der Anblick, der sich ihm bot, lenkte ihn augenblicklich ab. Noch nie hatte er eine Frau gesehen, die an dieser Stelle rasiert war. Das Verlangen sprang ihn an wie ein Tiger sein Opfer. Er wollte diese Frau, die sich ihm so schamlos darbot.

»Dreh dich um«, sagte er in einem barschen Befehlston.

Sie schien es als Spiel aufzufassen.

»Jawohl, Herr Leutnant! Wie der Herr Leutnant befehlen!«

Lasziv und provozierend langsam drehte sie sich auf die Seite. Er fasste sie um das Becken, hob sie hoch und brachte sie mit einem Schwung in eine kniende Position. Sie stöhnte auf, es klang nicht schmerzhaft. Mit der Hand fuhr sie sich zwischen die Schenkel, und er spürte stechend, wie groß seine Lust war. Die Hose hatte sich an seinen Beinen verheddert, und er brauchte einige Zeit, sie abzustreifen. Als er seine Unterhose nach unten zog, drehte sie den Kopf.

»Nun mach schon, oder willst du ...«

Ihre Augen weiteten sich, und die Backen fielen in sich zusammen.

»Was ist das denn?«

Sie kreischte mehr als sie sprach und beendete den Satz mit einem hohen, fast quietschenden Kiekser. Sie blickte ihn direkt an. Wieder lachte sie schallend und brüllte los, wobei ihre Stimme fast eine Oktave tiefer zu sein schien als zuvor:

»Das kann doch gar nicht wahr sein. Wann habe ich denn so was das letzte Mal gesehen? Muss schon lange her sein! Das glaubt mir kein Mensch.«

In diesem Moment erinnerte er sich an alles. Er hatte einen Fehler gemacht. Einen folgenschweren Fehler.

Er griff in ihr dichtes, schwarzes Haar und drehte mit einem kräftigen Ruck ihren Kopf nach vorne. Sie schrie auf. Diesmal vor Schmerz. Er verschloss ihren Mund mit seiner Hand. Mit Verwunderung spürte er, dass seine Lust nicht nachgelassen hatte.

»Sei still und tu deine Arbeit«, zischte er.

Dann drängte er sich an sie. Er wusste, dass er die Sache zu Ende bringen musste.

Der Aufbewarier

Axel Dauts zweiter Fall

Inhalt:

Berlin 1943. Angst beherrscht die Stadt. Während die einen Nacht für Nacht in die Bunker flüchten, versuchen die anderen verzweifelt, ihren Häschern und damit der Verschleppung und Ermordung zu entkommen.

Nach einem Luftangriff wird in einem Keller die zerstückelte und kopflose Leiche einer Frau gefunden. Der zum Wachtmeister degradierte Kriminalpolizist Axel Daut wird von seinem Freund und Ex-Kollegen zu den Ermittlungen hinzugezogen.

Bei der Suche nach dem Mörder gerät Daut in ein menschliches Panoptikum aus Gejagten, stillen Helden und bedenkenlosen, sich schamlos bereichernden Opportunisten. Er trifft aber auch auf Frauen, die mit dem Mut der Verzweiflung um ihre Männer und ihr kleines, privates Glück kämpfen und er lernt einen der größten Stars seiner Zeit kennen.

Am Ende findet Daut die Wahrheit, von der die Welt aber nie erfahren wird.

„Ein Krimi, der Geschichte erfahrbar macht. Der Zeitgeist ist auf jeder Seite spürbar. Exzellent recherchiert."

(Ein Leser bei Amazon)

„Historisch ausgezeichnet recherchiert, psychologisch überzeugend, spannend.“

(Eine Leserin bei Amazon)

Leseprobe

Freitag, 26. Februar 1943

Eins

Wie schnell nach dem infernalischen Lärm Stille eintrat. Niemand redete, kein Geräusch, nicht einmal ein Husten oder Niesen. Nur das konzentrierte Lauschen, das gespannte Warten darauf, dass die Sirenen, die vor nicht einmal einer Stunde mit jaulendem, an den Nerven zerrendem Auf- und Abschwellen Tod und Verderben angekündigt hatten, zur Entwarnung bliesen. Wie leise hundert Menschen sein konnten. Die Angst schnürte die Kehlen zu. Sie lebten, aber was würde sie draußen erwarten? Die letzte Bombe war nicht weit entfernt eingeschlagen, die Detonation hatte den Keller erzittern lassen. Die Tommies waren schon auf dem Rückweg, vielleicht war es ein Notabwurf eines angeschossenen Bombers oder eine fehlgeleitete Mine. Als der letzte Sirenenton verklungen war, öffnete Axel Daut die Tür des Luftschutzkellers, stieg die Stufen zum Erdgeschoss hinauf und trat hinaus auf die Straße. Tief atmete er die frische, kalte Luft ein. Es war eine dunkle Neumondnacht, wegen der Verdunkelung von keinem Licht erhellt. Daut blickte hinauf. Nur im Nordwesten leuchtete ein roter Streifen am Himmel. Die Engländer hatten das Zentrum ins Visier genommen, sein Viertel im Südwesten Berlins war wieder einmal verschont geblieben. Fast jedenfalls, denn als Daut nach rechts schaute, sah er, wie sich Flammen langsam, aber stetig durch den Dachstuhl eines fünfstöckigen Hauses fraßen. Daut lief auf das etwa dreihundert Meter entfernte Gebäude zu, mit der rechten Hand den Tschako festhaltend. Er trug dieses Ding jetzt schon zwanzig Monate und hatte sich immer noch nicht an die nutzlose Kopfbedeckung gewöhnt. Als er noch hundert Meter von dem brennenden Haus entfernt war, erschreckte ein ohrenbetäubender Knall ihn derart, dass er hinter einer Hofmauer Schutz suchte. Asche flog durch die Luft, und ein pfeifendes Geräusch schmerzte im Ohr. Irgendwo war eine Gasleitung zerborsten, hoffentlich funktionierte die Notabschaltung. Daut verließ seine Deckung und ging weiter auf das Haus zu. Aus einer Dachluke schob sich der Oberkörper eines bulligen Mannes. Er legte eine Leiter aufs Dach, auf der er sich langsam in Richtung des Brandherdes schob. Ein zweiter Mann tauchte auf und folgte ihm. Ein dritter reichte ihnen einen Eimer heraus. Die immer höher schlagenden Flammen setzten die Szenerie in grelles Licht, die Schatten der Männer tanzten auf den Dachpfannen wie die Figuren einer Laterna magica. Die Löschkette schien zu funktionieren, denn Eimer auf Eimer wurde zum ersten Mann hinaufgereicht, der das Wasser in die Flammen goss. Sie hatten Glück gehabt und konnten ihr Hab und Gut retten.

Dauts Hilfe wurde hier nicht benötigt, also ging er weiter. Eine Frau hastete aus einer Seitenstraße, in der Hand eine abgewetzte, alte Tasche. Schweigend lief sie an Daut vorbei. Vermutlich hatte der Angriff sie beim Besuch einer Freundin oder Verwandten überrascht und sie wollte jetzt so schnell wie möglich nach Hause. Aus einem Hauseingang trat ein Junge. Für einen Moment glaubte Daut, in dem dreizehn oder vierzehn Jahre alten Steppke seinen Sohn Walter zu erkennen. Dabei sah er ihm nicht einmal ähnlich mit seinen dichten, flachsblonden Haaren.

»Wachtmeister! Hierher! Schnell!«

Der Junge verschwand wieder im Haus. Daut beschleunigte seine Schritte und folgte ihm.

»Hierher!«

Die Stimme kam aus dem Keller. Daut suchte den Lichtschalter. Als er ihn gefunden hatte, drehte er vergeblich. Stromausfall. Vorsichtig tastete er sich durchs stockfinstere Treppenhaus die Stufen hinunter.

»Die verdammte Tür hat sich verkeilt.«

Dauts Augen hatten sich noch nicht vollständig an die Dunkelheit gewöhnt. Er erkannte nur schemenhaft, dass der Junge mit aller Kraft an der Tür zum Luftschutzkeller riss.

»Die sind alle noch da drin. Meine Mutter auch.«

»Und wo warst du?«

»Bei meiner Oma in der Eylauer Straße.«

Das war nur ein paar Querstraßen entfernt. Vermutlich war der Junge direkt nach der Entwarnung losgelaufen.

Daut schob ihn zur Seite.

»Lass mich mal.«

Er zog an der Klinke und stemmte den Fuß gegen die Mauer.

»Ach du meine Güte«, sagte der Junge, »da denk'ste, du rufst einen kräftigen Polizisten zu Hilfe, und was kriegst du: einen Krüppel.«

Daut ignorierte die Frechheit. Inzwischen hatte er sich an die Dunkelheit gewöhnt. Links vom Eingang des Luftschutzraumes stand eine Kellertür auf. Ein gutes Dutzend Holzpfähle lag an einer Wand aufgestapelt. Sie waren an einem Ende angespitzt, vermutlich hatten sie einmal als Zaun ein Grundstück umfriedet.

»Na, sieh mal einer an«, sagte der Junge. »Da hat der olle Westphal wohl irgendwo einen Jägerzaun geklaut, damit er es mit seiner Alten schön warm hat in der Stube.«

Daut ergriff einen der Pfähle. Wie beim Mikadospiel, das er früher wegen seiner fehlenden Hand zwar gerne, aber doch erfolglos mit Luise gespielt hatte, fiel der gesamte Stapel Pflöcke zusammen. Er wiegte einen in der Hand und ging zurück zur Luftschutztür. Dabei stolperte er über einen gewaltigen, mitten im Kellerflur stehenden Pappkarton. Er wollte ihn mit dem Fuß zur Seite schieben, schaffte es aber nicht, ihn auch nur einen Zentimeter zu bewegen.

»Verdammt, was ist denn da drin? Wackersteine?«

Daut stieg über den Behälter und setzte den Pfahl an der Tür an.

»Hilf mir mal!«

Der Junge lehnte sich mit seinem ganzen Körpergewicht gegen das Pfahlende. Gemeinsam zogen sie am Hebel, und die Tür gab nach.

Eine sehr kleine, sehr alte Frau drückte die Tür mit beiden Händen von innen endgültig auf.

»Na endlich! Wir wollten schon die Mauer in den Nachbarkeller aufbrechen. Wie sieht es draußen aus?«

»Nicht viel passiert.«

Daut zwängte sich an ihr vorbei in den Keller.

»Alles in Ordnung hier? Niemand verletzt?«

»In Ordnung ist nichts«, antwortete ein Mann, den Daut auf etwa sechzig Jahre schätzte. Sicher war er sich nicht, der Krieg ließ die Menschen schnell altern.

»Seien Sie vorsichtig, wenn Sie rausgehen. Wem gehört dieser Karton? Man sollte ihn wegräumen, sonst fällt noch jemand drüber.«

Der Mann, der zuvor nichts in Ordnung gefunden hatte, ergriff den Pappbehälter und ächzte, als er ihn hochhob. Mit Schwung warf er ihn zur Seite. Als er auf dem Boden aufkam, riss die rechte Hälfte auf. Ein in Zeitungspapier gehüllter Klumpen rollte heraus.

»Ist das Ihr Karton?«, fragte Daut.

»Sehe ich so aus, als hätte ich das schwere Ding hier reingeschleppt?«

Der Mann schlug das Papier zurück.

»Na, was haben wir denn da? Da hat wohl ein Volksgenosse sein schwarz geschlachtetes Schwein in Sicherheit bringen wollen.«

Daut konnte nicht erkennen, um was für ein Fleischstück es sich handelte. Für einen Schinken war es zu groß. Ganz frisch schien es auch nicht zu sein, denn ein leicht süßlicher Geruch stieg ihm in die Nase. Er versuchte, den Fleischklumpen vollständig in den Karton zurückzustopfen. Das Zeug musste raus aus dem Keller. Als er mit einer Hand an dem Behälter zog, riss die leicht angenässte Pappe der Länge nach auf. Daut trat einen entsetzten Schritt zurück. Was dort aus dem Karton ragte, war ohne Zweifel eine menschliche Hand. Und ein Finger zeigte genau auf ihn.

8751492R00148

Printed in Germany
by Amazon Distribution
GmbH, Leipzig